語り継ぐ 戦争の記憶

戦争のない 平和な世界をめざして

日本婦人有権者同盟出版部編

はじめに

直属（元武蔵野支部）　小池　牧子

その人が語ることに、じっと耳を傾ける。そして思いをめぐらす。ただこれだけの静かな行為が、この騒がしい世の中にあって、いっとき許されるとすれば、それは唯一、個人に残された自由な、今という時間を、その人らしく静かに受容し、永遠の時間につなげることが可能になるのではないだろうか？

「語り継ぐ」という行為は、「語る」行為よりも、さらに積極的な、責任と意志と、希望と愛がなければできない行為ではないかと思う。

戦後七十年の今年、沖縄戦「ひめゆり部隊」の語り部たちが、次々と引退していった。七十年前の「少女」は、もう九十歳に近くなった。語り継ぎたくても、もう体力的に無理ができないと言う。ひめゆり部隊の語り部の一人は、自分の経験ではなく、十代で亡くなった、自分の同級生の女の子の無念の叫びと怨念を、彼女に代わって語り継いできた、と言っていた。

日本婦人有権者同盟が本年十一月三日に創立70周年を迎えるにあたり、地道な運動に参加してきた全国支部の会員を中心に、この『語り継ぐ　戦争の記憶』をまとめようとしたとき、執筆する面々の体力、記憶力、想像力の衰えは、もはや半端でないところに大きな難関があった。戦争を体験した人は年々、減少している。しかし、戦争体験者の減少が、「戦争の記憶を語り継ぐ」

行為の減少となってはならない。「戦争の記憶」は、同級生という友達が一緒に生きた記憶であり、あの大空襲の爆撃で殺された父・母・兄・姉・弟・妹の記憶である。そしてまた、大陸から引き揚げ途上で落としてきてしまった赤子の記憶でもある。描ききれなかった「戦争」のむごさを、私たちは語り継いでいかなければならない。「これからは、いっさい、いくさはしない」と肝に銘じたことを、次世代に語り継いでいかなければならない。

やさしい祖父母の思い出を語るときでも、戦争の記憶を抜きにして語ることはできないし、戦地に行ってどんなことをしてきたのか、ついに死ぬまで話すことはなかった父のこと、それがなぜかということも、語り継いでいかなければならない。

『語り継ぐ　戦争の記憶』は、執筆者たち（現存者・物故者を含め）四十六人の切切たる思いが力となって、ついにその難関を突破することができた。

この冊子が、みなさんお一人お一人の手で、七十年前に終わった戦争がどういうものであったかを、次の世代、そしてまた次の世代へと、語り継ぐ素材として末長く用いられることを願っています。

二〇一五年五月二十五日

目次

東京大空襲

沖縄地上戦――ひめゆり隊

地方都市の空襲――岡山・水戸・仙台・郡山・岐阜・宮崎・熊本・鹿児島

原爆の投下――ヒロシマ・ナガサキ

出征・強制連行

外地からの引き揚げ――満州・朝鮮・樺太

カバーデザイン　みやした　ともこ（デザインポット）

国家総動員
勤労奉仕・学徒動員・挺身隊

インタビュー

戦争は子どもから、学びと遊びを奪った

元横浜支部　小山　家司子

海軍の街、呉市

私は一九三〇（昭和五）年、呉市で生まれ、幼稚園時代から小学二年生までを長崎で過ごした後、横浜市保土ヶ谷の山のお屋敷町で穏やかに暮していました。最初の空襲の記憶は、確か一九四二（昭和十七）年で、山の上に逃げました。低空飛行してきた戦闘機から私たちを見下ろしていた米兵の丸い航空眼鏡をかけた顔が脳裡に焼きついています。

初の内孫で祖父にかわいがられて育った私は、のんびりして人を疑うことを知らない子どもでした。一九四三年、小学校を卒業する直前に父が呉に転勤することになり、私は女学校を受験するため、他の家族より少し早く、父に連れられて呉に行きました。

呉市は海軍の町で、当時は人口が溢れていました。女学校の受験受付は既にすんでいたので、従姉妹が出た私立学校に頼みに行きました。学科試験はなく内申書と口頭試問だけで、受験生は小学校別に分けられ、私は県外に入っていましたが、県外の子どもを受け入れる余地はありませんでした。面接をした先生が「この学校をすべったら、どうするのですか？」と最後に聞

きました。私は「すべりません」と答えました。「でも、もしすべったら?」「何事があってもすべりません」。先生も困ったのでしょう。県外から入学したのは私一人でした。

呉は保土ヶ谷とは町の空気が違いました。「戦地の兵隊さんは寒いところで頑張っています。若い者は靴下を履いてはいけません」と言われ、素足に運動靴を履きました。電車があっても「乗ってはいけません」。そこで学校まで三十分以上歩きました。ぼんやり歩いていてはいけないのです。上級生にはお辞儀、仕官の兵隊さんには敬礼をしなければいけません。うっかり上級生にお辞儀をしそこなうと、すぐ呼び出されます。町中がピリピリとしていて、「恐ろしい所へきたなあ」というのが実感でした。

私たちの住まいは離れもあり、広かったので、強制的に徴用工員さんを割り当てられて、世話をしました。朝、父が顔を洗いに行くと、工員さんたちは「申し訳ありません」と飛びのきました。

女学校では勤労奉仕の日々

何とか女学校へ入れたものの、勉強をしたという思いがありません。一年生の時からはとんど勤労奉仕でした。学校は崖に囲まれていて、海軍の兵隊さんたちと防空壕を掘りました。つるはしを持たされても、最初は持ち上げるのがやっとで、上手く打ち下ろせません。何回も何回も練習させられました。

英語は「マイネーム　イズ　ベティ」までおしまい。教育勅語や軍人勅語を全部暗記させられて、それがとても嫌で、覚えなかったら試験があるのです。

「農業をやりましょう」と採石の跡地を耕しました。高い山の上の萱《かや》を刈って、それを背負って山を下りたのですが、馬鹿正直な私は、萱を山のように背負い、途中で見張っていた先生に「なんだ、そんなに背負っては坂をころがり落ちるぞ」と半分下ろされました。萱は地面に梳《す》きこんで肥料にしました。二人一組でゴミを拾いに行きます。力の強い人はどんどん行ってしまい、私のようなひ弱な者は遅れます。「遅い者はもう一度」と、私は三、四回行かされました。そうして作った畑に芋を植えました。

体操の時間は竹槍訓練やナギナタで、竹槍を作って、それを持って学校に行きました。袴をはいた女の先生がピーピーと笛を吹いて訓練をします。私はぶかっこうで点が悪いのですが、怖いので一生懸命やりました。

教練は大きい声を出しさえすればいいのですが、私はそんな大声が出ません。優良可の「可」がついて驚きました。試験がないのですから成績のつけようもないと思いますが、他の教科はほどほどに良い点がつきました。

学徒動員で鋳造《ちゅうぞう》工場に

二年生になるとすぐ、学徒動員で呉市のはずれの広町にある第十一海軍航空廠《しょう》の鋳造工場に行かされました。道中は必ず「軍人たるの精神は…」「なびく黒髪きりりと結び…」と軍歌を歌いながら行きました。

「ここが職場だ」と言われた鋳造《ちゅうぞう》工場に入った時、「地獄に来たのだ」と思いました。鉄の溶けた塊がパチパチと飛び散り、煮えたぎった巨大な釜がこれまた巨大なクレーンで釣りあげられて動いていました。学徒に任されたのは、飛行機のエンジン部門で、鋳型《いがた》にはめ込んだ砂の崩れを直す仕事でした。

部屋の真ん中には二千度の溶鉱炉があり、「溶鉱炉のおじさん」と呼ばれる人がいました。髪の毛も眉毛も何もないので、もう怖くて、怖くて…、そんな所で働きました。

軍国少女でした

ある日、電車に乗って航空廠《しょう》へ向かう途中で空襲になりました。一緒にいた友人は「帰ろう」と言いましたが、私は「お国のために働いているのだから、そんなわけにはいかないのよ」と一人で航空廠に向かいました。その道中、突然、私は「危ないぞ！」と知らない男の人に道端に引きずり込まれました。機銃掃射でした。もう一瞬遅かったら、私は死んでいたと思います。私の母は、その日、工廠《こうしょう》に行かずに帰ってしまった私の友人と坂下で出会いました。母が「家司子は、どうした？」と聞くと、「『お国のためだから』と行っちゃったよ」と彼女は答えました。

油がないので松根油といって油をとるため松の根っこを掘らされました。「こんなに物がない、物がない、と松の根っこまで燃やして、戦争に勝てるわけがない。この戦争は負けるに決まっている」と母が言いました。この母の言葉が怖くて、「そういうことを言ってはいけないの。日本は神風が吹くのだから。そんなことを言ったら、憲兵に連れていかれるよ」と夢中になって母の口を塞いだ記憶があります。

航空廠では工員さんと一緒に大きな箱のお弁当が出ました。食べきれないほどの量がありましたが、古古米なのか、ご飯の中に長い虫がいっぱい入っていて気持ちが悪く、私は蓋を開けたら、まず虫を除けてしまわないことにはご飯に手がつきませんでした。

小さい作業服がないため、私は袖を捲《ま》くり上げて着ていました。鉢巻をするのですが、おでこにかけてはいけない、眉毛に一直線にかけよと言われました。女学生はおしゃれをしたい年頃で、おしゃれな人はカチュウシャのようにかけていました。私は額が狭くて四センチ幅の鉢巻では眉毛がなくなってしまいますが、それでも言われたとおりに一直線にかけました。

遊びたい年頃でした

女学校や呉の街中で遊んだ記憶はありません。鋳造工場では昼休みが一時間近くあったので、家からドッヂボールを持ってきて遊びました。海軍の兵隊さんが「そんな所でやっていると轢《ひ》いちゃうぞ」と私たちをからかってトラックを回転させたところ、運悪くボールがそちらに転がり、本当に轢いてしまいました。ペシャンコになったボールを見て、私たちはワーンと泣き出しました。兵隊さんは「ごめん、ごめん」と直してくれましたが、トラックのシリコンゴムで直したため、重くてドッヂボールはできませんでした。そこで、ボールの代わりに空き缶を拾ってきて缶蹴りをやる、ベッドの中にキューピーさんを入れて寝る…遊びたい年頃でした。

そんな子どもたちが命がけで、鋳造工場で飛行機の部品をつくったり、旋盤を扱ったりしていたのです。

航空廠《しょう》が爆撃を受ける

二年生も終わりに近づくと、鋳造の材料がなくなってきました。空襲があるというので、呉市の家の白壁は真っ黒に塗られ、窓には黒いカーテンがかけられていました。焼夷弾でやられると工場が燃えてしまうので、学徒は工場の壁のペンキをはがす作業をさせられました。ペンキをはがす工具がないので、自分たちで十ミリ線という鉄線を拾ってきて、持ちやすい大きさに切り、先を叩いた物を使ってはがしました。中学生と女学生で巨大な工場のペンキはがしをやっと終わった五月末、広町航空廠が爆撃を受けました。

焼夷弾ではなく、正真正銘の爆弾でした。私たちは山の下にある学徒専用の防空壕《ごう》に連れていかれました。よく映画などでヒューンという爆撃音が使われますが、ヒューンというのは遠い時の音です。頭上に落ちる爆弾はボンバクバクとものすごい音で、内臓が飛び出るかという風圧に目を閉じ、耳を押さえて、じっと堪えました。中学生も女学生も、誰も声すら出さない。しばらくしてヒューンという音に変わり、爆撃が遠くなったなとわかると、女学生は「お母ちゃん」と泣き出しました。中学生は、女の子のように泣くわけにいかないと思うのか、ケラケラ笑い出しました。

気づくと、あたりは静まり返っていました。私たちの頭上にはサイレンがあったのですが、サイレンはもちろん、何もかもがやられてしまって、どういう状況か全くわかりません。十時頃防空壕に入りましたが、その後トイレへ行きたいという人もなく、外に出た時は四時を過ぎていました。広い航空廠は跡形もなく、海が見えました。荷物を運ぶ小さな木造船が壊れて浮いている海を、私たちは呆然と眺めていました。そこへ、「二年生が大変だ」と校長先生が飛んできました。先生の姿を見ると、もううれしくて、「校長先生！」とみんなで抱きつきました。防空壕の入口付近にいた兵隊さんたちは爆風でやられてしまったと後で聞きました。

能美島の航空廠へ

広町の航空廠が焼けて働く場所がないので、三年生になった私たちは航空工廠のある江田島と地続きの能美島へ行きました。布団袋を持って船に乗せられ、港を朝の九時に出ました。軍港が見えるからと、蓋し船といって、船は蓋をされてしまいます。普通なら三十分とかからないところを、空襲があるので、島影に隠れながらの航行で、着いたのは四時でした。

男子寮と女子寮に分かれた兵舎に入れられました。押入れ付きの畳の部屋でしたが、蚤《のみ》だらけで、部屋に入ると蚤が足にピョンピョン跳びつきました。同室の三人が物差しで畳を叩き、他の者はピョンと飛び出した蚤をつぶしましたが、そんなことではとても追いつきません。「蚤取粉が欲しい。大豆を送って下さい」と毎日、せっせと家に手紙を書きましたが、家からは何も送ってこない。みんな頭は虱《しらみ》だらけで、梳《す》き櫛で順番に頭を梳くが、それではとても防げない。朝礼で厳粛な話の時に、陽が当たった前の人の頭で虱がモソモソ動くのをじっと見ていました。

食物は、当番が主食用と副食用のバケツを持って、工員さんたちと一緒の所へ取りに行きました。台秤の上にバケツをのせて、ご飯は大きなスコップで、おかずはスコップか汁物なら大きなひしゃくで入れてもらって、部屋に持ち帰り、みんなの食器に分けました。ご飯には大豆カスが入っていました。かき回すと大豆カスは浮き上がってくるので、それをどけていただきました。おかずは汁っぽく、大きなカボチャや人参がごろごろしていて、瀬戸内海で獲れた芝海老が山ほど入っていました。私の部屋の人たちが「人参など嫌い！」と残してしまうと、別の部屋の人たちが「あの部屋には残飯がある」ともらいに来ました。私には十分でしたが、もっと食べたい人もいたのです。

環境が変わったせいか、私は一週間後にひどい熱を出してしまいました。あそこで軍医にかかったのは私ともう一人だけでした。「とにかく休め」と言われて、みんなが働きに行っている時に寮で一人寝ているのは怖くて本当に嫌でした。

緊張した旋盤作業

航空廠に入ってすぐテストがありました。私を含め五人だけがミーリングという機械に回されました。後で聞いて知ったことですが、この機械は旋盤の一種で、主軸の横のものが旋盤、縦がミーリングで、飛行機の気筒管を作っていました。一つの機械を中学生、女学生、大学生の三人が昼夜三交代で受け持ちました。

字のすごく上手な人は事務所で字を書く仕事をしたようです。一般の人は広い作業場の木の机で鋳物の端のヒラヒラを取る作業をしていました。単純作業のため夕方になってみんなが眠くなると、倉橋島から来ている人が「草津よいとこ、一度はおいで、どっこいしょ」と大声で歌いました。私は機械を動かしているので眠いという気になれませんが、その歌が私の仕事場まで聞こえてきて、ああ、みんな眠くなったのだなとわかりました。

夢中で働いた後、洗面器を持って、並んで、お風呂へ行きました。入浴時間は二十分と決まっていました。お風呂に入れるのはうれしいが、二十分後には男子が待っているので、洗うのもそこそこで出なければなりませんでした。そのお風呂も、爆撃にあってつぶれてしまったため、二回入っただけでした。

一度、あまりたびたび手紙が来るからと父が様子を見に来てくれました。その時、大豆の炒ったものを袋に入れてもってきてくれました。私が部屋で大豆を空き缶に入れていると、隣室から「今、豆の音がしとった」と言う声が聞こえました。あわてて押入れに隠して、その後、布団をかぶせて、音を消して缶に入れ、時々、一つまみずつ同室の仲間八人と分け合って食べました。部屋には闇屋の子がいて、ある時、黒砂糖を持ってきてくれました。一粒ずつ分けてもらいましたが、それが本当においしくて、今でもあの黒砂糖の味は忘れられません。

ある日、盲腸の手術が必要な救急患者が出ました。島では対応できないので、担架を担ぐ者二人が必要になりました。家が近い者ということで、私は同じ町内だから「これで帰れる」と、喜んで手を挙げました。しかし、私の顔を見たお医者さんに「こんなひ弱な者はダメだ」と言われてしまい、本当にがっかりでした。

広島に原爆が落ちた

呉市内は焼夷弾でやられました。敵機は山の手から焼夷弾を落としてくるので、市民たちは下へ下へと追い詰められていき、大勢の死傷者が出ました。私の母は鳶口《とびぐち》を持って、死体をトラックにのせるのを手伝わされました。

能美島にいた私たちは空襲があるたびに防空壕に逃れました。星が流れる間に、三遍願いごとを唱えれば願いがかなうといいます。防空壕から外に出ると、みんなじっと空を見上げて、流れ星を見るたびに「帰りたい」「帰りたい…」と唱えますが、三遍は無理でした。みんな、もう親の顔を見ることは無理かもしれないと覚悟をしていました。

八月六日、広島に原爆が落ちた時は、私は旋盤を動かしていました。空襲警報も鳴らないのに、突然ピカッと凄い閃光が走って、電気が全部切れてしまい、もう何をやっても機械は動きませんでした。工場の外に飛び出すと、敵の飛行機が空中を飛んでいました。その後、空襲警報が鳴って防空壕に入りました。防空壕を出た時にはきのこ雲が空を覆っていました。どこに何が落ちたか、情報は何もないので、きのこ雲を眺めては、「あれは火薬庫が爆発したのだ」と誰かが言うと、火薬庫の近所に家のある子がわあーと泣く。「あれはガスタンクが破裂したのだ」と言うと、ガスタンクの近所の子が泣く、とみんな交代で泣きました。その時はまだ新型爆弾だとはわかっていませんでした。

やることがなくなってしまって、みんな手を遊ばせて機械の前に立っているだけでした。ひ弱な子と家が焼けた子は帰そうというので、私は家に帰ることになりました。大豆のいっぱい入った大きなおむすびを二個とたくわんをもらって、また布団袋に身の回りのものを入れて船に乗り、普通でも徒歩で家まで四十分はかかる遠い広町の港で降ろされました。大きな布団袋を引きずるようにして歩いていると、海軍のトラックが通りかかり、「どこまで帰る?」と聞かれました。「上平原まで帰ります」と言うと、「バカだな。そんな格好ではとても帰れないぞ、乗れ、乗れ」と、私のお尻を押して、荷物と一緒にトラックに乗せて、家の近所まで運んでくれました。

やっと家に帰り着きましたが、私の顔を見た母は少しも喜んでくれません。「虱《しらみ》がいっぱいいる」と言うのです。前の家のおばさんに「こちらへいらっしゃい。今、たらいにお湯を沸かしたから」と頭を洗ってもらいました。それでも家中の者に虱がうつってしまって、当分の間、大変でした。

敗戦後、やっと学校が始まった

その後、長崎に原爆が落ちて、八月十五日、日本は敗戦を迎え、能美島にいた級友たちも呉に帰ってきました。

母の親が病気になって電報が来ました。汽車の切符を手配してもらった母は、出かけると、一ヵ月ぐらい帰れません。その間は私が全部家のことをやらなければなりませんでした。一週間に一遍ずつ米穀通帳と郵便局の通帳とはんこを持って生活費をもらいに出かけるため、学校へ行く時間などありません。学校も、進駐軍が入って来るから危ないと、敗戦後一、二ヵ月は休みでした。それが収まって学校が始まっても、食物がないからお弁当なしで、授業は午前中だけでした。「もう三年生だから」ともらった教科書を見ても、今まで勉強をしていないので理解できません。数学は「これは三角関数で解け」と言われても、「先生、三角関数って何ですか」とさっぱり分からない。夏休みに補習授業をするというので毎日出席しましたが、二年半の空白はなかなか取り戻せるものではありません。

卒業前に美声の音楽の先生が赴任してきて、ピアノを弾きながらドリゴのセレナーデを歌ってくれました。軍歌しか知らなかった私は、それが美しくて、美しくて、「この世にはこんなきれいな歌があるのだ」と感動しました。

もっと、もっと学びたかった

私は、勉強は特別好きではありませんでしたが、学校が大好きでした。学校には行きたかった。呉市にある学校は私が通った女学校だけです。お金がかかってはいけないとなると師範学校しかありません。三原にある師範学校に行って教師になろうと決心しました。願書を出して受験票を送ってもらい、前日、妹と学校の下見に行きました。しかし、受験当日、駅は大混雑で三原行きの切符を買うことができませんでした。私は、当時、受験さえしていれば自分は絶対合格できたのだと信じていました。でも、勉強をほとんどしていなかったのですから、本当はどうだったでしょう。戦争中、勉強こそできなかったが、勤労奉仕や学徒動員で機械を扱い、家事を取り仕切って、自分はやれば何でもできると信じていました。その後、私は母校が開いた幼稚園の先生になりました。若い私は子どもたちに慕われ、やりがいのある仕事でした。でも、長い間、私は上級学校へ進学できなかった悔しさを持ち続けました。

女の子たちは、当時、みんな生理がありませんでした。栄養状態が悪かったこともあると思いますが、体の大きな子もいました。お風呂にもはいれない、生理用品もない中で、日々、生命の危険にさらされていた心理的な影響も大きかったと思います。戦争は子どもたちの心身を大きく歪めてしまいます。

私たちと一緒に鋳物工場で働いていた当時、機械で指先を切り落としてしまったやんちゃな中学生がいました。敗戦後、彼は満員列車にぶら下がっていて、指先がないため振り落とされ、命を失いました。当時、人の命は本当に軽かったのです。

私たちは、二度と戦争を起こしてはいけない。大きな犠牲の上にできた平和憲法は、日本の宝です。守り続けねばと思っています。

（二〇一二年七月十一日収録）

兄の遺言

丸子支部 下村 シズ子

私が丸子町立尋常小学校に入学した一九三七（昭和十二）年は、七月七日に盧溝橋事件（北支事変）を経て、日本が日中戦争（支那事変）へと突入していった年だった。兵士が続々と大陸へ送られ、私も出征兵士の弾丸よけの千人針に、赤い糸で玉結びを作り、慰問袋へ入れる慰問文を書いた。

その後、日本軍は次々と中国の街を占領していった。そして、十二月十三日の首都南京陥落の祝賀の提灯行列には私も参列した。

一九三八（昭和十三）年に国家総動員法が公布され、翌年には国民精神総動員委員会が男子学生の長髪・女性のパーマネントを禁止した。一九四〇（昭和十五）年に大政翼賛会が発足し、隣組制度が全国の市町村に設けられ、政府の指示、指令によって国民を簡単に統治する体制が整えられた。戦況が激しくなる中、米・味噌・塩・マッチなど十品目の切符制が決められた。「ぜいたくは敵だ」の看板が立ち、国民は不自由な生活を強いられるようになった。学校の音楽の授業で、音符の読み方が「ドレミファソ」から「ハニホヘト」に変わり、私たちは戸惑った。

一九四一（昭和十六）年には国民学校令が公布され、尋常小学校が国民学校と改められた。

そして、十二月八日に、太平洋戦争（大東亜戦争）が開戦した。

米、味噌・醤油の切符制配給に加え、二月一日から衣料品の点数による切符制が実施され、国民の生活は、ますます苦しくなった。男性はゲートルを巻き、女性はモンペ姿になった。

女学校で勤労奉仕

私は、一九四三（昭和十八）年の四月、隣の上田市にある長野県立上田高等女学校に入学した。セーラ服と車ひだのスカートの両脇に白のジャバラが二本入った憧れの制服は入学式に着ただけで、絣のモンペに下駄ばきで通学した。当時、靴は国民の手には入らなくなっていた。

農繁期になると農家へ勤労奉仕に行かされたが、町で育った私たちには農業の経験や知識がなく、とても働くとは言えない状態で、農家は迷惑だったと思う。私の住んでいる町の近郊は農家が少なく、約四キロ離れた隣村へ奉仕に行ったが、私鉄バスの運賃が高いからと歩いて通ったため、実際に働いたのは四時間ぐらいだった。

食糧不足がますます厳しくなり、学校農園を作るため、山の斜面を開墾した。駅から鍬をかついで歩くので、これまた実働時間は少なかった。山の木を切り倒し、根を掘り起こす作業は、十三〜十七歳の少女たちには大変な労働だった。十日間ほど通ったが、慣れない作業にも不服を言う者はなかった。その後、学校農園の収穫がどうなったかは生徒たちには知らされなかった。

秋になると授業が再開したが、音楽の時間は軍歌ばかり歌わされた。たまに先生が内緒でレコードを聴かせてくれて、うれしかった。英語は敵国語だからと授業を中止した学校もあったが、私の学校では続けられた。

食糧不足が続き、校庭は畑になり、カボチャを植えた。闇米を買うことは禁じられていたため、市内に住んでいる先生のお弁当は瓶に入れた粥で、「二階へ階段を上るのがしんどい」と言われた。栄養失調になっておられたのだ。農家の生徒たちが、米や野菜を持ち寄って、先生を助けた。

兄の出征

一九四三年は、私の兄が出征した年でもあった。父母は「生きて帰れよ」とは言えないので、「犬死するな」と送り出した。

私は大屋駅のホームで見送った。別れぎわ、学問が好きな兄は「これからの女性は女学校だけでなく、上の学校を目指せ」と言った。これが兄の私への遺言となった。

学徒動員で軍需工場へ

二年生になると、私たちは市内の軍需工場「鐘ヶ淵通信」へ行くことになった。自宅から駅まで徒歩で約一キロ、上田電鉄で三十分の上田東駅から西にある工場まで、さらに三キロの道を、白ハチマキをして、防空頭巾と救急カバンを肩から下げ、隊列を作って行進した。工場の守衛のところを通る時は、班長が「頭《かしら》右！」と号令をかけ、軍隊並みだった。

工場での仕事は、身長の高い順に部署が決められ、背の低い私は簡単な仕事で、製品の研磨だった。家から歯磨き粉を持参して、一生懸命磨いた。資材不足で仕事は途切れがちだっため、机の中に本を隠して読んだこともあった。教科書ではなく小説だったので、先生や工場の人に見つからないように気をつけた。昼食は工場の大食堂でいただいたが、米不足のため、カボチャが入ったご飯が続いた。

通勤途中の電車がB29の空襲を受けた。停車場から走り出たが、身を隠す場所がなく、田んぼの畦に身を伏して爆撃機をやり過ごした。上田の飛行場が爆撃を受けたのは、この時だった。

戦争が終わった

一九四五（昭和二十）年八月十五日昼、大本営発表の玉音放送があるとのことで、工場で働いていた全員が庭に集合した。天皇陛下のお言葉を拝聴したが、十五歳の私たちには理解しがたかった。「耐え難きを耐え、凌ぎがたきを凌ぐ」とのお言葉は聞き取れ（本当は忍ぶだった）、ソ連が参戦したので「いっそう奮励努力せよ」との仰せと判断した。しかし工場内へ戻ると、上役さんたちが泣いていて、戦争が負けたことを知った。とても信じられなかった。工場の人から「家へ帰ってよい」と言われ、ひっそりとした街中をみんなで肩を落して帰宅した。

夕方、電燈の覆いを取ると、久しぶりの明るさに、うれしくなった。約一年間工場で働いた給料は、月謝として学校へ納めた。

秋になり、学校は再開したが、教科書の黒塗りが続いた。東京から疎開してきた生徒が多く、クラス替えが何回もあった。また学制改革もあり、落ち着いて勉強ができるようになったのは、五年生になってからだった。

戦争は命、学問、人間性を奪った

一九四三（昭和二十三）年、私は女学校を卒業した。五年間在籍したものの、授業を受けたのは半分ぐらいだったので、とても女学校卒業とは言えない。教師には上級学校進学を勧められたが、田舎者の私は丸子・上田から外に出たことがなく、故郷を離れる勇気がなかった。私は兄の遺言を守れなかった。もう少し勇気があったなら、私にはもっと違った人生があったかもしれないと、ふと思うことがある。

あの戦争は、学生から学問を奪った。出征していく兄との別れに涙も流さなかった私は、人間性も失っていた。国のために命を捧げることは尊いこと、名誉なことと洗脳されていたのだ。死に征く兄は、十五歳の次兄が予科練を志願することに反対した。「わが家でお国のために征くのは自分一人でよい」と、本気で叱った。二十歳だった兄は、戦局もわかっていて出征していったのだと思うと、今でも悲しくなる。その兄は、敗戦の年「三月にフィリピンで戦死」との公報があったが、遺骨はなく、白木の箱に紙一枚だけが入っていた。

今、日本は、戦争のできる国へと向かっている。戦争の愚かさ、過酷さを知っている私たちの世代は、「戦争反対」と声に出し、自らの体験を伝えたいと思う。

また、私たち遺族にとって、あの戦争へと導いた責任者を靖国神社へ祀ることは納得できない。二十歳で戦死した兄は、二十歳のまま、故郷の山に眠っている。

（二〇一四年十一月十九日記）

勤労動員の日々

直属　鳥海　哲子

一歳で満州事変、七歳で日中戦争、十二歳で太平洋戦争に突入し、十五歳で敗戦という「十五年戦争」のすべてを生きてきた私としては、記憶にあるすべてを語りたいが、ここでは主として十三～十五歳の旧制高女時代の学徒勤労動員について記録しておきたい。

年表を見ると、一九四一（昭和十六）年十一月二十二日「国民勤労報国会公布。十四～四十歳の男子、十四～二十五歳の未婚の女子の勤労奉仕義務化」とあり、翌一九四二（昭和十七）年には「学徒勤労動員開始」となっている。私はこの年の四月に高女に入学した。以後一年生の授業はほぼ正常に行われたが、英語は一学期で停止。女性の英語教師は姿を消してしまった。

一、援農――勤労奉仕

翌一九四三（昭和十八）年は十三歳。授業が少しずつ変則化し始めた。学校が千葉県市原郡（今の市原市）にあったので、「援農」という形で周辺の農家の手伝いに出ている。農村の男たちは多く出征し、人手が足りなくなっていた。

生徒は通学区ごとに団を組んでいたので、農家の要請に応じて、それぞれの地区で働いたが、雨などで農作業のできない日には登校し、授業が細々と行われていた。しかし登校しても学校農園作業や開墾などで、授業のつぶれる日は多くなりつつあった。

この間、私は田畑の作業をほとんど全部体験した。牛馬の鼻をリードしての田の代《しろ》かき、田植え、草取り、稲刈り、麦刈り等々。泥田に立った素足の脛に吸いついた蛭《ひる》を引っぱるとドッと血が流れて恐ろしかった。畦《あぜ》にマムシが首を立てていて肝を冷やしたり、心身ともに私には重労働の思い出だ。

春秋の農繁期には各地区で共同炊事も行った。女教師の指導で、二、三年生六人の私たちは、毎朝二時半頃から三十人ぐらいの食事の仕度をした。二週間ほど農家に泊まり込んだが、炊事の手間を省いた農家は増産に励めると言われ、熱いかまどの火にも耐えて働いた。

二、風船爆弾の用紙工場へ

一九四五（昭和二十）年の二〜三月には、東京湾岸（五井町）にある風船爆弾（「ふ号」）用の紙革工場に動員された。これが本格的な通年動員ということになる。家から徒歩と汽車で片道一時間半ほどの通勤となった。

そこは広々とした枯れ田を埋め立てて建てたバラック工場だが、初日、軍人の監督官から「諸君は秘密兵器を作るのだから、家に帰ってもいっさいしゃべってはならない。機密を洩らした者はスパイとして処罰する」という意の訓辞があり、私はスパイ＝憲兵＝死刑という恐怖が一瞬にして脳裡を貫いた。もちろん、父母にもしゃべらなかった。

作業は、畳一帖ほどの大きさの和紙を貼り合わせる箱型の構造物が何十台も設置されており、中に蒸気を通して乾かす仕組みになっていた。まず大判の和紙を薄いこんにゃく糊でサッと金属面に貼りつける。シワや気泡は刷毛で手早く外縁へ押し出す。四つの面に貼り終わると最初の和紙は蒸気熱で乾くので、今度は濃い糊で刷毛をm字状に動かし、力をこめて補強の糊を何度も塗布《とふ》する。次に同じ手法で小判の和紙も貼り、最後に大判の和紙を貼って仕上げる。糊を塗《ぬ》っては乾かし、乾かしては塗って、通気性を絶つ。塗りムラや気泡は水素ガスを詰めて飛ばす時、爆発すると言われ、オシャカ（不合格品）になると怒られた。

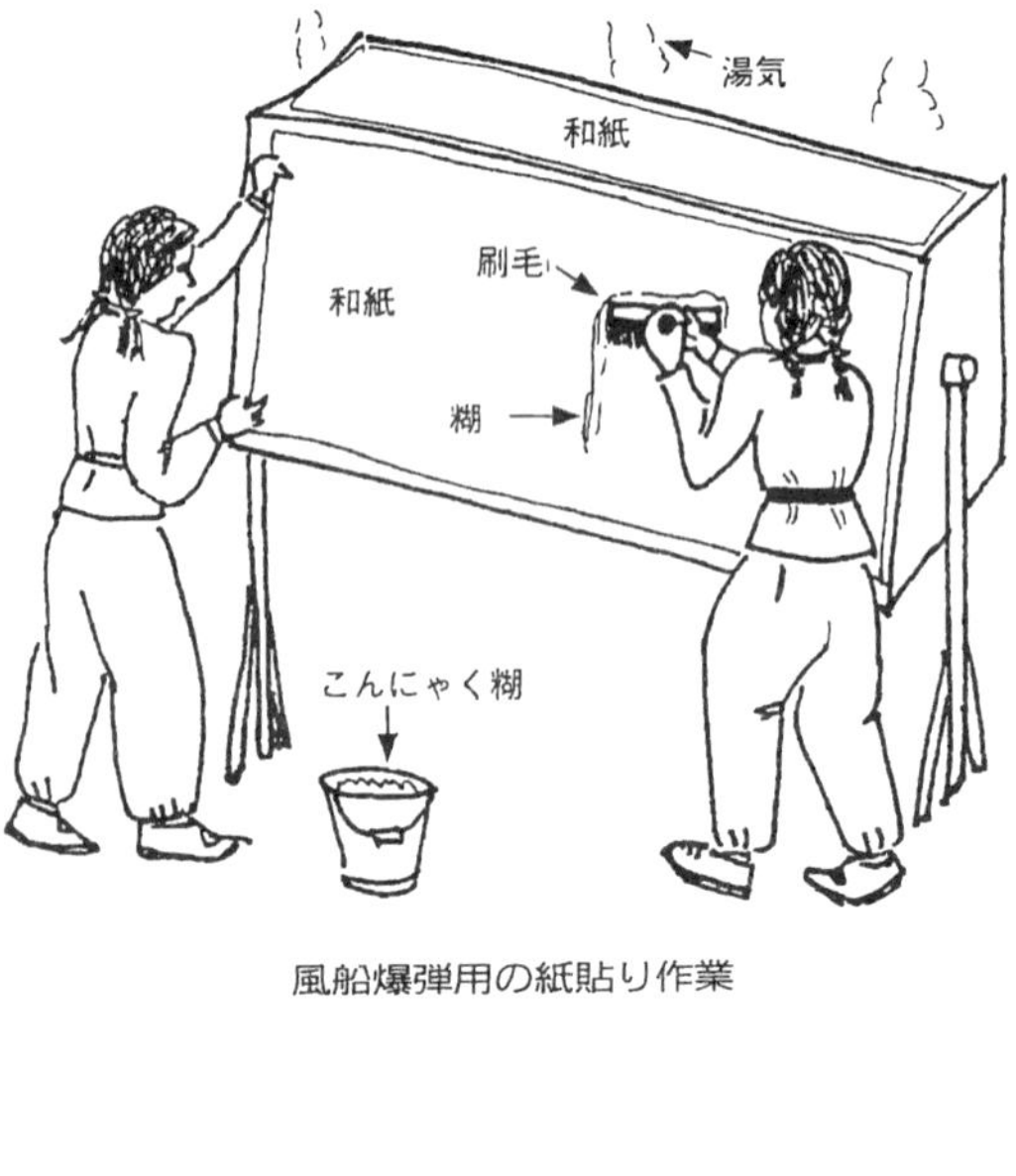

風船爆弾用の紙貼り作業

後年知ったのだが、この作業には日本全国の女学生が各地で動員されており、最後は直径十メートル大の風船に仕上げた女学生もいたという。真冬のことで土間の足元は冷え、固まった糊箱を洗う役は私たちのもので、ヒビ、赤ギレで辛い作業もあったが、お国のためと思い、一生懸命働いた時代だった。

広い太平洋を渡るとは信じ難い風船爆弾だが、米国オレゴン州でピクニックの子らが触れて爆死したと後年知り、今問題の無人機の空爆と同じような兵器だったかと、今は心が痛い。

三、軍の司令部に軍属として

一九四五（昭和二十）年四～八月、私たち四年生は女学校におかれた本土防衛軍隊の司令部の中に軍属として配属された。私は高級副官付として勤務した。仕事はＯＬ程度だったが、軍隊内にいる緊張感はあった。下級生は全部講堂に押し込められ、兵服の繕いなどしたという。この時期、街には将兵があふれ、一大軍事基地となっていた。すでに房総・九十九里沿岸に米軍が集結しつつあり、私は子ども心に、いずれ本土決戦で死ぬのだと思っていた。

しかし思いもかけず突然に、八月十五日敗戦の日が訪れる。玉音放送は意味不明だったが「負けたんだ！」という声に、ドッと涙があふれた。庭の、紅い花をつけたザクロの下蔭に立った将兵たちが、顔を腕で覆って号泣している様が忘れられない。

そしてその後、私の記憶は喪失している。生徒は中庭に集められ、担任の話を聞いたというのだが、全く思い出せない。

敗戦によって私たちはかろうじて助かった。原爆もオキナワも東京大空襲も体験なく、翌年三月、無傷のまま女学校を卒業した。

しかしどんな田舎の子どもたちでも、戦争で無傷のままということはないのだ。もしあの時、戦争が続行していたら、米軍の通り道に立った私たちもオキナワ「ひめゆり」の乙女と同様、軍と共に敗走し、十五歳で自決せざるを得なかったろう。オキナワ戦で使われた米軍の火焔放射器のすさまじさを見ると、私たちは一たまりもなかったと、戦争のおぞましさを感ずる。どんな戦争にも加担してはならないと思う。

今、安倍首相以下、政治家も官僚も戦争を知らぬ世代が国政を動かし、閣議決定という安易な手法で「国のかたち」を変えようとしている。「集団的自衛権」の行使の容認は、戦後六十九年保ってきた憲法九条の平和主義をないがしろにし、同盟国アメリカに随って海外で参戦できる国となる。そのための法改正や改憲を試みる安倍政権と与党は許しがたい。

今や日本は重大な岐路に立っている。この流れを止めねばならないと強く思っている。

（二〇一四年八月二十五日記）

戦時中、山村では

直属（元宮崎支部）　藤本　好子

私は、一九三三（昭和八）年五月十三日に大分県日田郡光岡《てるおか》村に生まれました。当地の尋常高等小学校に入学したのが一九四〇（昭和十五）年で、翌一九四一（昭和十六）年四月に尋常小学校が国民学校と改称され、その年の十二月八日に太平洋戦争が始まりました。終戦の時は六年生でした。この間、戦時体制下で私たちは皇国臣民としての教育を受けました。「贅沢は敵だ」「欲しがりません　勝つまでは」の標語どおり、御国のために…と純粋な思いで、子どもながらに窮乏に耐えていました。当時、三歳年長の姉たち女学校の生徒は近くの飛行機部品工場で女子挺身隊として働かされ、私たちの勉強は〝国語〟や〝修身〟の時間に出征兵士の見送りや慰問袋に入れる手紙や絵を書くことでした。しかし、その後、出征兵士の留守宅の農作業の手伝いやお茶摘みなど、校外での奉仕活動が多くなりました。

　私の生誕地光岡村には立派な村有林があり、その村有林が村の財政を潤し、小学校の支援にも使われていました。しかし、戦時中には、立派に育った木材は村のためではなく、国への提出に使われるようになりました。村有林の松が、当時のエネルギー源であった炭鉱の坑道を支える坑木として、たびたび伐り出されていました。その山から国鉄光岡駅の貯木場までの運搬は小学校高等科の生徒の奉仕活動でしたが、人手が足りない時には私たち六年生の男女もその仕事に加わりました。母に作ってもらった小さな座布団を二つ折りにしたような肩当を身体にくくりつけていましたが、木材の重さが肩に食い込んでくる辛い作業でした。片道二キロメートルほどの山道を一日二往復。よく頑張れたものだと改めて当時を思い出しています。

一九四四（昭和十九）年、太平洋戦争でサイパン島の日本軍が玉砕して、米軍の爆撃機Ｂ29による本土空襲が本格化し、当時、軍需工場のあった北九州の八幡市や小倉市、そして日本軍の飛行場があった太刀洗《たちあらい》はたびたび空襲の目標とされていました。太刀洗への空襲は東の豊後水道から侵入して来たＢ29が、私たちの村の上空をまっすぐに北上し、その都度空襲警報が出されて、私たちは防空壕に逃げ込みました。

同年、さらに戦況が悪化し、急遽、小倉の陸軍造兵廠が分散移転することになり、その移転先として、日田町や宇佐町が選ばれました。光岡小学校の運動場や光岡駅の周辺は軍の資材置き場となり、小学校の校舎の半分は小倉兵器工廠の事務所になりました。周辺の山に地下工場のための横穴がいくつも掘られ、その横穴の外にもバラック造りの工場が建てられました。狭い村道を大型トラックが往来し、私たちの歩行は制限されました。小倉造兵廠の疎開で、軍関係者、技術者、工員たちが移住してきて、人口が倍増しました。

一九四五（昭和二十）年には宿泊所が不足し、よほどの事情がない限り、一般家庭にも工員さんを三〜四人受け入れました。私の家は父が出征中で、母子家庭であったことから、工場の技術者一家が同居することになりました。お国のためと信じて不自由な暮らしに耐えていました。

しかし残念なことに、ほとんどの作業所は操業に至らず、八月十五日の終戦を迎えました。のどかだった私たちの村はボロボロになり、放置されました。

戦争が長引き、私たちの村からも多数の方々が徴兵され、またたくさんの方が戦死されました。隣町に住む私の従兄弟も、東京大学三年の時に東京代々木の神宮外苑であった学徒出陣の壮行会に駆り出され、一九四三（昭和十八）年の暮れに海軍予備学生として出征、朝鮮の元山《げんざん》で飛行訓練を受けて、一九四五（昭和二十）年四月十七日に鹿児島県鹿屋《かのや》の海軍特攻基地から沖縄に向けて飛び立ち、戦死しました。名誉ある「神風特攻隊員」として町企画の荘厳な葬儀が行われ、伯母は「軍神の母」として称えられ、涙を流すことも許されませんでした。

母の弟である私の叔父もニューギニアで一九四五（昭和二十）年二月に戦死しました。戦後の情報によれば、ニューギニアでの叔父たちの部隊は武器弾薬もなく、現地の疫病で倒れるか、食糧がなくなり、ほとんどの人が餓死したとのことでした。

沖縄、広島、長崎だけでなく、東京や他の都市での空襲でも多くの人命が失われました。戦争ほど悲惨なものはありません。近隣諸国の方々にも犠牲を強いる戦争は、絶対にしてはなりません。

平和を守ることこそが、現在生きている私たちに与えられた使命だと、強く思っています。

（二〇一四年九月二十一日記）

軍需工場に動員されて

直属（元大町支部）　松山　玉江

満州事変から始まり、大東亜戦争へと戦いは長期化し、いよいよ国民総動員という事態になった一九四一（昭和十六）年九月、長野県北安曇郡美麻村（今の大町市）で家事見習いをしていた十六歳の私に、村役場から名古屋の軍需工場に行くようにとの動員通知がきました。松本駅に集合し、汽車に揺られて名古屋駅に到着すると、信越、北陸、東北から約百五十人が集められていました。

名古屋には南区、千種区、春日井郡鳥居松（今の春日市）の三カ所に軍需工場がありました。私は春日井工場に配属され、そこで五十人に細かい仕事の説明がありました。それから突然、サーベルを下げた少尉に「君、みんなを代表して、今の気持ちを一言、言いたまえ」と指名されました。田舎者の私は、おどおどしながら、「お国のために一生懸命働きます」と言った記憶があります。

仕事場は九九式小銃の部品製造工場でした。見渡す限り大きな機械が並び、油の臭いがむんむんと立ち込め、男性の工員たちが忙しく研磨機などを動かしていました。私の任務は、班の生産高を事務所に報告する班長助手で、任務の空き時間には、製品の角をやすりで擦り取る作業をしましたが、特別大変だとは思いませんでした。

約二十人の寮生活は、四畳半に二人ずつ、冬の暖房はカイロ一つ、風呂は交替で週二回。食事は麦ご飯にたくあん二切れと味噌汁でしたが、これが赤味噌でつくった汁で信州味噌に馴染んできた私は慣れるまで大変でした。昼食は工場の食堂でとるのですが、魚がたまに出ることもありました。そんな生活の中で脚気を患い、三年間で帰郷しました。

療養後は、地元の地方事務所（現在の市役所）に就職しました。出征兵士を送るたび、「武運長久」と書かれた日の丸の周囲に書いた「寄せ書き」や「弾丸に当たりませんように」と一針一針に願いを込めた「千人針」で、無事を祈ったものでした。

幸いにも当地は戦災にあいませんでしたが、戦禍はどんどん激しさを増し、東京をはじめ地方都市や沖縄の様子を聞くにつけ、大変ご苦労のことと心を痛めました。

そして、一九四五（昭和二十）年八月十五日、職場で働いていると、総務課長から「今日は陛下の重大放送があるから心して聞くように」との話がありました。当時、役所にはよいラジオがなかったので、近くのラジオ店で「玉音放送」を聞きましたが、聞き取りにくく、終戦と理解した人は少なかったのではないかと思いました。役所に帰り、そのことを報告すると、上司や同僚たちは茫然として、しばらく部屋の中は静まりかえりました。

敗戦から七十年、戦場の露と消えた人たちは、今の日本の状況を草葉の陰でどんな思いで見ているのでしょうか。私の従兄は満州で現地召集され、未だにどこで亡くなったのかわかりません。「玄関で倒れてもよいから帰ってきて」と涙を流していた叔母の姿が忘れられません。戦争で犠牲になられた方々の、声にならない叫びが今も聞こえてくるような気がいたします。

憲法九条は絶対に守らなければいけないと思います。

（二〇一四年九月二十八日記）

戦中・戦後の生活・教育

インタビュー

戦火の中、「銃後の守り」で子どもたちを育てました

静岡支部　金原　愛子

私は、一九一八（大正七）年に静岡県磐田市見付で生まれました。十二人姉弟でしたが、二人は夭折して、十人姉弟の賑やかな家庭で育ちました。父は医師で、家柄が古く、徳川家康が外出した折に寄って休憩したという実家は敷地が七百坪ほどあり、何不自由ない、豊かな子ども時代を過ごしました。

大正ロマンといわれ、戦争がない平和な世の中でしたが、不景気な時代でもありました。昭和となって、時の濱口雄幸内閣が緊縮財政政策をとったため、小学六年生の修学旅行が中止になったことを記憶しています。

軍国女子を装ったが

見付小学校から見付高等学校へ進学し、専修科・研究科を一九三七（昭和十二）年に卒業しました。卒業後は、強制的に女子青年団に入れられ、毎日、軍国女子としての訓練を受けました。着物姿で機関銃の扱い方を教わりました。とはいえ、お琴を習うなど、国内はまだ平和でした。

しかし、一九三七（昭和十二）年に日中戦争が始まると、出征兵士を送るのが日課のように

なりました。今でも強く脳裏に刻まれている光景があります。みな、万歳を叫んで若者たちを送り出すのに、ある飲み屋のおかみが人目をはばからず号泣しました。それを見るまわりの人たちの冷たい目。本当はみな泣きたいのに、「お国のため」と我慢していたのです。私は、表向きは軍国女子として頑張っていましたが、内心は、そのような場面を見るのがとても嫌でした。

空襲に怯えながらの育児

一九四〇（昭和十五）年一月に見合い結婚をしましたが、時節柄、新婚旅行はしませんでした。夫は立川にある陸軍航空技術研究所に勤務していました。軍の施設ですから、食物にはあまり不自由しませんでした。翌一九四一年、日本は太平洋戦争に突入しました。私は、初めからアメリカという大国を相手に、日本が勝てるとは思っていませんでした。

私たちの住まいは立川の飛行場近くにあったので、空襲や艦載機での烈しい攻撃を受けました。ある日、グラマン戦闘機が庭木の葉が千切れるほど低空飛行してきました。ちょうど娘が庭で遊んでいたので、私は命の縮む思いをしました。夫は仕事に忙しく、どこの家庭も同じでしたが、私は粗末な防空壕を作り、男顔負けの馬鹿力を発揮して子どもたちを守りました。これを「銃後の守り」と言っていました。

空襲を逃れて疎開

一九四五（昭和二十）年三月の東京大空襲。朝からB29の編隊が東京へ向かって行くのを見ました。高射砲をいくら撃ってもB29には届きません。見ていて、本当に情けなかった。たまたま当たった時には、みなわれを忘れて歓声をあげたものでした。

大宮御所（＊）が焼けたと聞いた時は「いよいよ戦争も終わりだな」と思いました。

ますます空襲が烈しくなった四月、夫は長野県岡谷に疎開しました。私は、お産のため、浜松の夫の実家に三ヵ月居候しました。義理の母は「死なば、もろともだよ」と私を慰めました。日本中、アメリカ軍のB29爆撃機の来ない日はなく、連日空襲が続きました。軍需工場が多かった浜松は艦砲射撃を受けました。艦砲射撃は、いつ、どこに落ちるかわからず、空襲より恐ろしかった。

見付の実家に帰っていた六月十九、二十日、静岡市に大空襲がありました。同時に豊橋市でも空襲があり、両方から赤々と燃える紙切れなどが飛来しました。夜が明けても、さまざまなものが飛んできて、太陽が見えないほどでした。磐田にあった陸軍通信隊を狙った爆弾で、帰宅途中の小学生と引率の教師の全員が無残な死をとげたことを後日聞きました。

私たちは夫の疎開先の岡谷へ行き、終戦までのんびり暮しました。

敗戦

一九四五（昭和二十）年八月十五日、ラジオで天皇陛下の声に耳を傾けましたが、私には何も聞き取れませんでした。勤務先から戻った夫が「戦争が終わったよ」と告げたので、私は敗戦を知りました。「負けた」と言わず「終わった」と言った夫には、言い知れぬ思いがあったことでしょう。

灯火管制がなくなり、明るい夜を迎えることができて、「戦争は終わったのだ」と私は実感しました。夫から黙って青酸カリの入った小さな薬ビンを渡されたこともありました。敗戦後の混乱の中、非常の時には死んで身を守れということだろうと、私は黙って受け取りました。そんな緊迫した思いで毎日を送っていました。戦争とは本当に恐ろしいものです。

初の婦人参政権を行使

一九四六年一月、夫が勤務先の残務処理を終えて、私たちは岡谷を去り、静岡県の実家に戻って戦後の生活が始まりました。敗戦の翌年の総選挙で、女性たちは初めて選挙権を手にしました。世の中はまだ混乱が続き、婦人選挙権を喜ぶどころではなかったのですが、私は母と一緒に投票に行きました。

夫は敗戦で失業し、公職追放の指令が来て、二年ほど落ち着かない生活が続きましたが、やっと静岡市で教職を得て、私たちは静岡に転居しました。その後、主婦仲間の交流が広がり、私は日本婦人有権者同盟の存在を知りました。政治の学習をする中で、静岡支部を立ち上げ、現在まで活動を続けてきました。

今、思うこと

父は「軍人が政治を握ると、国はダメになる」と言っていました。この言葉が頭から離れたことはありません。「二度と戦争を起こしてはいけない」「平和を守る」というのが私の一貫した信念です。九十四歳の今に至るまで、平和に関する活動に積極的に参加してきました。九条の会は本当に大切です。私は焼津九条の会の呼びかけ人になってよかったと心から思っています。今、世論が改憲に傾いているのが心配です。

＊大宮御所　東京の赤坂御用地内にあった皇太后の御所。一九五二年廃止。

（二〇一三年五月十五日収録）

一途に勝利を信じた

塩尻支部 塩原 トシ子

今年は異常気象で農作物も影響を受けハラハラしたが、秋の収穫も一段落、少し気持ちに余裕ができた。太平洋戦争開戦の日、十二月八日が目前に迫り、依頼されていた戦争体験を書こうかと、古い書類をとり出し、日本婦人有権者同盟創立の原点を確認した。そこには「国際正義を尊重し、世界の恒久平和の確立と人類文化の発展に寄与する」と書かれている。しかし、開戦から七十三年を経た今、日本は憲法解釈で集団的自衛権を行使して戦争のできる国へと進もうとしている。戦前の全体主義国家へ向かうのではないかと懸念される。

「神風が吹く」と信じた

私は戦争の中で青春を過ごした。一九四一（昭和十六）年に太平洋戦争が始まり、父親を戦地に送った私は、一途に勝利を信じた。テレビのない時代、ラジオから流れるニュースを信じた。学校では、毎月八日、全校生徒が校庭に集合し、分列行進。その後、出身部落に分かれて、部落の神社に勝利祈願をした。

高学年は食糧増産のため農家で勤労奉仕をした。桑の木を茹でて、皮をむかされたことがあったが、あれは何に使ったのだろう。一生懸命に働いた。

女学校へ進学したが、母のセルのコートを作り直した制服は手縫いだった。入学後、すぐに製糸工場へ学徒動員となった。私たちが紡いだ糸は落下傘の縦糸として使われた。一学年上の生徒は、工場で風船爆弾を作っていると聞いた。この爆弾をジェット気流に乗せて飛ばし、敵地へ落とすのだそうだ。

私が動員された二ヵ月後、玉音放送があったと知らされ、何もわからないまま敗戦となった。私は「神風が吹いて勝つ！」と信じていた。「負ける」など考えられなかった。

第一回成人式に参列

終戦後は、物がなかった。缶詰の配給があり、衣料切符が配られた。女の子の衣服は、母の着物の胴裏をほどいて作った。

私は「第一回の成人式」に参加した。蚕を飼っていたので、自分で機を織り、縞模様の生地でジャケットを縫って、それを着て出席した。農協の二階で祝ってもらった。質素だった。

わたしは訴えたい

毎年、八月の終戦記念日前後「子どもたちよ」と戦争体験者が次世代に語りかける言葉が目につく。今年、特に印象的だったのは、戦争遺児だった方が知覧特攻平和会館を訪れ、そこで「お母さんへ」の遺書を読んで涙を誘われたという十月十七日の新聞投稿欄だ。戦争遺児として悲しい人生を強いられた人の涙、それは一人の涙ではない。人類が引き起こす戦争の悲劇を根絶したいという、すべての戦争被害者の叫びなのだと感じた。

特定秘密保護法の制定や集団的自衛権行使容認の閣議決定後、若いお母さんたちは、将来、徴兵制度が敷かれ、大事に産み育てたわが子が成長して戦争に行かされるのではないか、と不安を訴える。

今だからこそ、話しておかなければ、きっと後悔するに違いない。家族に、周囲の皆に、世界中の人に、戦争の悲惨な体験を伝えたい。私は、いかなる理由があろうとも「戦争」に反対する。

（二〇一四年十一月記）

戦争を知らない人たちへ

水戸支部　靜間　敏子

一、失われた日々

太平洋戦争は、開戦が一九四一（昭和十六）年、終戦が一九四五（昭和二十）年、三年八ヵ月の間でしたが、その後遺症は長く続き、人々の人生には決定的なダメージを残しました。

失われたものの第一は「命」です。軍人はもちろん、学業半ばの学生、一般市民、日本だけでなくアジアの国の人々までを巻き込みました。生きていればどんなにか良い仕事をし、幸せな家庭を築くはずの命が数百万も失われたのです。

第二には「心」です。この戦争を正義とするための政策や教育が徹底的に行われ、情報も管理され、心の自由が奪われました。

第三には「有形無形の財」です。長い歴史を持つ文化財から個人の資産までが、無残に破壊され灰燼に帰しました。これらの損失は計り知れず、取り返しのつかぬものです。

二、戦争が始まる　―学業と動員

私は、一九四一（昭和十六）年、大阪府立清水谷高等女学校に入学しました。憧れの学校に入れて喜んだのも束の間、十二月には戦争が始まりました。三年生までは英語も含め普通の授業がありましたが、戦争が烈しくなり、私たちは枚方市の造兵廠に動員され、砲弾の信管部品の製造に当たりました。

空襲はますます烈しく、一九四五（昭和二十）年三月十日東京、三月十二日名古屋、三月十三・十四日大阪、三月十七日神戸と次々に焼夷弾が落とされました。工場から西宮市上甲子園の家へ帰る途中、空襲にあい、阪神電車は不通、線路を歩き、鉄橋を渡り、くすぶっている街を駆け抜けたり、いく度も恐ろしい思いをしました。

この一年余りの動員で、十分な勉強もしなかったのに、女学校は四年で繰り上げ終了となり、上級学校進学組と工場への挺身隊組に分かれました。東京など遠い学校への受験はできず、一番近い神戸女学院専門学校（今の神戸女学院大学）を受けることにしました。四年終了と五年卒業の生徒が同時に受験するので、競争率が十倍という話もありました。参考書もなく困っている時に、同じ甲子園駅から乗る京都の第三高等学校の学生さんが「僕の使った本ですが」と十冊ほどの参考書を渡してくださいました。とても嬉しく、三高の桜の帽章が眩しく見えました。

二十年四月、難関を突破して、神戸女学院へ入学しましたが、登校日のほかは工場通いも続けられました。登校日には講義の間に礼拝があり、聖書を読み、讃美歌を歌いました。チャペルの講壇の聖書を憲兵が下ろすよう再三命令しましたが、院長先生はそれに応ぜず、礼拝と聖書は護りぬかれました。

三、戦争が終わる　―大きな転換―

一九四五（昭和二十）年八月十五日の詔勅で戦争が終わり、天皇の人間宣言、新憲法施行、財閥解体、農地解放、学制改革など社会は大きく変わりました。

和歌山へ疎開していた父母、姉たちと焼けなかった京都で、久々家族一緒の生活が始まりました。しかし、姉の夫は満州からシベリヤへ抑留され、ボロボロになって帰って来たのは三年後でした。

神戸女学院の講義が正式に始まったのは一九四五（昭和二十）年十月からでした。その時に気づいたのは、学生の学力の低さと学力の差でした。工場動員と繰り上げ卒業の影響、また敵性語として英語を全然教えなかった学校もあったと言います。教科書もそろわず、板書される先生の言葉を写すのですが、そのスピードについていけず、スペルを間違えると辞書をひくのに苦労しました。学び盛りに勉強できなかったことは本当に残念でしたが、その反動から知識欲は旺盛で、読むもの聴くものすべてが身に沁みこむように思えました。

その年のクリスマス礼拝には三百人もの進駐軍の将兵が来られ、ともにメサイアを歌いました。その後のバザーでは私たちの手作りの小物などを故国の家族へのプレゼントとして買ってくれました。数ヵ月前まで敵国だったアメリカの将兵たちと最初はお互いに戸惑いましたが、次第に言葉を交わすようになりました。女学院という背景があったからでしょう。神戸女学院は一八七五年、アメリカの宣教師により日本の女子高等教育の学校として建てられました。歴代院長、教授陣にもアメリカ人が多く、創立の信条としての全人教育、国際親善とキリスト教の精神が、戦いを越えて日米の関係を保持してきたのでしょう。

四、天皇様（昭和天皇）をお迎えして

一九四七（昭和二十二）年六月十二日、関西ご巡幸の天皇様が神戸女学院へおいでになりました。院長室でご昼食の後、中庭に面した玄関に立たれると、学生たちは一斉に讃美歌四一五番を歌いました。

わがやまとの国を守り　荒ぶる風を静め
代々やすけく　おさめ給え　わが神

三番まで歌い終え、院長が再三ご案内してもお動きにならず、私たちは涙ながらに歌の一番を繰り返しました。至近の距離で拝した天皇様は、現人神《あらひとがみ》としてのご真影とは程遠く、自然体の人間味溢れるお姿でした。みんなの心の中の痛みや苦しみが流れ出る涙とともに昇華されるのを感じました。それはまた明日への希望を込めた感激の涙でもあったのです。警護の方々もみな涙を流されました。随行の入江侍従長の『入江相政日記』には「生徒が讃美歌を歌ってお送りする中を還御という御予定の処、じっと立御のままお聞きになったので、生徒は皆泣きながら歌っていた。美しい情景であった。（中略）ここはただ御昼食だけだったが頗《すこぶ》る印象的であった。そして一寸《ちょっと》他では見られない珍しい学校であった」と記されています。お帰りの

後、デフォレスト前院長は「It's been a wonderful day」と静かに言われ、畠中院長も「Yes, wonderful」と答えられました。

五、われらの国籍は天にあり

デフォレスト前院長がアメリカから帰院されたのは、天皇様行幸の数日前でした。最初の日の礼拝で「私たちの国籍は天にある」（ピリピ三－二〇）の言葉を話されました。これは先生のマンザナ収容所のご経験が大きいと思われます。

日米開戦の直後、連邦検察局は西海岸に住む日系人一万一千人を、アメリカの市民権を持つや否かを問わず、砂漠の中のマンザナへ強制収容しました。マンザナは夏季には華氏百度を越え、絶えず強風が吹きすさぶ砂地でした。六十五歳のデフォレスト先生は、二つの愛する国のためにと通訳・カウンセラーとして収容所へ入られたのです。英語のできない一世のために通訳をしたり、殺風景な収容所の中を少しでも楽しくと、読書クラブ、編物サークル、柔道グループなど、庭師だった人は立派なロックガーデンまで作り上げました。

「あなたはアメリカ人なのになぜ日本人の面倒をみるのか」と問われた時、先生は「私たちの究極の国籍は天にあります。アメリカ人、日本人など国籍を問う前に、人間としての人権は公平で侵すことのできないものです」と答えられました。その人道的な態度には、日米両国の人々の大きな信頼と感謝が寄せられたのです。

六、戦争を知らない世代へ

戦後七十年、戦争を知らない人の方が遥かに多くなりました。しかし世界には、国、民族、宗教、思想などいろいろな形での紛争が絶えません。日本はその「紛争やテロなどの脅威に対応するのみ」と言いながらも、次第に戦争のできる態勢を整えつつあります。平和は努力して勝ち取るもの、一人ひとりが信念に従い、自分のできることを実行せねばなりません。戦争の悲惨さを知った私たちは、次の世代に前車の轍を絶対に踏ませてはならないのです。

（二〇一四年十月十五日記）

参考図書
・『神戸女学院のものがたり』「私たちの学生時代」を発行する会編
・『C・B・デフォレストの生涯』竹中正夫著　創元社

私は少国民

千曲支部　滝沢　恭子

私の戦争体験と言えば、小学生時代にさかのぼる。当時は太平洋戦争の真っただ中にあり、小学校は「国民学校」と改称されており、私たちは「少国民」と呼ばれていた。登下校時には必ず、〝奉安殿〟（陛下の御真影や教育勅語などが納められている施設）に拝礼してから校内に入るのが習わしだった。先生のお話の中に天皇陛下の名が出るたび、直立して聞かなければならなかった。態度の悪い男の子には容赦なくビンタがとんでくる時代だった。

少国民のうた

勝ち抜くぼくら少国民
天皇陛下のおんために
死ねと教えた父母（ちちはは）の
赤い血潮を受け継いで
心に決死の白襷（しろだすき）
かけて勇んで突撃だ

（こんな歌だったと記憶している）

毎朝行われる朝礼では、校長先生の訓話のあと、右記の少国民のうたをはじめ、戦意高揚をめざした数々の軍歌を教えられた。幼い少年少女たちは行進曲風の調子のよい曲にはすぐ馴染み、学校の行き帰りにはよく歌ったものだった。戦争の何たるかもよく知らず、先生や親の教えには素直に従う少国民だった。

学校では授業は少なくなり、出征兵士の見送り、戦死した英霊の出迎え、校庭を開墾しての食糧増産や防空壕掘り、兵隊さんへの慰問袋に入れる手紙書き、出征兵士の家への勤労奉仕などがあった。一家の働き手が出征して行った農家では、幼い子どもたちの労働力が必要とされていた。

春の麦踏みに始まり、麦刈り、田植え、稲刈り、イナゴ採り、落ち穂拾い、桑の木の皮むきなどなど……。非農家に育った私には何もかもが初体験の大変な仕事だったが、お国のため、兵隊さんのためにと、小さな手で懸命に頑張ったものだった。

緒戦の華やかな戦果も年を追うごとに厳しさを増し、食糧難、物資難はさまざまな形で国民にのしかかってきた。学校で使う文房具にしても、鉛筆の芯に石のようなものが混ざっていて、よく書けなかったし、硬い消しゴムは使うと紙が破れてしまったり…と、粗悪なものばかりだった。しかし、当時は「欲しがりません勝つまでは」という標語が幅を利かせており、我慢我慢の連続だった。

巷では国防婦人会が結成され、隣組単位で空襲に備えての防火訓練なども日常茶飯事となっていった。各戸では防火用水や砂袋を備えたり、火消し用の縄叩きを作ったり、祖母や母たちがエプロン姿に国防婦人会のタスキをかけて励んでいた姿が思い浮かぶ。すべてが必勝祈願の名のもとに遂行されていった。

私の生家は製糸工場を営んでいた。戦前はアメリカへ輸出していた絹糸だったが、戦時中には飛行機に搭載する落下傘絹糸の増産に追われるようになっていた。戦況が悪化し、東京の空襲が激しさを増す頃になると、強制疎開による軍需工場がやってきた。そして、製糸の機械はすべて取り壊されてしまった。その工場は投弾計測器の増産を目指していた。工場へは女学校のお姉さんたちが女子挺身隊として勤労奉仕にやってきていた。

一九四五（昭和二十）年に入ると、長野県下も空襲に見舞われるようになっていた。ある晩、突如、空襲警報が鳴り響き、避難する女学生の中の一人が泣きだしてしまった。すると連鎖的に次々と泣き出す人が出てきた。その時、引率の先生が「非常時ですよ。泣くんじゃありません‼　非常時です！」と連呼していた声が今も耳朶《じだ》に残っている。後日、目標は上田飛行場だったと聞かされた。

ほどなくして、今度は陸軍の何個（？）師団かがやってきた。本土決戦に備えてかどうかは定かではないが、三階、四階建ての四つあった繭《まゆ》倉の中へ軍需物資がトラックで山と運び込まれた。倉だけでは足りず、私たちの住んでいる家のいくつかのお座敷にまで、天井に届くほど積み上げられていって、急に家が小さくなったように感じたものだった。

繭倉の中に何があったのか解らなかったけれど、お座敷に積み上げられた物資を垣間見た私はびっくりしてしまった。それらは窮乏する国民にはほど遠い砂糖、鮭缶、靴、衣類などの山だった。こんな物がこんなにたくさん……どうして？　驚き以外の何ものでもなかった。

しかし、その直後に終戦を迎えるや、山のような軍需物資は、アッと言う間もなく、どこかへ運び去られてしまった。あの膨大な物資はどこへいってしまったのかと、戦後七十年を経た今も、鮮明に心に甦《よみがえ》る光景だった。

（二〇一五年四月二十一日記）

兄が母子心中と間違えた「白米のご飯」

松本支部　田屋　昌子

今、憲法解釈を変更して集団的自衛権行使を容認する閣議決定がなされ、日本は海外で武力行使ができる国になってしまった。私は「日本人よ、過去の歴史に学び、七十年続いていることの平和を、みんなで手をたずさえて、未来永劫に守っていこう」と語りたい。

東京豊島区で空襲にあう

私は、満五歳になったばかりの一九四五（昭和二十）年四月十三日、東京豊島区で空襲にあった。わが家は焼け、あたりは見渡す限り焼け野原になってしまった、そんな経験がある。

その時、父は四十歳、母三十五歳、長兄が中一、次兄小三、弟は十一ヵ月だった。長兄はその年の三月まで長野県の渋温泉に学童疎開していたが、中学校入学で東京に帰って来ていた。小三になった次兄は長兄と入れ替わりに渋温泉に行き、戦災の五日前に祖母が亡くなり、家の中はごった返していた。

その日の昼間はサイレンや半鐘が鳴ることもなく、とても静かだった。祖母の葬式や、東京大空襲の後で、家族は昼寝をして疲れを癒した。しかし、その夜、就寝直前に空襲警報のサイレンや半鐘がけたたましく鳴り、Ｂ29が多数飛来した。ズシンと胸に響く音、あちこちで焼夷弾がバンバンとはじける音がして、周囲は昼間のように明るくなった。火が燃え盛り、熱気が襲う中を逃げた。

あちこちの窓や戸口から炎が噴き出し、熱気が襲いかかり、大勢の人が逃げ惑う中を、私は母にしがみついて逃げた。母は坪庭にあった池で毛布を濡らして頭からかぶって背負っている弟をかばい、私の防空頭巾を濡らしてかぶせてくれた。

逃げる途中で、「もう逃げられない」と手を合わせて拝む老人、衣服に火が付き飛び跳ねている人、倒れている人などを目撃した。目の前で焼夷弾がはじけ、母の言葉で言うと「まるで地獄さながらだった」。幼い私は倒れている人の横を通るときにその足に触れた。その時の感触が今でも不思議なほど鮮やかに残っている。

家々が焼けている最中、父は私と長兄を呼び、最後まで燃えていた家を指さして、「お父様の書斎のたくさんの本がいつまでも燃えているんだよ。僕が大学で勉強したあの講義録や本をお前たちに残しておきたかった。よく見ておきなさい」と言って、私たちの手を強く握りしめた。被災後は、黒こげになった缶詰やリュックの中の食糧を少量ずつ食べた。

焼け跡には、本は活字が読める状態で灰になり、触るとそのまま崩れた。水道も裸水道になり、水が出っ放しになってできた水たまりは青い空を映し出していた。そんな情景が幼児心に残っている。

軍国の幼児

私の当時の遊びは、男の子の戦争ごっこに負けじと、近所の友だちと竹やり、バケツリレー、千人針ごっこ、兵隊さんを看護する看護師さんごっこなどで、まさに「軍国の幼児」だった。遊んでいる時にラジオが「東部軍管区情報」と繰り返し、警戒警報や空襲警報やサイレンや半鐘が鳴ると、どこそこのどういう警報なのかをしっかり聞き分け、「そこは遠いからまだ遊んでいていい」「早く防空壕に入らないといけない」と判断できた。遊ぶ場所は、いつも家の近くのラジオが聞こえる範囲のみで、玄関には防空頭巾やすぐ持ち出せるようにリュックが置かれ、着ている洋服の胸には、名前、住所、血液型、両親兄弟の名、非常時の連絡先、疎開予定地が書かれた布が縫い付けられていた。避難する防空壕は自宅のほか、豊島区で作ったガード下の防空壕か小学校と決まっていた。

被災後、私たちは松本に疎開したが、そこには警戒警報や空襲警報が鳴らない不思議な静けさがあり、思いっきり自由に遊べて「良い所だな」と思えた。

窮乏生活の中、賢かった母

父は、終戦間近の六月十七日、頼まれて中佐待遇の軍属として旧満州へ赴き、今でいう通信機器の開発に携わったが、そのまま帰らぬ人となった。遺骨もまだ帰らずじまいである。敗戦後、私は慰霊の旅に参加して、父が亡くなった場所に行き、そこの石を持ち帰って遺骨の代わりにお墓に入れている。

戦後は、着の身着のまま焼け出されて何一つなく、凄まじい窮乏生活を送った。戦前の大学教育を受けていた母は賢く、さまざまな工夫をした。布の縦糸を取り出して縫い糸を作って繕いものをし、原始人がした方法で麻布を織り、私の小学校入学時のランドセルを作った。縫物をして縫い賃を稼ぎ、雑草を美味しく調理して、お米と交換した。近くの農地を親戚から借りて、育ち盛りには栄養が必要だからと大豆を栽培して子どもたちに食べさせ、物々交換をした。近所に赤痢が出れば汚物処理と手洗いの必要性、梅がもつ殺菌の効能を説いて、病気が広がるのを防いだ。

世間では生活苦から母子心中が相次ぎ、母親がお妾さんになって子どもを食べさせている家も多かった。そんな中、母は毅然とした態度で操を守り、知恵と創意工夫で私たちを育ててくれた。

わが家には戦後ずっと続いているお節料理がある。それはお釜いっぱいに炊く白米のご飯である。

終戦の年の大晦日、母は白米のご飯をお釜いっぱい炊いた。白米一升が十六円で、東京に行くのにも十六円の時代である。いつもは家族を笑わせて楽しませてくれる兄たちが、その時は黙ってうつむいて白米のご飯を食べていた。突然、長兄が大声でワ～ッと泣き出し「お母様、これを食べ終わったらみんなで死ぬんでしょう？　お母様の思うとおりにしていいからね」と泣きじゃくりながら言った。母は激怒した。「あなたたちは私の宝です。どんなことがあっても私たちは死にはしません。こんなことではへこたれません。何を言うんですか」と顔を赤くして怒った。

昭和二十一年のお正月の新聞には、たくさんの母子心中が報じられていた。

その時以来、わが家では平和を願って大晦日に白米のご飯を炊き続けている。この平和が子孫末代未来永劫に続くことを願ってやまない。

（二〇一四年十月十四日記）

戦時下の女学生の記憶

千曲支部　三宅　泰子

当時の高等女学校・中学校の年齢は、現在の中学一年生から高等学校一年生にあたる。記憶をたどってみると、今では想像もできない学生生活だった。

私は、一九二九（昭和四）年生まれ、八十五歳になる。兄二人、妹一人の四人兄妹で、実家は、善光寺平の自然豊かな農村にある多角型経営の農家だった。

県立高等女学校を受験

一九四二（昭和十七）年に小学校（国民学校と改正、児童は少国民となる）六年を卒業すると、女学校の入試があった。受験勉強は、国語、算数、理科、その他に教育勅語・歴代天皇名の丸暗記。口頭試問には「将来、従軍看護婦を希望」と言いなさ

制服の変遷

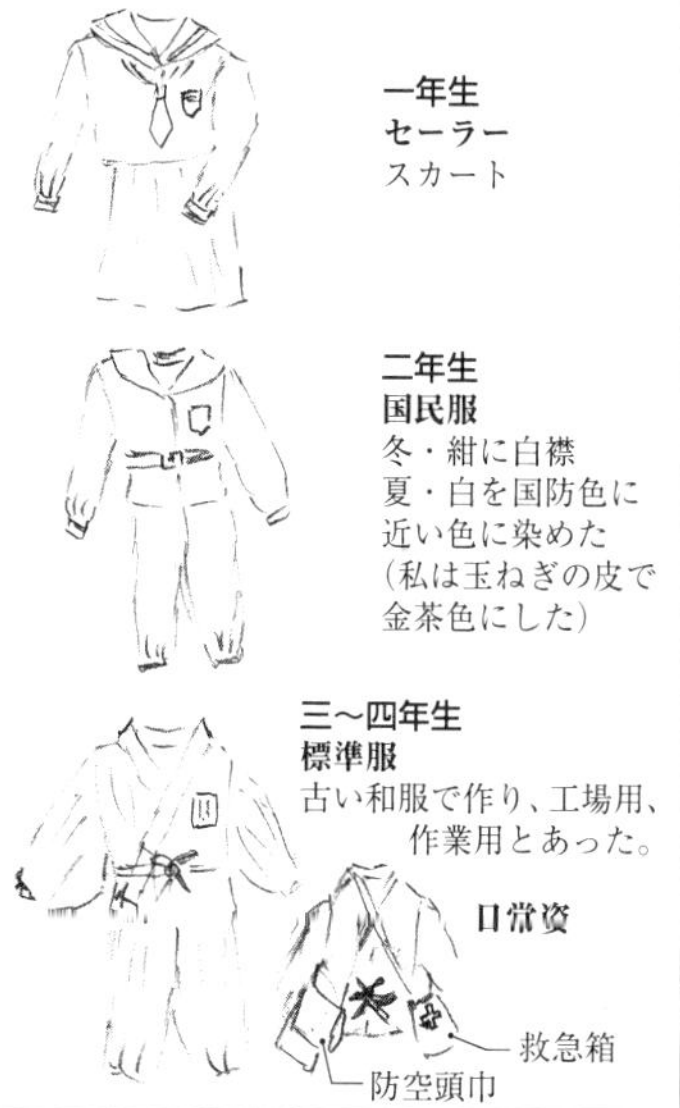

いと教えられた。田舎町の女学校は、定員百十人、二組であった。村から入学したのは私一人で、近隣の村が一～三人ぐらい、町からは約十人であった。

新入学――奉安殿で最敬礼

女学校には奉安殿と言って、天皇・皇后両陛下及び天皇家の御真影（写真）と教育勅語を納めるための立派な社があった。現人神《あらひとがみ》である天皇の写真の前では〝最敬礼〟が義務づけられていた。

校門に礼を、奉安殿に最敬礼をして入った校庭の周囲は満開の桜。新入生を祝福し、迎えてくれた。夢と希望に胸をふくらませ、すべてが新鮮で、緊張の連続の日々であったが、楽しかった。校庭のクローバーの繁みに腰を下ろし、四つ葉のクローバーを探して、はしゃいでいた。この頃は、日本が戦争に負けているという情報はなく、このような平穏な女学生生活が続くものと信じていた。

二年生――校庭が農場になった

年長者も兵士として出征するようになると、地方にも戦争の激しさが迫ってきたのが感じられた。学校教育も大きく変わった。敵国語であるからと、英語がなくなった。その時間は実業となり、勤労奉仕に充てられた。薪ストーブの薪も自給自足。いく度か、学有林へと四キロの山道を伐採した丸太を引きに行ったり、小枝を束ねて背負ってきたりした。〝自分のことは自分でする〟の実践であった。

中でも忘れられない作業があった。トイレの汲み取りである。これこそ想像だにしなかったことで、みんな戸惑うばかり。「戦地の兵隊さんを思いなさい」と叱られ、何とかやったが、クラス会のたびに異口同音にこの話が出る。

勤労奉仕は、農繁期に年三回から四回、それぞれ二週間ほどあった。奉仕は、「出征兵士の家」「誉（戦死）の家」を重点的にした。農家は、いわゆる三チャン（ジイチャン・バアチャン・カアチャン）が主流であったので、勤労奉仕はどこでも大変喜ばれ、働き甲斐があった。農産物は、軍から味より収量の多い種類が指定され、供出量を義務づけられていた。

校庭は畑に変貌した。クローバーは無残にもはぎとられ、私たちを迎えてくれた桜は根こそぎ伐採された。「桜が泣いた。私たちも泣いた」こうして学舎の庭は農場となり、教室は軍需工場と化した。そのため、運動会は一年生の時だけの思い出になってしまった。

戦局は日々激しく、国民の教育や生活のすべてが押しつぶされていたにもかかわらず、大本営発表は、依然として〝勝利〟とのみ報道していた。後にわかったことだが、戦意高揚のため、「国民には真実を知らせない」のが当時の日本の姿勢であった。

学徒動員された激動の三年生

筆をハンマーに替えた年である。東京から疎開してきた東京航空ＫＫ（長野市篠ノ井）へ学徒動員された。飛行機の副翼という約畳二枚分のジュラルミンに部品を鋲で打ちつけるのが、私たちの主な仕事であった。一週間ほどの練習で本番である。従って、不良品も多く、何度もやり直しさせられ、叱られ、口惜しかったが、無理からぬことでもあった。ジュラルミンの粉末と埃の中で病気にもならず、よく頑張ったと思う。

工場では、社員、挺身隊(学徒動員生卒業者)、学徒動員、地元婦人会が働いた。上山田陸軍病院(今の寿光会病院)の歩行可能な傷痍軍人は、白衣を着て、戦闘帽に軍靴で働いていた。労働力も資材も逼迫していた。錆びた金属をヤスリで磨いて使用せざるを得なくなっていた。「この飛行機が本当に飛べるとは思えないね」と囁きながらも、懸命に働いた。そのうち、時々資材がなくなると休暇になった。その間だけ学校へ行ったが、授業はなく、学有林での作業か農作業だった。勉強時間は皆無に等しかった。軍歌に「勝利ゆるがぬ生産は、我等学徒の本分ぞ」とあったことを思い出すたびに、腹立たしさを覚える。

四年生――松代大本営の砂利ふるい

航空KKでは資材が激減したので、学校へ帰り、別の仕事についた。柳で弁当箱を編んだ。軍隊で使うらしいと聞いたが、用途は定かではなかった。

合宿授業も忘れられない。昼は労働、夜は勉強、暗幕を引いて空襲警報に備えた教室である。B29の不気味な音を聞きながら、一ヵ月の夜学でも、防空頭巾は身につけていた。

次の動員は、千曲川河川敷であった。砂利ふるいである。炎天下での作業は特に重労働であった。用途はいっさい聞かされないが、風評では「松代に大本営が疎開し、そこに天皇御座所を造るそうだ」という。食糧難でお弁当の内容はさつまいもの中にお米が少し混ぜてあるのがふつうであったにもかかわらず、よく働いたと思う。

お盆休みだった八月十三日、空襲警報が出る前に、長野は空襲を受けた。学校にも爆弾が投下されたが、不発弾で大難は免れた。

敗戦

そして、十五日、玉音放送によって終戦を知らされた。敗戦である。頭の中は真っ白で何も考えられなかった。止めどもなく涙が流れ出た。

二学期の始業時には何もかも百八十度の転換で、先生も生徒も戸惑っていた。入学した頃の学校に戻すのは、並大抵のことではなかった。日本中が混乱していた。

授業時間に教科書の中の軍事色のある部分は墨で塗り潰した。中でも歴史、公民は、ほとんどが黒く、異様な教科書と化した。日本は、マッカーサーの総司令下となった。手探りの中での民主主義であった。

私の学生生活は激動の中で、修学旅行もなかった。かわりに、武運長久の祈願のため、必勝の鉢巻をして、戸隠神社まで三十キロ近い道程を徒歩で登ったくらいである。夢と希望に胸を膨らませた私の女学生生活はこのように終わってしまった。

長野では、戦闘も大きな空襲もなかったが、戦争は確実に日常生活の中にあり、人々はそれぞれの本分を曲げられてしまい、夢も色彩も奪われてしまい、大きな犠牲を払わされたのである。

戦後七十年を経た今、平和の尊さをしみじみ味わっている。「再び戦争をする国にしてはならない」と、声を大にして叫びたい気持ちに駆られる。

（二〇一五年五月八日記）

生徒たちと空襲に怯えた日々

水戸支部　山田　君代

「ブウー」…「空襲警報だ！」。

この頃は時々、警戒警報なしで直接、空襲警報があるようになった。いつでもすぐ逃げられるよう、洋服を着たまま床に入ったばかり。大急ぎで起き出し、枕元に置いてある貴重品や食物を詰め込んだリュックを背負い、防空頭巾をかぶり、リューマチで手足の不自由な母を支えながら、家族そろって庭先の大きな栗の木の下に作った防空壕に飛び込んだ。同時に爆撃機B29の編隊が「ゴウーンゴウーン」と来襲。家のすぐ近くには陸軍通信学校があり、大きな飛行場が広がっていたので、空襲の目標になりやすかった。耳をふさぎ、爆弾が落とされないかと震えながら飛び去るのを待つ時の恐ろしさ。今思い出しても、胸がドキドキしてくる。

国民学校の教師に

三月十日の東京大空襲をはじめ、地方の都市が次々と空襲され焼野原となる中、「今度は水戸か」と空襲の恐ろしさに夜も眠ることができなくなった。

私は、女学校を卒業後、体調を崩して一年間の家庭療養でやっと健康を取り戻し、一九四五（昭和二十）年四月に十九歳で村の吉田国民学校の教師となり、一学級四十人以上いる二年生の担任となった。

しかし空襲が烈しくなり、授業どころではなく、空襲警報で子どもたちをまとめて林の中に逃げ込ませるのがやっとだった。ある時、近くの林で採ってきた野草を押し葉にしていると空襲警報となり、逃げ遅れてしまった。子どもたちを机の下に入れ、B29の飛び去るのを待ったが、私は校長に呼びつけられ「今は授業よりも子どもたちの命を守ることが一番の責任です」と厳しく指導され、私には教師の仕事はつとまらない、教師を辞めようかと思ったこともあった。

そのうち、軍隊が校舎を使うようになり、一教室に二学級の生徒たちを押し込めたため、歩く場所すらなくなった。学習用具はランドセルに入れたまま、その時間に使う物だけを出して、警報と同時にすぐ逃げられるようにする、そんな毎日だった。逃げる途中、B29の爆音が聞こえてくると、一人の子どもが泣き出す。すると子どもたちが次々と泣き出すので「泣く子のところには爆弾が落ちるよ」と言って泣き止ませ、やっと林の中に逃げ込んだ。

水戸大空襲

やがて、日立市が艦砲射撃を受け、「ドカンドカン」と大きな音が水戸まで届き、震え上がった。たくさんの死傷者が出た。日立の工場では女学校の友だちがたくさん挺身隊として働いていたが、幸いみな無事だった。

七月後半になり、やっと夏休みに入ったが、教師は毎日出勤して学校を守った。

八月二日未明、直接空襲警報となってすぐ、B29の爆音と共に「ドカンドカン」と大音響がした。今までとはどうも様子が違うと、防空壕から首を出して外を見ると、約五百メートル先に火の手があがっていた。ついに水戸が空襲を受けているのだった。

どうも吉田国民学校あたりが燃えているようなので、大急ぎで火の中を潜り抜け、学校に駆けつけた。学校は幸い燃えておらず、校長が門の近くにある奉安殿から天皇陛下のご真影を取り出して木の箱に入れているところだった。校長がそれを白い帯で背負い、私ともう一人の女教師で守りながら、林の中に逃げ込んだ。当時は、天皇陛下のご真影は人の命よりも大切なものので、もしこれが燃えてしまったりしたら、校長は辞職しなければならなかった。幸い学校の近くで火はくい止められ、延焼は避けられたが、戻ってみると、何と奉安殿近くに大きな不発の焼夷弾が落ちていて驚いた。これが爆発していたら大惨事だったと胸をなでおろした。

水戸の中心部にはたくさんの焼夷弾が落とされ、市街地はあっという間に炎に包まれ、焼野原となってしまった。

戦況はますます厳しくなり、沖縄戦、そしてついに八月六日に広島、八月九日に長崎に原子爆弾が落とされた。多くの人たちが悲惨な死をとげ、八月十五日、やっと終戦を迎えることができた。もう十日早く終戦となっていたなら、これらの悲劇は避けられたのにと思うと、はらわたが煮えくり返る思いがする。

憲兵に連れて行かれた恩師

私にはどうしても忘れられないことがある。女学校の卒業まぢか、生徒たちから慕われていた男の先生が見えなくなった。「どうしたのだろう」とみんなで話していたら、憲兵に連れていかれたというのだ。授業の時に「日本は戦に負けるかもしれない」と言ったことを、一人の生徒が家に帰って親に話し、父親が憲兵に届けたのだという。その頃は、既に本土空襲が始まり、誰もがそう思っていたと思う。戦争中は国策にちょっとでも異論を唱えると、取り調べられたり、投獄されたのだ。そんなことを思い出すと、今回の特定秘密保護法の恐ろしさを痛感する。

平和な社会を築くには

幸いにして私たち家族は戦災に遭わずにすんだ。しかし、被爆国の国民として、私たちは何をしなければならないか。この地球上から戦争をなくすることを、世界の先頭に立って訴え、努力するとともに、平和憲法のもと平和の大切さを訴え、広め、守るよう活動することである。

世界の現実を見ると、いろいろ厳しい問題はあるが、それを戦争で解決しようとするのは、間違いであると歴史が示している。集団的自衛権行使容認など、どう考えてもおかしい。戦争は、人間の命を奪い、文化を壊し、最後は人類社会、地球を滅ぼす。今後、私たちのすべきことは、戦争の恐ろしさ、無意味さを伝え、平和協力、核兵器禁止、脱原発に向けて活動することである。

（二〇一四年十月四日記）

疎開
集団学童疎開・縁故疎開

集団疎開・縁故疎開を経験して

静岡支部　小網　圭子

私は一九三三（昭和八）年七月生まれ。牛や馬が荷車を引いて通る、のどかな東京市北千束で育ちました。姉と弟との五人家族のサラリーマン家庭で、幼稚園や小学校低学年まで友だちと遊びを満喫していました。

日中戦争が始まった一九三七（昭和十二）年ごろ、戦勝を祝う花電車やちょうちん行列など華やかな行事を見に行った記憶がかすかに残っています。

太平洋戦争が始まった一九四一（昭和十六）年十二月八日には小学校二年生でしたが、この年の四月に国民学校令で、それまでの尋常小学校が国民学校となりました。

国民学校時代

だんだん「お国のため」「勝つまでは」という空気が濃くなり、男の子は将来「兵隊さん」「軍人」というのが常識になりました。女の子も漫画『のらくろ』『ふくちゃん』などを読んでいましたが、やがて、ふくちゃんは戦争を批判していると廃刊になりました。

愛国いろはかるた『ルスヲマモッテカチヌコウ』『トウアヲムスブアイウエオ』のような物

も出回りました。

祝日と言えば、紀元節、天皇節、明治節と国家のためのお祝いで、式典のために学校へ行き、紅白のおまんじゅうをもらいました。国の政策で「とんとんとんからりんと隣組」という歌ができたように、隣組の連携を強くして、すぐ連絡できるように垣根に木戸を作りました。子どもたちを守るために、大人は防空訓練に精を出し、子どもも学校で机の下にもぐって身を守る訓練をしていました。

大本営の情報だけでは戦況が不利な状況になっていることが国民にはよくわからず、出征兵士を見送る回数も増え、千人針をずいぶん刺しました。近所の共産党員の人がいつも憲兵に見張られていました。私たち子どもが無邪気にちょっと危険と思われていることを口にすると、親に叱られました。不穏な世の中でした。

伊東へ学童疎開

一九四四（昭和十九）年、サイパンが玉砕し、日本本土はＢ29の空襲圏内に入ってくると予想されました。都市への空襲被害を最小限にするため、お国のために役立つ子どもたちの命を守るため、政府は国民学校三年生以上の児童を農村へ集団疎開させることにしました。大都市からの学童疎開は一九四三（昭和十八）年四月から始まっていましたが、当時は、親戚や知人を頼っての縁故疎開でした。しかし、大空襲の危機が差し迫る中、縁故がなく疎開できない子どもがたくさんいました。一九四四（昭和十九）年八月には、東京、大阪など指定された十二の都市で集団学童疎開が始まり、子どもたちの出発は、戦場に行く出征兵士と同様、盛大に見送られました。

私は五年生、弟は三年生で集団疎開をしました。疎開先は静岡県の伊東でした。親に見送られた私たちは、汽車の中では遠足気分ではしゃいでいましたが、疎開先に到着した晩にはみんなで「家に帰りたい」と泣きました。

児童百十人、教師四人、寮母五人の集団生活が始まりました。宿泊先は温泉旅館で、規律正しい生活でした。男の先生は軍隊式教育で、ビンタは日常茶飯事。生徒が一人いなくなり、大騒ぎになったことがありました。東京へ歩いて帰ろうとしたのです。お姉さんのような寮母さんたちがやさしく世話をしてくれ、親に甘えられない私たちは大変いやされました。

授業は、旅館の大広間や町の学校へ行って受けました。私たち上級生は下級生の面倒をみましたが、性格の違う子どもたち百人以上が集団生活をしていると、毎日問題が起きて、大変でした。私は「軍国少女」らしく、張り切って規則正しい生活をしました。

温泉旅館とは言え、大勢の子どもたちが寝起きしていると、すぐノミ、シラミがわいて、広がってしまいました。私たちはいつも空腹でした。お小遣いで甘い薬を買いに行って叱られた男子生徒がいました。すいとんが出た時には、隣の子の数と見比べるような、さもしいことをしました。先生方はおいしい物をこっそり食べているという噂もありました。

楽しかった思い出もあります。母たちが、食糧難にもかかわらず、たくさんの食べ物を調達し、リュックにいっぱい詰めて東京から慰問に来てくれました。その日だけは、私たちはお腹がはち切れるほど食べました。

川奈という小さな漁港へ遠足に行きました。イルカの追い込み漁を見学し、夕食にはイルカ汁が出ました。「栄養があるよ」と言われても、昼間見たイルカの血で染まった港の光景が目に浮かび、頑張って口にしてみると、ゴムのように固く、どうにも食べられませんでした。

伊東は、山あり、海ありで自然の豊かな所です。湖へ行ったり、みかん狩りや山菜採りを楽しみました。

集団疎開から縁故疎開へ

十一月に入ると、サイパンから最初のＢ29が東京の航空写真を撮影に来ました。その後、本土の夜間空襲が始まり、夜間、伊豆半島の上空はＢ29の通り道になりました。空襲警報が発令されると、飛び起きて、真っ暗闇の中、手探りで、地下の温泉を汲み上げるために作った長く細い洞窟に避難しました。その後は、数日おきに夜間の空襲警報が鳴り、避難のため、靴を枕元に置いて、洋服を着たまま寝ました。

一九四五（昭和二十）年三月十日の東京大空襲を機に、縁故疎開に切り換えるため、毎日のように親が迎えに来るようになりました。同級生が少なくなって心細くなっていたころ、突然、両親と姉が私と弟を迎えに来てくれました。私は、うれしさのあまり、姉に飛びついて泣きました。その後、伊東の残留組は岩手県へ再疎開しました。

四月に母・姉・弟と母の実家の新潟県高岡（今の上越市）に疎開した私は、終戦まで、空襲警報もなく、空腹な思いもさびしい思いもせず、過ごすことができました。ただ、母が父の様子を見に上京した時は、ちょうど五月の東京大空襲と重なり、母はいつまで経っても帰って来ません。情報がないまま、父母は空襲で死んでしまったのではないかと、何日も何日も泣きながら過ごしました。そして、ついに無事戻って来た母の姿を見た時のうれしかったこと。あの時の感激は今でも忘れられません。

その後の敗戦をどんな気持ちで迎えたか、子どもだった私は母が泣いていたことだけ覚えています。

下級生がいない学校生活

一九四五（昭和二十）年の暮、東京へ引き揚げて、焼け跡に小さな家を建てました。学校では、教科書の内容が軍国主義、超国家主義、神道主義とみなされる箇所を墨で塗りつぶす作業がしばらく続きました。

一九四六（昭和二十一）年四月に旧制度のまま都立の女学校に入学した私は、翌一九四七年四月から新学制になって、義務教育六・三制による新制中学校が発足したため、三年間は下級生が入学してこない変則的な学校生活を送りました。戦後の食糧難はひどいものでしたが、親の庇護の下で、学校生活を楽しむことができました。教師も、特に歴史の先生は戦後の教育に戸惑っているようにみえました。世の中が少し落ち着いてきた一九五二（昭和二十七）年に、私は高校を卒業して、社会人になりました。

戦争体験を語り伝える

戦争体験を振り返ると、学童疎開は子どもたちにとって戦場でした。戦中・戦後、たくさんの戦災孤児に出会いましたが、私も同じ運命をたどっていたかもしれません。

敗戦から七十年、日本は平和国家であり続けましたが、今、現政権は海外で武力行使ができる集団的自衛権行使容認を閣議決定し、法制化を急いでいます。

日々、死と向き合って過ごしてきた戦争体験者である私たち世代は、戦争が人間を不幸にする恐ろしいものであることを伝えていく義務があります。戦争を知らない政治家が増えていますが、事実に基づいた歴史認識をもって、平和な未来を目指すよう、働きかけていきたいと思います。

（二〇一四年十月三日記）

封印された記憶

直属（元武蔵野支部）　原　利子

戦争中、母は自分の子どもを婚家に預けて、学童を引率して疎開をした。

私は、前から母の学童疎開について聞いておきたいと思っていたが、なかなか機会がなかった。書いてもらおうと頼んだが、「年のせいで、改めて書くというのは気が重い。前に一度書いたのがある」と、資料ともども袋を置いていった。食糧事情の悪さ、大人不信など、今まで他の人によって語られた学童疎開に比べ、当時としては一般の市民に比べても食物に恵まれた、ゆったりした疎開生活だったように思われた。正月には女の子たちがみんなで着物を着て、巾着を下げて撮った写真が残っていた。しかし私は、恵まれた疎開地の話も、母が学童集団疎開先から別の小学校に勤務することになった経緯なども、ほとんど聞かされていなかった。

私は、一九九五（平成七）年、これらの資料をもとに母の戦争体験を記録し、武蔵野市発行の「市民が語る『私の八月十五日』」に発表した。

それから十九年、母は以前どうしても話せなかったことを私に打ち明けた。本稿では、私自身の縁故疎開の体験と、かつて私が書いた母の学童疎開の記録、そして今回、新たに母や叔父・叔母に聞いたことを織りまぜて、私たち親子の戦争体験を綴ってみよう。

=母= 結婚そして夫の死

私の母・北沢清子は、一九四四（昭和十九）年当時、杉並区の高井戸第四小学校の教員だった。一九三七（昭和十二）年に結婚し、一九三八（昭和十三）年の暮れ、二歳前の長男と出産前の子ども（私）を抱え、結婚二年で夫に死なれた。

ロシア文学を学び、戸坂潤や三木清の資料の翻訳などもしながら、『改造』で小説家としてデビューしたばかりの夫は、当然ながら戦局が厳しくなると警察に目をつけられて拘留され、家にあった原稿、日記、資料は没収された。拘留中にすでに病んでいた結核が悪化し、拘置所から帰されて、信州に転地をしたが間もなく亡くなった。原稿や新しい小説のコンセプトなどを記したノートを返して欲しいと、死後、何度も警察に通ったが、かなわなかった。「危険思想だから、子どもにもよくない」「妻であるあなたの職業にも悪影響を及ぼす」などと言われたという。

西荻窪の旧芥川眼科近くの借家で、ネエヤさんを雇い、私が生まれた一九三九（昭和十四）年以降は、二人の乳幼児の面倒を見てもらい、自分は日本橋の常磐小学校で教員を続けることができた。なんせ二十四歳で、二児を抱えた未亡人だから、周囲は大変温かく、教員仲間からも父兄からも多くの応援をもらっていた。

一九三八（昭和十三）年早生まれの兄は、一九四二年に幼稚園の三年保育に通い出した。母は、当時購読していた『婦人の友』で読んだ羽仁もと子さんの記事に触発されて、近くの幼稚園ではなく、電車で二駅先の駅から徒歩十分の阿佐ヶ谷東教会の幼稚園に通園させた。翌年には満三歳になりたての私を同じ幼稚園に入れた。

＝娘＝　幼稚園時代

しばらくはネエヤが幼稚園に送り迎えしていたが、いつの頃からか子ども二人が電車で西荻窪から阿佐ヶ谷まで通っていた。今だって電車に乗るときのドアとホームの隙間の広さは気になるが、子どもにとってかなりの広さである。私は、西荻窪・阿佐ヶ谷駅の乗り降りは、兄に急かされるものの怖く、何度も乗客の方が持ち上げて乗せたり下ろしたりしてくれた。

幼稚園の帰りに、阿佐ヶ谷駅の東側の踏切で（下りは南口から乗る）、下りている遮断機も、端の方はあまり下がりがついていなかったのか、寸が短かったのかで、小さかった私は通り抜けてしまい、踏切操作のおじさんだかお兄さんだかが走り寄って抱き上げられて外に出され、ことなきを得た。これを兄が帰宅後母に説明したが母には通じず、その時は踏切番所にご挨拶にも行けなかったはずだが、のちのち二人の説明で事情がわかり、青くなっていた。

阿佐ヶ谷駅北口から園舎まではかなりあるが、当時、警戒警報が鳴ると、通行人も所々にあった決められた防空壕か避難用の建物に一時避難させられた。「お子さんはこちら」という語が私にとっての幼稚園通いの恐怖であり、負担だった。ただ、阿佐ヶ谷の街自体、それほどの緊張があった様子でもなく、プロテスタント系の教会幼稚園では、当然のように暮れにはクリスマス劇が行われた。

＝母＝ 学童疎開引率教師として宮城県に

一九四三（昭和十八）年、イタリアが降伏し、ドイツはレニングラード攻略失敗で再起不能、日本も連合艦隊の敗退により本土決戦不可避となった。東京都では国より一足早く、一九四四年二月、次世代を担う少国民を空襲から守るために、学童疎開の準備に着手した。国が動き出したのは六月三十日の閣議決定以降である。これで都の実施細目が決まり、翌月四日第一陣の学童集団が疎開地へ出発した。

母の勤務していた杉並高四小では、九月六日、一～六年までの男女計三百二十八人が、引率の教師・寮母とともに、宮城県登米郡石森町（男子組）、佐沼町（女子組）へ出発した。見知らぬ疎開地のこととて不安は大きかったと思うが、送る父母、出発する子どもともに覚悟を持っての決断であり、泣き崩れるといった別れではなかったそうだ。

＝母＝ 恵まれた疎開地、優しい人々

登米郡佐沼町（今の迫町）は、町の人が一様に「幼いのに父母の元を離れ、こんな遠い所へよく来た。大切にしてあげねば」と思い定めていてくれ、どこを歩いていても、優しい顔といたわりの言葉が待っていたそうで、疎開地として大変恵まれていた。地理的条件も日本有数の米作地帯で、白いご飯を食べることができたうえ、気仙沼、志津川、石巻が四十キロ以内と漁港に近く、新鮮な魚も手に入った。

母は女子のうち二十三人を預かり、登米での四つの寮のうち一番小さい西田屋という商人宿風の旅館に入った。八十歳台の大姑、五十歳台の姑、三十歳台の嫁(女が三人)、男衆も一〜二人。一般の宿泊客は取らず疎開児専門で、大祖母が采配を振るい、行き届いていた。新婚の夫を戦地に送り応募したという、声がきれいで、子どもたちから「うぐいすお母さん」と慕われ、子どもたちを可愛がる寮母さんにも恵まれた。

日課は山のような洗濯物に、シラミ退治の熱湯をかけるところから始まった。町の学校の四教室を借りて通学、授業をしたが、毎日お昼には、他の寮に比べ、学校に一番近かったせいか、出来たてのお弁当がショールにくるまれて何往復かして運ばれたという。学童疎開については、厳しく辛かった話が多いが、疎開は一様には語れない。同じ郡でも男子はまた違ったようだった。

親から諭されていたのか、それとも共同生活の中で自然発生的にか、上級生は下級生の面倒をよく見て、夜泣いている下級生の布団で、六年生が一緒に寝てあげたり、姉妹のように助け合っていた。寮の中ではどこも出入り自由で、帳場の囲炉裏のまわりに座っては、大祖母さんのきつい訛りの昔話ではなくて「世間話」が楽しかったと、当時の六年生（註＝平成二十六年現在八十六歳）が言っている。

佐沼小学校の秋の行事に、「落ち穂拾い」と「イナゴとり」があり、疎開児童も参加したが、体育館の外の壁づたいに、「これは疎開の子の働き分」として、米俵を積み上げてくれた。手ぬぐいで作った袋にぎゅうぎゅう詰めのイナゴは、目方を量って買い上げてくれた。お正月には地主さんの家に児童、教師、寮母さん全員が呼ばれ、椀こ蕎麦のように「搗《つ》きたてのお餅を食べ放題」があった。また寮の近くの家々へ数人ずつ招かれたりもした。

＝娘＝ 父の実家に縁故疎開

少し時計の針を戻そう。一九四四（昭和十九）年九月、母は学童疎開の引率で出発するが、この年六月の学童疎開の閣議決定直後から、わが家は母の出発に向けて準備が始まったはずである。夏休みの八月中に家族の疎開を済ませる予定で、それ以前に二人の子どもを姑に預けることにして、諏訪四賀神戸の夫の実家へ連れて行っていたと思われる。たぶん兄の方か先発した。戦後、ネエヤの出身地の村山市の農家に預けた荷物を引き取りにいったが、家財の疎開もこの期間に済ませたのだと思う。この辺の時間的な記憶が、母も私も極めて怪しい。

受け入れ側のこの当時の様子がわかるのは、すでに父方の叔母一人になってしまった。最近この叔母も、強く印象の残っていることは別として、かなり記憶が曖昧になってしまっている。父は本家の跡取りだった。跡取りが文学を志してしまっては一族にとって大問題だが、諏訪中学の先生たちの評価と支持もあって致し方なしということになった。医学部なら金を出すが文学部では出さないというので、高等師範学校（後の文理大学→東京教育大学→筑波大の前身）に入っている。前述したように一九三八（昭和十三）年の暮れに死去した。そのため、兄は当歳にして本家の跡取りとして、旧民法下で全家屋敷田畑を相続した。跡取りなので、赤ん坊ながら大事にされ、父の病中から度々、結核の感染を避けるために避難させるという理由で祖母の元に預けられて暮らしていた。そのため、すでに友だちもおり、地域でも本家の子どもとして認知され、すんなりと田舎暮らしに入ったが、私は、三歳前に叔父の婚礼の際に一度会っただけの祖母と、叔父が出征したばかりの叔母との新しい暮らしだった。

=娘= 見ざる・聞かざる・言わざる

祖母はやさしかったが、生活力がある人ではなかった。終戦一年前だから、日本もいよいよ逼迫して、三十過ぎの教員だった叔父まで召集された。一九四四（昭和十九）年の夏に、下の叔父が白い海軍の麻服に短剣を下げて帰省した。その時、人がやたら集まって宴会をし、写真屋が来て犬まで加わった記念写真を撮っている。子どもには悲壮感は伝わってこなかったが、あるいは別れを告げるための帰郷だったかもしれない。

私は一つ違いの兄から、それなりのちょっかいというかいじめを受けたが、いっさい黙って大人には言いつけなかった。他の子の例を見ても、大人が出て来ると後でもっと仕返しが来る。同居していた上の叔父の所では三歳前の女の子と一歳にならぬ双子の女の子がいた。上の叔母は特別働き者で、大きな農家に嫁ぎ、連れ合いが出征した後は小作を使って米作りを担っており、母親（祖母）の面倒もかなり見ていたので発言力は強かった。叔母は、特に叔父の出征後、姑である祖母や上の叔母との間で上手くいかないことがあると、その愚痴を五歳の私に聞かせる。「子ども服の襟ぐりから腹巻きの紐が見える」とか、「口の聞き方が悪いと言われた」とか、「あの言い方はせつない」とか…。子どもの目にもこの大人の間の力関係は何となく伝わる。返事の仕様もないから黙って聞きながら、なるべくもめ事が大きくならないように、余計なことは人に言わない、見なかったことにする、慎重な対応法を身につけていった…と思っている。

無口で、あまり自己主張はしない、極めて少食で、「お腹が減った」と言わない子どもは、考えてみれば、一生面倒見なければならない孤児というわけでもなし、それほど困った存在ではなかったようだ。

＝娘＝　一生の友だちができた

田舎で暮らすことになって直ぐ、それこそガンで亡くなるまで仲良しだった友だちができた。隣は大きな寺で、そこの三姉妹の一番下のK子ちゃんが私と同い年。祖母か叔母が「疎開してきたから仲良くしてやってくれ」と向こう三軒両隣に連れてまわりながら挨拶してくれたのだと思う。長姉は女学生だったと思う。遊ぶのも、お手伝いも一緒で、いろんなことを憶えた時期だった。簡単な農作業、掃除の仕方、干した麦わらを池の水につけて柔らかく折れないようにしてから太い方に細い方を差し込んで長くして三つ編みにし、それをだんだん糸で止めながら麦わら帽子の形に仕上げるのも、この時習った。上出来でなかったとしても、五歳の子どもたちが見よう見まねでこのくらいのことをやっていた。この寺は、学校の先生もしている和尚は静かな人で、やたらに元気で陽気な大黒《だいこく》さん（＊）が名物だった。毎日、この大黒さんの読経の大声で村の朝が始まっていた。

＝娘と母＝　本とレコード

田舎に持っていけたのは、繰り返し繰り返しページを繰った黄色い地に黒のスペード・ハート・クラブなどが唐草文様になっている装丁の平凡社の美術全集と、完訳グリム童話集一冊だった。その他にも本はかなり田舎に送られていたが、子どもの読む本はそうはなかった。自分の時間は、美術全集をめくって、「好きな」と言うより…気にかかる絵を見る。心ひかれて何度も見たのが、閻魔《えんま》様が浄玻璃《じょうはり》の鏡（＊）の傍にいる地獄極楽図と、ブリューゲルやボッシュの奇怪な生きものが出てくる絵だった。字はいつの間にか覚え、グリムの童話を繰り返し読んだ。原作の翻訳本だったので、後にきれいなグリム童話で読んだのとはかなり違うものだった。

そう言えば母は宮城の疎開先に、何を思ったか、父が愛用していた蓄音機と、フルトウエングラーの第九をはじめ多量のレコードアルバムを持って行っている。疎開先だった旅館の、当時中学に行くか行かないかという年齢の息子さんは、このレコードで西洋音楽に目覚め、戦後は、はるばる東京までオーケストラの演奏会に出かけてくるようになったそうだ。

＝娘＝　寒さ・慣れない水事情・食事

まったく環境が違う場所での疎開生活にはとまどった。親から離れて暮らすということ以外の最大の違いは、東京と諏訪の冬の寒さの差と、水事情だった。

冬の寒さは厳しく、池は厚さ二十五㎝ほどの氷が張った。この氷に直径三十㎝の穴をあけ、そこから汲んだ水で洗面、洗濯、食器や鍋釜を洗っていた。飲み水は、石組みから滲み出す清水を石の臼で受けていた。暖房は囲炉裏とこたつ。厠《かわや》は屋内の物は客用で座敷につながる廊下についており、普通、家人は軒続きではあるが外にある厠を使った。

楽しい毎日ではなかったが、決して辛い毎日でもなかった。お寺のK子ちゃんとは仲良く遊んでいたが、林檎を一つもらった時に、祖母から、決してよそで物をもらって食べてはいけないと厳しく言われた。だいたい物がなくなりだした頃が育ち始めの時期だった私や同年齢の子は、初めから砂糖、チョコレートなどと縁がなかったため、甘い物への飢餓感が薄かった。田舎では、枝豆の実る頃、ゆでた豆をすりつぶして餅につける〝ずんだ〟が大ご馳走だったが、砂糖を断って白い半殺しのご飯に醤油をかけた方が好きだった私は、大人から変な子扱いされた。

食事は各人の食器が収まった膳箱を使っていて、食器は、お茶をいれてゆすいでその茶を飲んでまたしまうので、食器を完全に洗うことは少なかった。ということは、おかずがあまり豊かでなかったのだ。子どもだから、正月の塩鮭など、何日も食べ切れずに膳箱の中にあり、そのうち大人がもっていく。疎開中の食べ物の記憶は、餅とのたもち（東北の〝ずんだ〟）、塩鮭、野菜の天ぷらでつきてしまう。秋まで田んぼだった所が、冬期は寒天小屋で煮た寒天の干場に変わる様や、田んぼのまん中に湧いている電灯のない温泉（村民管理の共同浴場）に友だちのお姉さんたちと行ったこと、その道すがらの葦やその他の雑草の様子、家の横を流れる小川の沢ガニや、秋の干し柿つくり、寺の施餓鬼《せがき》（＊）の様子など、四季の風物の記憶はかなり豊富だ。

庭続きの畑では各種野菜を作り、一隅には奨励されたヒマ（トウゴマ）が、ぬめぬめとしたマムシのようなまだらの実をつけていた。ほぼ一年いたので、作物の苗の植え付けをはじめ、味噌づくり、お彼岸に盆正月、婚礼や葬式なども含め、田舎の年中行事は一応見たことになる。

=娘と母=　肺炎にかかる

軍服姿の叔父と写っている写真の私の足は包帯だらけである。おできと言われていたが、白濁した七～八㎜の丸い水泡が次から次と出てきては破れて痛む。土地が変わった所で虫にさされると、そうなるのを後年経験したし、この水泡様のおできは、疎開した東京の子どもには共通の経験だったようだ。

秋か、春か、時期がどうもはっきりしないが、私は肺炎になった。

叔母によると、あまり何日も熱が下がらないので、心配して学童疎開先の母に連絡をした。諏訪まで汽車を乗り継いできた母が、早速、諏訪日赤に連れて行ったところ肺炎だった。病院にも薬はなく、後は運を天に任せるしかないということだった。たまたま母は、学童疎開に出発する時、初赴任地だった日本橋の学校の父兄で、神田で大きな薬屋をやっていた方から、何かの時に役に立つからと、かなりの量のダイアジンを分けてもらっていたため、病院でそのことを話した。その薬があれば何とかなるだろうというので、行きはおぶっていった私を、帰りは「胸を圧迫しないように」と言われ、だっこで帰宅した。私は、このダイアジンで命拾いしたわけだが、この間三週間ほどの記憶がほとんどない。

母は数日で疎開先へ帰っているはずで、帰る前に、鯉の生き血が病気にいいというので、庭の池の鯉を追い回していた姿だけは憶えている。池に氷がなかったのだから、冬ではなかった。母が出発する時、私が激しく泣いたと叔母は言う。その時以外は泣いていた記憶がほとんどないそうだ。私自身、泣いた記憶が乏しい。当時の私は、それだけ、人を煩わせまいという思いが強かったのだと思う。

＝娘＝　着物で小学校に入学

疎開中に疎開先の小学校に入学することになった。もちろん母はいないので、付き添いが祖母なのは当然だが、叔母が布団の裏地（通称、「花色木綿」）で作った藍色もんぺに、日本橋の呉服屋製の羽二重《はぶたえ》（＊）の着物で、木製の下げ手がついた袋を持って入学した。セーラー服の子どもも何人かいて、そうでなくてもすでに洋服が一般的だった中で、着物姿の新入生は当時でも珍しかったのではないかと思う。洋服は送ってあったと母は言うが、靴が用意できなかったらしいことが後でわかった。

一年生でも、ほとんど毎日山へ柴かりに行き、学校の暖房用の薪や焚き付けを調達した。授業のことは覚えがない。いわゆる集団登下校で、田舎でもサイレンが鳴り、そうすると、山畑の所々に掘られた防空壕に入った。遠い山間に小さく光る物を「あれがB29だ」と教えられたのが数少ない戦争そのものの記憶であり、考えてみれば、出征兵士を送るのが頻繁になった他はのどかなものだった。

＝母＝　高井戸第四小学校の子どもたちは

母の勤務校、高井戸第四小学校は、一九四四（昭和十九）年十二月三日、焼夷弾の直撃を受けて全焼。母は翌年三月八日に卒業式のため六年生を連れて東京に戻り、焼け跡で卒業式を行った。ついで四月、新たに約六十人の学童が、石森、佐沼へ疎開した。高四小の集団疎開の子どもたちは、この後、八月十五日の終戦詔勅から遅れて、一九四五（昭和二十）年十月二十四〜二十五日に、ようやく一年余の疎開が終わり、二日がかりの列車の旅で集団疎開の学童は西荻窪の駅に着いた。

その後も疎開地の学校が火災にあった時にお見舞いに行ったり、佐沼小学校の百二十年記念式典に参列したり、交流は絶えることなく続き、一九九四（平成六）年には、泊町で疎開の同窓会を開いている。

＝母と娘＝　同じ学校に通勤・通学、そして敗戦

学校が焼失してなくなり、高四小の疎開児の引率を希望する教員が出て、子どものいる母は一時田舎の小学校に赴任する。父の友人が教育委員会にいたため便宜を図ってくれたのだと思うが、一九四五（昭和二十）年の六月半ばから終戦までの短期間、母は私の入学した小学校で教鞭をとった。

私には母が同じ学校にいた記憶がない。また自分の担任の記憶もない。八十過ぎてからの母

と叔父との記憶を辿る話で、母は東京の学校に席を置いたまま田舎で教鞭をとることになったため、正規の籍はなく（旧職員として名簿に載ることもなく）過ごした。

終戦の詔勅がラジオで放送された時は、村の人が十人以上は集まって聞いていた。かんかん照りの晴天で、静かな日だった。ラジオを聞いた人たちも、よく聞き取れなかったようで、いろいろやり取りがあって、しばらくして戦争が終わったらしいという結論になったらしいことは憶えているが、子どもには劇的な変化は感じられなかった。その後集まっていた人たちはどう解散したのだろうか。直前の原子爆弾投下については「ものすごく怖い爆弾が落ちたらしい。針が何万本も落ちて来る爆弾だ」と聞いた。

＝母と娘＝　東京へ

母は終戦と同時に東京で職場を見つけ、九月の新学期には、教職員住宅付きの当時の武蔵大和小学校に赴任した。

母が東京に帰って、私も直ぐ移ったようなつもりでいたが、記憶を整理すると、母の武蔵大和での生活が軌道に乗った十一月初めに転校したのではないかと思う。なぜかと言えば、武蔵大和村の女の子の七五三は大行事であったらしく、十一月十五日は早引けが堂々行われて、クラスの女の子の大半が早引けして着物姿でお宮参りに行くのを見たからだ。私は用意も整わず、母は仕事で、七歳のお祝いは省略して、写真さえもない。

この頃より、翌一九四六（昭和二十一）年の新学期にかけ、遠方の疎開先から多くの人が東京に戻った。芋だけは豊富な場所だったためか武蔵大和村には多くの人が入ってきて、仮住まいの子どもが急増し、学校は一クラス七十人、二部授業が一年半ほど続いた。その後急に学校全体が落ち着いていった。

一九四五（昭和二十）年にはまだ教科書が整わず、上級生は有名な墨塗りをしたようだ。一年生は、この年の暮れに、先ず新聞紙大の粗末な紙が配られ、自分で折り畳んで糸で綴じ、新教科書を作った。翌春には、他の学年にもまともな教科書が届いた。

田舎の祖母が兄を放したがらなかったため、東京には私一人が帰った。家族が合流するのは、兄が学芸大付属中に入ってからで、この約四年間の母と兄の離れ離れの暮らしは、その後二人の関係が修復されるまで、かなりの困難な時間を要することになった。

＝娘＝　のびのびとした戦後の学校

終戦直後の学校は、石井漠門下の男性の舞踊手や、画家などが教員として勤め始め、放課後先生たちがダンスの練習をしたりコーラスをしたり、自由を楽しむ空気にあふれていた。学校の裏庭は当然のこと、校庭の半分は野菜畑になっていたが、本校庭は、正門から左（南側）の奉安殿も毎朝の敬礼の対象ではなくなり、子どもは毎日校庭で自転車の三角乗りに余念がなかった。北側の対称的な位置にあった八幡神を勧請した祠のある築山も、まわりを囲った鎖がはずされ、登ってもいい遊び場となり、この二つの造作物は割合早く撤去された。

武蔵大和村は、西に村山、東に所沢、南に砂川と、米軍基地に囲まれ、校庭にはしばしば米兵がトラックで乗り入れて、気勢を上げながら走り、ガムを撒いていった。日曜日などバスに乗れば兵隊と同乗することもしばしばで、黒人兵に頭をなでられ、怖さで固まってしまうこともあった。

校庭の隅にあった校長の公宅は、今の学童保育のような態で、母親が働いている子どもが何人か、日が暮れても庭で遊ばせてもらっていた。大きな榎の古木があり、揺すると玉虫がバラバラ落ちてきたのは夢のような本当の話である。

=娘と母= 二人にとっての戦争・疎開

私自身は、五歳の時の縁故疎開、親と離れての生活の経験から、子どもの柔軟性、自立性、環境適応性、人間関係への配慮など、子どもにもこうした能力があることを疑わない。「かわいそう」とか、「お母さんがいなくて淋しいだろう」とかいろいろな大人に言われたが、そんな風には感じなかった。いないならいないなりに十分やっていけたし、子どもの判断力も信用できると思っている。

では、引率教師であった母は、戦争中をどのような思いで暮らしたのだろう。最近、母が長い間学童疎開について話したがらなかったわけがわかった。「疎開中、今で言うセクハラを受けていたのよ」とぽつりと言ったのだ。

当時、母はまだ若く、きれいでもあった。すでに未亡人だったから、田舎の学校に来ていた派遣将校にしつこく付け回された。彼は「いいではないか」というつもりだったろうが、宿泊先の旅館の女将はじめ、他の旅館の人や、寮母さんまでが、皆でかばって隠してくれたり、山を走って逃げたりの生活だったらしい。母は、今、あんなに世話になり、二人で協力して疎開児の世話をした寮母さんの名前が思い出せないのだが、その寮母さんは、母の「行き先を言え」と首を絞められたことまであったという。

そういうこともあって、一九四五（昭和二十）年に父の郷里である私の疎開先の学校に赴任したのだった。母は、引率した疎開児童を親に渡す所まで面倒を見切れなかったことに対しては、引け目を感じているようだ。

私より少し年長の、当時六年生で疎開経験のある友人が、やはり女の先生が同様な軍人のセクハラが原因で自殺未遂事件を起こしたことがあったと言っている。

＊大黒さん　僧の妻の俗称。
＊浄玻璃《じょうはり》の鏡　閻魔王庁で亡者の生前における善悪の所業を映し出すという鏡。
＊施餓鬼《せがき》　悪道におちて飢餓に苦しんでいる衆生《しゅじょう》や無縁の死者を供養《くよう》すること。
＊羽二重　薄くなめらかで、つやのある絹織物。

（二〇一四年十二月十日記）

思想統制と疑心暗鬼の社会

特高・治安維持法

子どもの眼でみた戦争
――私は「スパイに通報した子」？――

横浜支部　池谷　まゆみ

私は、日本が中国との戦さをはじめた一九三七（昭和十二）年、東京淀橋区（今の新宿区）に生まれました。

鮮明な記憶が残るのは満三年後の一九四〇（昭和十五）年くらいからです。その頃、私の家の向かいには、戦後文部大臣を務められた森戸辰男さんが住んでおられました。その森戸さんの家の傍らには、いつも暗い感じの男が立っていて、祖母は「あれは特高だよ、ああやって毎日見張っているのさ」と、幼い私にささやいていました。特高、特別高等警察は主に政府の方針を批判したりする、リベラルな思想の持ち主を監視し、逮捕、投獄する役割を持っていたので、一市民である祖母は、特高は恐ろしい存在であると、幼い孫に教えていたのです。その家に住む人が海野普吉さんに代わっても、監視する人は立っていました（海野さんは戦前戦後を通じ、人権派の弁護士として活躍された方です）。

その頃、母に連れられて、近くの床屋に行った時のことです。髪を刈られていた男の客が、突然、隣でやはり髪を刈られていた男の客に床に引きずり降ろされ、殴られ、蹴られ、血を流しました。でも、他の客も店主も黙って見ていました。母は私を抱きしめ、ただおろおろするばかり。嵐のような出来事が去った後、床屋のおじさんは母に「あのお客さんが、『電車の中で隣に座った兵隊さんが汗臭かったよ』と言ったら、悪いことに隣に憲兵がいて、あんなにされて…、可哀そうでしたが、どうしようもないね」と言っていました。

「特高」も「憲兵」も普通の人のように国民の中にいて、意に染まない人間がいれば、何でもやれる。一方、市民は異議の申しようがないようでした。

その年、華やかで美しかったと記憶に残っているのは、紀元二千六百年の催しです。秋の終りの頃でした。近くにある西向天神社に向けて大勢の人が小旗を振って「…紀元は二千六百年…」と歌いながら歩いて行きました。神社の下の方を通る市電は、車体一面、ピンクや白の造花で飾られ、ゆっくりゆっくり走っていました。「きれい！」それが満三歳の私が感じたものです。

後になって考えてみると、それは「神国日本！」「現人神《あらひとがみ》天皇陛下を頂く日本！」と、自国が世界の中で特別な存在との思い込みをしてしまう日本人をつくっていく、日の丸の小旗を打ち振るう大衆をつくっていくイベントの一つであったと思います。

私は今、〝天皇陛下〟と簡単に書きましたが、当時は〝天皇〟という言葉の前には必ず「恐れ多くも」という文言を入れ、直立不動の姿勢をとってから「天皇陛下」と言わねば、子どもと言えども往復ビンタ（両頬を平手で力いっぱい殴られること）を受けました。

一九四三（昭和十八）年、私は東京牛込区の余丁町国民学校に入りました。ちょうど学制が変わって、尋常小学校が国民学校になった時期で「みんなで勉強うれしいな　国民学校一年生…」と何度も練習したことを覚えています。

朝礼は、「宮城遥拝」から始まりました。この、天子様の御座します宮城方向を拝むことは、東京小松川から栃木県の在に集団疎開していた友人も鮮明に覚えていると言っていますので、各地で行われていたのではないでしょうか。

毎朝の訓示は、神国日本の少国民は鬼畜米英に勝つ日まで、しっかりと銃後を守る気持ちを持つようにというものでした。

後に歴史をひもとけば、日本軍はガダルカナル島からの撤退を始めるなど、南太平洋での戦況はきわめて厳しいものになっていたのに、教頭先生のお話は、「勝った、勝った」ばかりでした。特に子どもながらに忘れられないのは「南方には山本五十六連合艦隊司令長官がいられるので、絶対に勝つ」というお話でした。でも、実際には山本五十六司令長官は四月十八日にソロモン島上空で乗機が撃墜され、亡くなっていたのですが。本当のことは教頭先生もご存知なかったのかもしれません。

私は越境入学であったため、集団登校した記憶はありませんが、サイレンが「ウー！」と警戒警報を知らせると、授業中であっても防空頭巾（今の防災ずきんと同じ）を被って帰宅しました。

この頃の食料事情は、物資が少なく、すべて配給制でしたが、敗戦後のような空腹のつらさは記憶にありません。

ただ人々は爆弾などの恐れの他に、世間の眼や耳を恐れていたように思います。私の母は歌が大好きで、ソプラノの歌声を響かせて、オオソレミオとかシューベルトの子守唄などを歌っていましたが、祖母がすぐに「世間さまが聴いたら何と思うかわからないのでやめなさい」と言っていました。そんなとき母は私にこっそりと「どちらの歌も味方であるイタリーやドイツの歌なのに」と不満そうでした。また、母の前髪には天然のカールがあって、とても素敵でしたが、祖母は「パーマネントと思われるといけないからビンつけ油で前髪を固めるといいよ」と言っていました。嫁・姑の仲は悪くない母と祖母でしたが、世間さまの風評に身を縮めていたようです。

その頃、武器を作るためにと鉄や金、ダイアモンドの供出が呼びかけられました。私の家では睡蓮の花が咲き、金魚が泳いでいた天水桶《ちょうずおけ》をはじめ、お墓の辺りを囲っている鉄の鎖や斧など、さまざまな品を供出しました。祖父は懐中時計の金鎖を諦めきれないようでしたが、江戸っ子の祖母に押されて出したそうです。母方の祖母は自慢のダイアの指輪を、周辺に促され供出しました。戦後、戻されるとの報せが大蔵省から届き、大喜びで出向きましたが、示されたのは小粒で地味なものばかり。他の方々も期待に胸をふくらませてやって来たのにと、がっかりして帰られたということです。「誰かが途中で取っちゃったのね」が、そのときのがっかり組の一致した声だったそうです。

私が今でも身震いしてしまうのが、警戒警報と空襲警報のサイレンの響きです。警戒警報が鳴ると、ラジオが「東部軍管区発表、敵機……」と報じ、すぐ「ウー、ウー、ウー……」と断続的な響きの空襲警報が鳴り出します。そして「退避！　退避！」という警防団の人の声は、まだ耳の底に残っています。最も恐ろしいのは〝ずっしーん！〟と響く爆弾の落ちた音です。

翌一九四四（昭和十九）年、父は自分の母、妻、四人の子を小田急沿線の鶴川村へ疎開させました。東京は危険であると同時に、日常生活というものがなくなっていました。そして徴兵される人々が増え、無事を祈って銃弾よけのさらし布に人々が一針ずつ赤いコブを作る「千人針」を頼む人が増えました。「五黄の寅」年である母は一人で幾針もできるのだと言われ、多くの人から、たくさんの布を託されていました。戦場へ向かう人を〝名誉なこと〟と、日の丸の小旗を振って送り出す人々の裏で、家族は「生きて帰ってきて！」と必死の思いで、千人の人に一針ずつを呼びかけていたのです。

この頃はもう、南方の島々の多くがアメリカ軍の手に落ち、空母や戦艦の多くを失いはじめていましたが、一般の人には負け戦さは伝わらず、学校では神風が吹いて「神国日本は勝利する」と訓辞していました。

一九四五（昭和二十）年になると、さらに空襲は激しくなり、夜空を紅く染める火災が多くなりました。三月九日の夜、大勢の人々が、疎開している農家の庭で騒いでいました。祖母や母も騒いでいたので、私も起きて庭へ出てみました。

東京の方向の空では、線香花火の玉のような紅い火の玉が横一列に並び、あとからあとから流れるように落ちていくのでした。それは、ずいぶん長い時間続いていたように思います。「子どもは寝なさい」と家に入れられた後も、火の玉は続いていたようです。それが東京大空襲と知ったのは戦後のことです。

都下の鶴川村から眺めた、あの夜の火の玉の光景は忘れられません。そして、その下で、十万人もの人々が火に追われ、苦しんで亡くなっていたことなど、神風が吹いて日本は勝つと信じていた私は、知る由もありませんでした。

それからしばらくして、私の家も焼けました。小田急を新宿駅で降り、伊勢丹の辺りから周囲を眺めて不思議に思いました。一面の焼野原が果てしなく続いていました。

鶴川村での出来事をもう一つ記します。それは三月末ごろのことでした。駅近くの住まいから、学校までは防空頭巾を肩にかけ、六年生を先頭にきちんと整列して通います。途中には、何軒かの英霊の家があり、立ち止まって、号令に合わせ、最敬礼をするのが日課でした。

そんな中で、私は「一億火の玉」とか「撃ちてしやまむ」といった言葉に従い、〝憎っくき米英〟を撃滅するために、何かお役に立ちたいと願っていた少国民でもありました。

冬枯れの田んぼを右手に見ながら、同じ学年の子どもたちと一緒に帰る途中のあるとき、見知らぬ中年の男の人に「工場が建つ所はもっと先かい？」と聞かれました。私たちは学校に近い田んぼの一ヵ所に土が盛られ、そこに工場が作られるということを聞かされています。ちょうど、現在の宅造地のような、家が二、三軒建てられる程度の場所ではなかったか、と思うのです。と申しますのは、子どもの頃の記憶で、とても広い所だと思っていたのが、大人になってみますと、ナァーンダ、と思うことがよくあります。その盛り土の箇所は、その頃の記憶でも、さして広いとは思えませんでした。

先頭の方を歩いていた私は「はい、あっちの方です」と指で示してあげました。

その男の人が行ってしまって、しばらくすると、誰かが「あれはスパイかも知れない」と言い出しました。伯父さんが村の警官だったTさんは「工場のことを聞いたからスパイに違いない」と言います。皆は、私に向かって、「スパイに教えた！」「スパイに教えた！」と言いつのります。

私たちは〝敵のスパイ〟はどこにいるかわからない、米英に味方する悪い奴——と事あるごとに聞かされてきました。ですから、そのスパイに工場のありかを教えてしまったということは、もう取り返しのつかないことです。不安と、どうしていいかわからないので、消えてしまいたいような気持になっていました。都内に残っている父には知られたくなかったし、一緒に疎開してきている祖母や母にも、恐ろしくて、何も言えません。

あくる日、学校へ行くと、私は受け持ちの先生と一緒に校長室へ呼ばれました。校長室には、校長先生のほかにもう一人男の人がいて、前の日あったことを、特に工場の建つ場所を尋ねた中年のおじさんについて、その人相や風体などを細かく聞かれました。

そして、次の日も校長室に呼ばれ、前の日とは別の男の人から同じような質問を受けました。その頃には、私が「スパイに教えた子」「スパイに通報した子」であることは、大人の人にも知られ、こそこそ話していた近所の人が私と視線が合うと、さっとそっぽを向くような、何とも言いようのない居心地の悪い場面にも、遭遇するようになりました。

数日後、受け持ちの先生と一緒に村の警察へ呼ばれ、学校のときと同じような質問を受けました。鶴川村の警察は、駅から「神蔵のお灸」に向かう途中の左側にあって、石段がありましたが、私にはそれが壁のように立ちはだかっていたのを覚えています。

あれから七十年余、私が八歳の頃の記憶はおおむね漠然としています。けれども、あの、「スパイに教えた子」前後の出来事だけは、妙に鮮明に覚えています。それは、私の胸の中にどうしても納得することのできないものが、固まってしまっているからかも知れません。

「スパイ」と目された中年男性が見つかったかどうか、その辺りの話は私の所まで届いていません。その人は、埋められた田んぼの近くを訪ねる途中で、目印として、「工場が建つ所」を教えられていたのかも知れないし、工場を作る人で、下見に来ていたのかもしれません。疎開してきた子が知り得る程度の情報であれば、村の多くの人、またその知人が知っていても不思議はないはずです。それなのに、たかだか八歳の子どもたちが見知らぬ人を「スパイ?」とした瞬間から、大人たちは怯え、警察は動き、人々は暗い囁きを交わし始めたのでした。失敗や都合の悪いことなどに「スパイ」という冠をかぶせたら、都合の悪いことは消え去り、後には「スパイ」という言葉だけが残って、人々を恐怖に陥れてしまう……そんなことだって、できる気がします。

そして、夏に鶴川村へも艦載機がやって来て焼夷弾を落としたのを機に、父は昔々のつてを頼って、長野県の佐久へ再疎開しました。切符を手に入れる苦労の上に、列車に乗り込むのに妊娠八ヵ月の母、七十代半ばの祖母、八歳の私を頭に四人の子、その大変さは並大抵のものではありませんでした。満員の列車に、さらに人々は窓から乗り込みます。お腹の大きい母は入口から入りましたが、祖母も私たちも窓から押し込んでもらいました。幼い弟は安全だからと荷物と一緒に網棚の上です。

信越線の小諸から千曲川の流れを見ながら、円タクで塩名田まで、あとは荷車を頼んだり、牛車に乗せてもらったりして、やっと引き受けてくださる農家に辿り着いたのは、八月十五日の昼前でした。前山村にあるその家の庭には大勢の人が集まり、座り込んでいました。身重の母は、お腹が痛いと呻きながら横になっていました。

昼からの放送（終戦の詔勅）はガーガー、ピーピーと言っていたのだけを覚えています。緑の穂波を輝かせて広がる田、大きく聳える浅間山、人の心も穏やかな信濃の地でした。

その頃、印象に残っているのは、満州から引き揚げてきた一家が「身内の世話になるのも辛いので、もう一度開拓をするために川上村へ行きます」と、母に語っていた姿です。小作の三男という一家は満蒙開拓団として満州に渡り、命からがら引き揚げてきて、また樹々の繁茂する大地を畑にするとのことだと聞きました。痩せて青黒い顔をしたダンナさんと粗末な衣に身を包み、赤ちゃんを背負った奥さんの姿は、私の眼に焼きついています。川上村を車で通り、今は〝レタス大尽〟と呼ばれる豪農の家々を見るたびに、あのご夫婦の子孫の方はおられるのかしら?と、胸がいっぱいになります。

そして翌一九四六(昭和二十一)年、私たち一家は横浜の金沢八景に移り住みました。食べるものの乏しい暮らしは、戦後の方がひどかったような気がします。野にある草は、あかざ、よもぎ、うこぎ、くこ、教わるままに摘んで帰りました。芋やかぼちゃの蔓等々、何でも食べざるを得ませんでした。配給の食料に米や麦はなく、今は飼料である小麦の殻を粉にした〝ふすま〟、砂糖、芋の粉などがやっと少量配られていました。

戦争は命を奪うだけでなく、人々から誇りや矜持のようなものを奪うことを知りました。横須賀の米軍基地に近いせいもあり、「オンリーさん」と呼ばれる娘さんの家もあり、その豊かな暮らしぶりを、人々はやっかみと蔑みで見ていました。私がその家の兵隊さんと石けりをして、バターをもらって来たとき、母は涙を流さんばかりに喜びましたが、もうその女性とは口をきいてはいけないとこわい顔で申しつけました。

あの戦争を十五年戦争という方々がいます。私は戦後の約五年間は、自由な空気は素晴らしかったが、暮らしはまだまだ戦中と言えるのではないかと思っています。

（二〇一四年五月四日記）

二度と経験したくない！
――伯父の悲劇と治安維持法・その類のこと――

横浜支部　石渡　栄子

それは太平洋戦争が始まった翌一九四二（昭和十七）年、私が小学校四年生の時のことでした。秋のある晩、九時を過ぎたころ、玄関のガラス戸を叩く音がして、抑えたような男の声がしました。母と私たち三姉妹は思わず声をひそめ、耳をそばだてました。

その声は、「もとやあ、開けてくれよ」と母の名を呼んでいました。母がガラス戸越しにそっと覗くと、そこには母の一番上の姉の連れ合い、私の伯父がいました。富士山の麓の地区にある家の長男に生まれ、若いころから村の仕事に励んでいたという人です。

「どうしたの？　義兄さん！」と言いながら、母は玄関の鍵を開けました。伯父はしばらく押し黙っていましたが、「特高に追われているのだ。一晩泊めてくれ」と言いながら、上着を脱ぎ始めました。

母は、私たちの方を見て「さあ、あんたたちはもう寝なさい」と言い、私たちは寝床に追いやられました。しかし、こんな時にそう簡単に眠れるものではありません。そーっと少しだけ襖に隙間を開けて、息をひそめて覗いていました。伯父は幾日逃げ続けていたのでしょうか。お風呂に入り、Yシャツを洗い、それに母がアイロンをかけているようでした。

「俺はなあ、お上に楯突くようなことは何もしてないぜ。なぜ特高に追われるのか、全くわからないわ」

「義兄さんは昔から思ったことを大きな声でズバズバ口にするから、何かと目をつけられたのよ。姉さんも心配していたわよ」

「俺は村のこと、村の衆のことを思ってものを言ってきただけだよ」

「義兄さん、ここは危ないですよ。港は近いし、山手の外人地区はこの上、フランス領事館はすぐそこだし、川向うは憲兵隊ですよ」

こんな話が続いていました。妹たちはとっくに寝入っていました。私は「トッコーって何だろう」と考えているうちに、不覚にも眠ってしまいました。

朝、いつもより早く目が覚めましたが、伯父は既にいませんでした。まだ暗いうちに家を出たそうです。それを聞くと、急に悲しくなって、布団にもぐり込んでしまいました。

思い出すのは、伯父や伯母の田舎での家の夏休みのことです。太い丸太の門柱と黒い板塀に囲まれた広い屋敷の中に、富士山の伏流水が湧き出している大きなワサビ畑があり、ワサビが流されないように小さな玉石が根本に一つ一つ、置かれていました。朝になるとそこへ家鴨が産んだ卵を従妹と集荷に行ったり、露草の花やヨモギの葉を石で叩いて色水をつくったり…、富士山を背に楽しい日々でした。伯父が村の人と縁側に腰かけて、大声で笑ったり、話したりしていたことが次々に思い出されました。

数日後、伯父は特高に捕まって巣鴨の拘置所に入れられたと聞きました。半年ぐらいして面会が許されることになり、伯父の二十歳過ぎの長女が私の父と一緒に面会に行きました。ずいぶん長く待たされ、やっと会えました。伯父はとても喜んで、お互いの無事を確かめ合っていましたが、伯父が何気なく「食い物がまずくてなあ」と言ったとたんに面会は中止になったそうです。

それから四年後の八月十五日、太平洋戦争は日本の敗戦に終わり、その年の十月頃、伯父は釈放されることになり、伯父の家族と私の父で迎えに行きました。その時、伯父は極度の栄養失調で痩せ細り、精神に異常をきたしていたそうです。東海道線、御殿場線と乗り継ぐと、はしゃいで「最初は青い服を着せられ、その次は赤い服だった」とか大声でしゃべり出して、周囲をハラハラさせたそうです。

季節は実りの秋の真最中で、一家総出で田んぼや畑に忙しく出払っていた留守に、伯父は炬燵の中で下半身に大やけどを負い、間もなく息を引き取りました。親戚だけでひっそりと野辺の送りをすませました。

これが私の小学校四年生から女学校一年までの、二度と経験したくない治安維持法の体験です。

一九二五（大正十四）年に公布されたこの治安維持法は、私有財産制度の否認を目的とする結社活動・個人的行為に対する罰則を定めた法律で、その後、二度にわたる改正により、死刑が科せられるようになりました。主に共産主義運動の抑圧策として、言論・思想の自由を抑えつけるための法律でした。

一九四五（昭和二十）年、日本の敗戦によって、九月の閣議で廃止が決まりました。この間「横浜事件」など多くの人が、なぜ取り締まられるのか解らないまま拘置され、ひどい取り調べを受けたそうです。

「横浜事件」とは、一九四二（昭和十七）年、神奈川県特高警察のでっち上げにより、〝共産党再建の謀議〟の容疑で雑誌編集者ら数十人が検挙され、過酷な取り調べを受け、『中央公論』『改造』が廃刊においやられた事件です。

一九八六（昭和六十一）年、生き残った被害者や家族たちが再審を求め、「無罪」を勝ち取りました。その遺族の一人が娘さんに残された言葉が忘れられません。「あっと言う間に社会は変わる。あの時代は狂気の時代だったのだ。そうなれば、一人の人間ではどうすることもできない。だから日頃から用心していなければいけない」という言葉です。戦後七十年、今がまさにその狂気の時代への入口ではないかと思います。

二〇一三（平成二十五）年、多くの国民の反対を押し切って「特定秘密保護法」が成立、翌二〇一四年、同法は施行されました。情報保全諮問会議（秘密指定の基準が妥当かどうかを点検する会議）の座長、渡辺恒雄読売新聞会長は、初会合で「治安維持法とは違う」と否定されていましたが、治安維持法が改正、改正を重ねて、制定時には思いも及ばない〝化け物〟となって国民を苦しめ、震えあがらせていったことを思えば、「治安維持法とは違う」などと誰も言えないはずです。

今、国会では「平和安全法制」という十一の戦争法案が審議されようとしています。

一九三二（昭和七）年生まれの私が初めて手にした教科書、小学校一年生の国語は「サイタ　サイタ　サクラガ　サイタ。ススメ　ススメ　ヘイタイ　ススメ」でした。今、どんなことをしても「兵隊を進めてはならない」と思っています。

（二〇一五年五月十九日）

東京大空襲

インタビュー

国民に知らされずに戦争は始まった

世田谷支部　淡島　富久

一九四五年八月十五日の敗戦の日から三日後が私の二十二歳の誕生日でした。私は日本が中国の地に踏み込み、やがて太平洋の島々にまで触手を拡げていった戦争の最中に青春を過ごしました。直接戦場で戦ったのでもなく、親兄弟を失うこともなく、被害の少なかった私ですが、それでも身の危険に晒されましたし、身内の何人かはアッツ島やキスカ島で玉砕しました。戦時下の生活は長く、暗く、苦しいもので、決して忘れることはできません。

関東大震災・世界恐慌を経て戦争へ

私が生まれた大正末期は、関東大震災が起こり、東京は焦土と化しました。その時、私は生後二週間。焼け出され、猛火の中を逃げ惑う両親に抱かれ、人々の善意に救われて九死に一生を得たと聞かされています。

震災から復興が成った昭和初期には、日本は世界金融恐慌の余波を受けました。また軍部による海外制覇の野望により、中国やアジア諸国への侵略が始まりました。そして一九四一（昭和十六）年十二月、日本はアメリカを相手に太平洋戦争へと突入したのでした。その時、国民は事前に何も知らされていませんでした。

ちょうど十八歳だった私は、敗戦までの四年間、国民の多くが塗炭の苦しみを味わうことになるなどと思いもせず、長年にわたる皇民教育により「聖戦なのだから協力をしなければ」と思い込まされていました。

食べる物がない

私たち一家は東京世田谷区の桜に住んでいました。大蔵省の官僚だった父は上海に派遣されており、体の弱い母と一歳下の妹との三人世帯でした。

戦争中はとにかく食べ物がありませんでした。東京生まれの東京育ちのため、買い出しに行く当てもありません。箸にかからない薄い雑炊一杯にありつくために配給の食料を求めて、二時間も行列することはざらでした。

当時の雑炊やスイトンは、わずかな米粒やだんごの中に、手に入る物は何でも入れて煮込んだ主食兼副食でした。敗戦間近になると、芋のつるまで炊き込みましたが、塩気のない汁をすすっても、空腹が満たされることはありませんでした。

庭の土はすべて掘り返し、サツマイモやカボチャ、トマトを作りました。当時はまだこの辺りは畑が多く、家の近所の農家から畑を借りました。ツルナという野菜は素人でもよく育ち、葉を摘むとまた次々と葉が出てくるので、助かりました。当時は水洗ではありませんでしたので、私は肥だめを担いで、畑に撒きました。やれることは何でもしました。

カトリックの学校で学ぶ

一九四一（昭和十六）年、私立では進学が難しいと言われた三輪田高等女学校を卒業しました。女学校は市谷にあり、学校行事として毎月一日に近所の靖国神社にお参りさせられました。良妻賢母を育てることで有名な学校で、宗教色はなく、三輪田元道校長は著名な教育者で、非常に柔らかい頭脳の持ち主でした。参拝は学校の方針というよりは国の方針ではなかったかと思います。

その年の四月、友人に誘われて、私は豊かな人間教育と国際的な女性の育成を目指す清泉寮学院（現在の清泉女子大学）に入学しました。吉田茂夫人がスペインやアルゼンチンの修道女と麻布に作ったこのカトリックの学校は、教会・修道院・修道女の住まいに隣接して建てられ、私はここで三年間、英語やスペイン語、神父さんのお話や修道女の献身的な行いを学びました。

外国人の強制疎開

カトリックの精神にひかれていた私は、洗礼を受けようかと真剣に考えたこともあり、卒業後も学校に手伝いに行き、谷町にあった貧民屈へ修道女たちの作った食事を持参したりしました。当時、女性は自分の生き方を自分で決めることなど考えないように教えられて育ちました。親のすすめる相手と結婚し、子どもを産み育てることが女性の目標でした。私には結婚を約束した父と同郷の男性がいました。北京にいるその人のもとに行こうと思いましたが、戦争が激しくなり、北京に行くことは困難で、私の唯一の希望はかないませんでした。灯火管制下では本を読む楽しみもままなりません。社会はひたすら「お国のため」で、ただ生きるだけの毎日でした。そんな中、この学校に行き、神父や修道女に会うことは唯一の心の支えでした。

しかし、戦争が激しさを増してきた一九四四年、生徒たちが疎開してしまい清泉寮学院は休校を余儀なくされました。気づくと修道女たちの姿も修道院から消えていました。修道院には憲兵や特高が来るようになり、スペイン人の修道女たちは、外国人ということで、長野に強制疎開をさせられ、軍の監視の下で厳しい生活を強いられたのです。

かわいがられ、教義や、愛や生や死についてずいぶん教えてもらったにもかかわらず、私は、憲兵により強制疎開させられたのだから修道女たちはスパイだったのではないかと疑ったこともあり、そのことを今でも申しわけなく思っています。密告などの横行する不穏な社会の風潮に私はすっかり染められていました。

職についていない十四歳以上二十五歳以下の女性は女子挺身隊として軍需工場などに動員されました。そこで学校を慕う卒業生約二十人が集まって、生徒のいない学校内で保険会社の事務をすることにしました。修道院は、信者である門番夫婦が住み込みで守っていました。かつて志賀直哉邸であった修道院の敷地は広く、私たちは門番のおじさんと一緒に庭を掘り返して野菜を作りました。長野に強制疎開させられた修道女たちが食物も満足にないと聞き、収穫したジャガイモなどを差し入れとして送りました。主のいなくなった学寮や修道院は、私たちが学生時代を過ごした、若い笑い声や希望に溢れた場所とはすっかり変わって、暗く、火の気もなく、私たちは寒さに震えながら過ごしていましたが、ついに保険会社の入っているビルに引っ越すことにしました。

病気の妹を背負い空襲の中を

戦禍は当時の住宅密集地帯であった下町に集中していましたが、私たちの住む世田谷も爆撃機の通り道で、わが家の庭にはしばしば高射砲の破片が降ってきました。軍事的な標的がなかったとはいえ、焼夷弾攻撃を受けることもあり、私たちは常に命の危険にさらされていました。わが家の前の家では、赤ちゃんを背負って、縁先で空を見上げていた娘さんが焼夷弾の直撃を受け、片腕をもぎ取られて亡くなりました。赤ちゃんが無事だったのは不幸中の幸いでしたが…。

一九四五（昭和二十）年三月十日の東京大空襲は下町に壊滅的な被害を与えました。その翌日、私たちのいる保険会社に、知り合いの女子工員が裸足で泣きながら現れました。江東区で空襲を受け、家族五人のうち彼女だけが助かって、やっとここまでたどり着いたのでした。私の親しい友人も一晩中池の水に浸かって九死に一生を得ました。明治座の中は死体がいっぱい、下町の川は死人の山で水が見えないなどと聞くにつけ、なぜ人の命がこんなに粗末にされるのか、とても恐ろしく、悲しく感じました。

最も恐ろしかった体験は、五月の山の手の空襲でした。一歳下の妹が前日盲腸の手術を受け、私は付き添いで、四橋にある大蔵省の専売病院に泊まっていました。夜半、突然の空襲警報に病院は大混乱に陥りました。重病人は看護師さんたちが担架で運ぶのですが、担架が足りなかったらしく、「自力で逃げてください」と言われました。当時は、街中の至るところに防火用水槽が備えられていました。私はドテラや防空頭巾をこの水につけて濡らし、妹に着せると、焼夷弾がシュルシュルと不気味な音を立てて降る中、彼女を背に走りに走りました。やっとのことで避難場所の芝公園に逃れ、地べたに妹を寝かせました。「火事場の馬鹿力」とはよく言ったもので、自分とあまり違わない妹を重いとも感じず、背負って逃げ切ったのです。急激に動かしたせいか、妹は心臓が苦しいと言い出しあわてましたが、周囲に医者は見当たりません。不安でいっぱいでしたが、何とか彼女を落ち着かせ、警報解除後、焼け残った病院へ戻りました。その後、空襲が恐いので、妹が動けるようになるのを待つのももどかしく退院し、自宅に戻りました。電話や電報などの通信手段のない時でしたから、自宅で留守番をしていた母は、二人の娘が死んでしまったのではないかと半狂乱の状態でした。

この時の空襲で、思い出のつまった学校や修道院も全焼してしまいました。

敗戦

こうして八月十五日を迎えました。その日、外出から帰って、母から戦争の終結を知らされると、私は教えを受けていた霞町の教会の神父さまのもとに駆けつけました。「鬼畜米軍が来るが、日本は大丈夫なのでしょうか」とたずねると、「同じ人間ですよね」と神父はおっしゃり、私は少しホッとしました。

その夜、灯火管制の黒い覆いをはぎ取りました。ぱっと部屋が明るくなった時のことは、なぜかはっきり覚えています。戦争は終わった、私たちは生き延びられたのだという思いが、じわじわと広がっていきました。

私の婚約者は、戦後、着の身着のままで、大変な苦労をして北京から日本に引き揚げてきました。私たちは結婚し、翌年、女の子が生まれましたが、ミルクを手に入れることができず、赤ん坊は泣き続けました。生活はその後もしばらく、非常に厳しいものでした。

正義の戦いなどなく、日本もまた、中国や他のアジア諸国を侵略し、多くの子どもたちを殺戮したことを戦後の学習で知りました。無知であった私たちは、戦争の被害者であったと同時に、ある意味の加害者でもあったと思います。

戦後六十九年間平和を保ち続けた日本は、今、特定秘密保護法で言論の自由を制限し、集団的自衛権を行使できるように憲法を解釈改憲しました。戦争を正当化しようとする動きがはっきり見えてきたことに危惧を感じます。平和を維持するためには、為政者の意図を見抜き、正しく対応していく知恵をもちたいものです。

（二〇一四年十一月十八日収録）

焼け跡からの脱出

郡山支部 玉木 智恵

私は一九二九（昭和四）年九月八日生まれです。小学校六年生になった一九四一（昭和十六）年の十二月八日、太平洋戦争が始まりました。当時、日本はすでに現在の中国とは戦争をしていたのですが、いよいよ大国アメリカやイギリスなどの連合国を相手に戦うことになりました。

次の年、私は精華高等女学校に入学しましたが、学校には約三ヵ月通っただけで、すぐ学徒動員となり、明電舎の京浜工業地帯にあった工場で通信機作りをすることになりました。工場が休みの時だけは学校に行きましたが、学科の授業はほとんどなく、ナギナタの稽古やバケツリレー、校長先生の訓話ばかりで…そうそう、作法の時間があって、戸の閉め方、座り方など厳しく指導されました。

通学途中、警戒警報に続いて空襲警報のサイレンが鳴ると、電車が止まります。乗客は全員下車して、防空頭巾をかぶり、爆弾の破片が目に飛び込まないように、爆風で鼓膜が破れないように、目と耳をしっかり押さえて道端にうつ伏せになり、警報解除を待つのでした。解除後は目的地まで歩くのですが、あちこちに憲兵が立っていて「そこはダメだ。通ってはいけない」

と言われ、ずいぶん遠回りをさせられました。空襲の後は、家々が爆風で吹き飛ばされ、雨が降ると爆弾の落ちた跡には大きな池ができました。

女学校二年の秋、東京代々木の神宮外苑で学徒出陣の壮行会がありました。東京の女学生はみな外苑に集められ、ペンを銃に持ち替えて国のために戦争に行く大学生たちを、旗を振って見送りました。お国を守る学生さんたちに真面目に感謝しましたが、当時の私は戦地に赴く彼らの気持ちにまでは思いが至りませんでした。戦後、『きけ　わだつみのこえ』『はるかなる山河に』を読んだ時は、涙が止まりませんでした。

一九四五（昭和二十）年三月十日、東京大空襲がありました。神田・神保町のあたり一帯は、まるで打ち上げ花火のように焼夷弾が降ってきて、十五分も経つと空が真っ赤になりました。下町から遠く離れた芝公園にある私の住まいまで、火事の臭気が風に運ばれてきました。神田周辺は本屋が多く、飛んできた燃えカスには本のページがたくさん混じっていて、字は判読できましたが、触ると崩れて灰になってしまいました。隅田川は死体で川面が見えなかったと聞いています。

そして五月二十五日、芝の増上寺が空襲で焼け落ち、わが家も焼けてしまいました。当時、父は警防団の一員として町会の方に行っていましたので、火に追われた母と私、三人の妹は乳母車を押して、東京湾に面した浜離宮に向かって走りました。母の後ろについて必死で逃げる時、不動銀行の三階の窓から五メートルもある赤い炎がヒューと出たり引っ込んだりしていたのを鮮明に記憶しています。浜離宮は人々のうめき声に満ち、ピシャピシャという波の音が不気味で、乳母車にしがみついて一夜を過ごしました。こんなに夜明けが待ちどおしかったことはありません。警報が解除され、通りに出てみると、一面焼け野原で、声も出ませんでした。

家の焼け跡に帰って、父と「おお、みんな無事だったか」と喜び合いましたが、今後のことを考えると途方に暮れるばかり。とりあえず、父の里、新潟県の津川へ行こうと上野駅へ向かいました。上野の東北線のホームは人でいっぱいで、何とか汽車にたどり着き、窓から乗り込みましたが、身動きのとれない車中では家族とはぐれないように確認するのが大変でした。列車は各駅停車のため、上野を離れると少しずつ身体を動かすことができるようになりました。長時間の乗車の末、やっと津川に着いて窓から出してもらいました。ホームに家族全員の顔がそろっていてとてもうれしかったのを思い出します。

津川の叔父の家に着きました。みんなが慰めの言葉をかけてくれましたが、それを聞くたびに、改めて、みじめで悲しくなり、涙を抑えるのに苦労しました。翌日、それまで他人に貸してあった自分たちの家に入りましたが、鉛筆もノートもなく「これからどうしよう」「私たちはどうなるのだろう」と不安でいっぱい。やり場のない自分の気持ちを誰にぶつければよいかわからず、駄々をこねて、父母を困らせたような気がします。

八月十五日、ちょうど旧盆の日でした。わが家は焼け出され、もちろんラジオなどありません。玉音放送を聞いた近所の人たちの言葉で敗戦を知り、驚きました。日本が戦争に負けたことにがっかりしましたが、灯火管制がなくなり、おもいきり本が読めるのだと思うと少しうれしかった。

焼け出されて貧乏な上に、追い打ちをかけるように「新円切替」という通貨政策がありました。これまで持っていたお金は通貨停止となり、新円にいくらか取り替えました。そして農地の所有者の改革である農地解放があり、強制的な農地買収が行われ、敗戦のみじめさを味わわされました。私の青春は、戦争と戦後の混乱に翻弄されて、なかったようなものです。

戦後、遅い結婚でしたが、郡山に住み、二児に恵まれ、子育てに専心しました。本を読む機会も増え、落ち着いた日々が訪れました。子どもたちが親離れする頃、日本婦人有権者同盟郡山支部と出会いました。市川房枝先生の「台所と政治は直結している」という言葉に魅せられて、支部に仲間入り、女性問題や憲法の勉強を始めました。

若い人たちが、私のような恐ろしく、みじめな戦争体験を二度と味わうことがないようにと願っています。そのため、日本婦人有権者同盟や憲法九条の会で平和運動を続けてきました。

安倍首相は、七月一日、多くの国民の反対を押し切って、集団的自衛権行使容認の憲法の解釈変更を閣議決定してしまいました。憲法九条の下、六十九年間、戦争をしなかった日本が、また海外での武力行使のできる国になってしまいました。私は、日本婦人有権者同盟の会員として、また戦争を経験した者として、この閣議決定に抗議するとともに、このような専制的な政権を選んでしまった私たち国民が選挙権行使の大切さを学び、よりよく行使できるような活動を続けていきたいと思っています。

「追憶と憲法のつどい」(二〇一三年十月二十七日、於郡山での講演)に二〇一四年七月七日追記

インタビュー

空襲、空襲の毎日でした

世田谷支部 二木 元子

お国の役に立ちたい

私は一九二一（大正十）年一月一日、東京九段の生まれで、浅草で子ども時代を過ごしました。入学した柳北小学校の校舎は出来たての鉄筋コンクリート三階建て。当時はとてもモダンで、自慢の学校でしたが、私が卒業した翌年、小学校は「国民学校」に変わりました。中学校を卒業して、タイピスト学校で学び、一九三九（昭和十四）年の春に鐘紡本社に就職しました。

翌一九四〇（昭和十五）年は「紀元二千六百年」と言って、国はお祝いムードで湧きましたが、戦争はどんどん烈しくなって、若い男性社員たちは、赤紙が来て、次々と出征して行きました。私たちは、「万歳」「万歳」と小旗を振って見送りました。

そんな世情の中で、女でもお国のために何かしたいと、上司と一緒に荒川の川岸にある千葉工作所という軍事会社に移り、タイピストとして働きました。

千葉工作所は陸軍の管理工場で、管理官の中佐殿とカバン持ちの伍長さんが常駐していました。当時、日本は満州を属国にしていました。工場では、湿地帯の満州で使う折りたたみ式の折畳舟《おりたたみぶね》や湿地橋床などを作っていました。これらは、大きな船から上陸する際に湿地の上に並べて使うものでした。

一九四一(昭和十六)年十二月八日、出社して間もなく「真珠湾攻撃で戦争が始まった」という臨時ニュースが流れました。私たちは驚き、「日清・日露戦争は勝つことができたが、アメリカのような大きな国と戦って勝てるのかしら」と心配でした。

初めての空襲

一九四二(昭和十七)年四月十八日、その日は、お昼休みに荒川の河川敷で職場の仲間たちとボール遊びをしていました。飛行機の音に気づき空を見上げると、私に向かって、B29が低空飛行してきました。見ていると、機体の下部から黒い小さい塊がパッ、パッと落下してきて、地表近くで光が一斉に広がり、ドーンとものすごい音がしました。焼夷弾でした。茫然としていると、だれかが「空襲だ」と叫びました。警戒警報は出ていましたが、空襲警報は出ていませんでした。空襲というものを知りませんでしたから、どうしてよいかわからず、あわてて工場内に駆け込みました。

爆弾は少しずれて落ちたため、幸い、工場は無事でした。頭から血を流した人たちが二、三人、支え合うようにして、よろよろと逃げてきました。部屋に入れて手当てをしようとすると、「手当ては男たちがするから、女の人は図面を持って逃げなさい」と言われました。私は重要書類の入った重い箱を持って、工場の裏手、コンクリート製の護岸壁をつたわって、隣の三菱艇庫に入り、小台橋に逃げました。

橋の上から見ると、近所のお茶屋さんや料亭が燃えていました。会社も燃えてしまうのではないかと思うと涙が出ました。船を造っている会社のため、工場には大きな水槽があり、みんなで水をかけて、何とか火は消し止めることができました。これが初めての本土空襲でした。

それから、国内は戦争一色になっていきました。日本のあちこちに軍需工場が建ち、鐘紡系列の軍需工場が船橋にも出来て、私はそちらに移りました。私の兄は日立兵器の茨城県勝田工場で働いていました。勝田では機械類などを避難させるため「ほろ穴」という防空壕を頑丈にしたような巨大な穴がずらりと掘られていました。

食糧不足が深刻になってきましたが、私は軍管轄の会社に勤めていたため、お弁当を食べることができて、助かりました。

空襲が日増しにひどくなって、夜中も靴を履いて寝ました。

東京大空襲

一九四五（昭和二十）年三月十日の大空襲の時は、私は母と本郷の家にいました。空襲警報が出てすぐ、母を連れて上野公園の池の端にある防空壕に避難しようとしましたが、満員で入ることができません。仕方なく、自宅に戻り、部屋の床下に掘った防空壕に入りました。焼夷弾が近所に落ちて、ガラスがビリビリと鳴り、ザーッと何かが崩れ落ちる音がします。母の手を握り、「死ぬ」と観念しましたが、ここで死んでは家の下敷きになって誰にも気づいてもらえないと思い直し、外へ出ました。

空は一面赤く、B29が飛び交っていました。私たちが避難しようとした池の端の方は真っ赤に燃え上がっていました。お位牌と非常袋を持って逢初橋まで行ってみましたが、火災から逃げて来る人たちで大混乱でした。家が燃えてから逃げることにして、家に戻りました。

翌朝、以前に家で働いていた職人さんが心配して訪ねてきて、私たちの無事を喜んでくれました。「本所や深川など下町は全部焼けてしまいましたよ。下町の川は死体がいっぱい浮いていましてね…」と聞くと、親せきや知人たちのことがとても心配になりました。

九段下にあった実家は、当時、妹が暮していましたので、母と二人で行ってみました。地下鉄が上野駅から神田駅まで動いていました。神田駅で降り、九段下まで歩きました。焼け跡を夢中で歩いて、靖国神社の近く、一口坂まで来ましたが、あたりは焼け野原で、わが家も近所の家も跡形もありません。茫然と立っていますと、近所の方が「妹さんは隣組の人たちと東郷さんのお屋敷に逃げましたよ」と教えてくれました。

敗戦の日

毎日、毎日、空襲を受け、「ほしがりません、勝つまでは」と頑張りました。八月十五日、天皇陛下のお話があるからと、船橋工場の広い作業場を清掃して、全員が集まり、じっと待ちました。初めて聞く天皇陛下の声に、みんな俯《うつむ》いて聴き入りました。日本は負けたのだ。「勝つ」とばかり思っていましたから、私たちは外に出て泣きました。

若い人たちはどんどん兵隊に取られて行き、多くの方が戦場で亡くなりました。夫のすぐ上の兄は、特攻隊で、二十一歳で命を落としました。広島と長崎に原爆が投下されて、国内で、アジアで多くの犠牲を出して、戦争は終わりました。

（二〇一二年十月二十九日収録）

城北大空襲の記憶

直属　向井　承子

一九四五年三月十日夜。六歳の私は、地平に広がる紅、オレンジに輝く光の帯を呆然とみつめていた。薄桃色の夜空もこの世ならぬ不気味な美しさで、十万人をあぶり殺した夜の炎はいまも心にすみついている。

当時、私は池袋に住んでいた。四月からは、現在は東京芸術劇場が建つ地にあった豊島師範付属国民学校に通うはずだったが、空襲の激化から学校は閉鎖され、来る日も来る日も空襲警報が鳴れば防空壕に飛び込み、重低音を響かせ来襲、爆弾をそこかしこに落としては去っていくB29の恐怖に耐えていた。恐怖はもう日常だった。そうなれば、人は感性をいささかでも麻痺させ、恐怖を押しやらねば生きてはいけない。

「私たちは大丈夫よ」。母は口ぐせのように子どもに言い聞かせていた。おそらくは自分に言い聞かせていたのだろうが、そんなわけで三月十日の炎の帯は子どもの私にはどこか他人事で、おびえつつもこの世ならぬ美しさにみとれていたのかと思う。その一ヵ月後、自分たちが炎の底を逃げまどうことになろうとは、想像もしない、いや想像などしたくなかったのかもしれない。

一九四五年四月十三日から翌十四日の未明にかけて、三百三十機のB29による第二次東京大空襲（城北大空襲）が東京北部を襲った。豊島区、北区、板橋区一帯が焦土と化した夜。それは私にとって生涯を支配する原体験となってしまった。

その夜、空襲警報も鳴らないうちのB29の来襲だった。それまでとは次元の異なるほどの大群の敵機。豪雨のように降り注ぐ爆弾、焼夷弾の嵐。記憶に残るのは空気を引き裂き落下する爆弾のかん高い笛のような叫び。大地を震わせ炸裂する轟音。防空壕の土壁も崩れ落ちるうちに、息もつけぬほどの苦しさに襲われ、壕を飛びだすと、あたりは悪夢の光景に包まれていた。

自宅の屋根から炎が噴き上がっている。隣家も、向かいの家も、あたり一帯の家がみな火を噴き炎につつまれている。おびえた私は、母の手を振り切り走り出したらしい。行く手に立ちはだかる炎の壁。頭上から降りかかる炎、バリバリと家が弾け飛ぶ音、道路はまるで炎の道。爆弾、焼夷弾はなおも降り注ぐ――。防空頭巾からはみ出した前髪がじりじり燃える。炎のむこうから母の叫び声が聞こえる。

拙い素人の作だが母の歌をご紹介させていただきたい。

子は親の親は子の名を叫びつつ／火群《ほむら》の中を逃げ惑うなり

ようよう母に手をつかまれ、逃げに逃げて、私はいのちを得た。

凄まじい炎を「油脂焼夷弾」と両親は話していた。「空気がなくなる。壕から逃げろ！」と叫ぶ父の声を覚えている。三月十日に十万人を焼き殺したのは「油脂焼夷弾」と耳にしていたのだろう。「油脂焼夷弾」には、東京の木造住宅を念頭に開発された「集束爆弾」M69が用いられたと資料で知った。

「油脂焼夷弾」とは、発火性油脂、石油系化学物質などでつくるゼリー状の「ナパーム剤」を詰めた「ナパーム弾」を数十個も束ねて投下するもの。現在でいう「クラスター爆弾」である。M69は、投下されてから空中で分解、子爆弾を広範囲に飛び散らせ「ナパーム剤」を爆発炎上させる新兵器で、大殺戮の火の海の主役となったのだろう。なんという残虐！

古来、科学技術は戦争によって発展してきたという。いつの時代も、戦争とは新兵器の人体実験場である。東京大空襲からヒロシマ、ベトナム戦争、イラク戦争――。あの夜、私が逃げまどった凄まじい炎は、いまでは耳になじんだ兵器のルーツだったとは。私は現在に続く兵器のかなし過ぎる実験の被験者だったのか。

城北大空襲の爆撃規模は三月十日以上だった。警視庁の資料には「（四月十三日は）三月十日より弾量が多い無差別のじゅうたん爆撃であった。――風速十メートル、各所の火災は合流して大火流となり」とあり、「多数の爆弾を焼夷弾と混投、民防空の初期消火を妨害し、また火災に対して再襲、あるいは三襲を試みて消防を妨害」とも記し残されている。

だが、死傷者の数は四〇〇〇人と三月十日の二十五分の一でしかない。人口密度の違いが私を救ってくれたのだろう。当時は池袋界隈にも、そこかしこに残っていた「原っぱ」に救われたといってもよい。参考までに、東京の主な空襲を爆撃の規模（投下された爆弾、焼夷弾の弾量、B29の機数）だけで比べると、三月十日（東京大空襲）よりも四月十三日（城北大空襲）、さらに五月二十四日、二十五日（山の手空襲）と時を追うにつれ規模は大きくなっていた。三月十日の死傷者数が圧倒的なのは人口密度の違い。米軍はいわば爆撃効果の見込まれる下町の木造密集地を初の無差別低空じゅうたん爆撃の初回の実験場に選んだのだろう。

一九四四年から敗戦まで、日本全国の都市を狙った本土空襲を繰り広げたあげくの広島、長崎への原爆投下。国民を極限の大殺戮に追いこむまで「一億玉砕」を強い続けた国家は許されるものではない。まして美化などしてはならない。

太平洋戦争末期、米軍がB29から日本に投下した爆弾は約十六万トン、その五分の一が東京を中心の首都圏に落とされ、爆発しないままとなった不発弾は首都圏だけで一二〇〇トンと記録されている。あの戦争は、いまも終わってはいない。マンションや鉄道の工事現場で不発弾処理のニュースを見聞きするたびに、地中の亡霊が浮上するような戦慄を覚えてならない。

空襲の夜、私は、結核を病み戦争に駆り出されなかった十九歳の兄、戦闘服で演習に明け暮れていた中学生の兄、そして母と四人で原っぱに野宿をした。父とは炎に巻かれるうちにはぐれ、夜露に濡れた「原っぱ」で手を握りあって夜を明かした。空襲警報は解除されたはずなのに、雷のような爆発音が夜通し響く。「時限爆弾」とまわりから知らされ、この原っぱでも爆発が起きるのか。生まれて初めて死を意識させられ、「ひとりで死ぬのはいや！」と兄にすがりついた。その兄は逃避行の末に衰弱死。「ひとり」旅立っていった。

夜が明けると、目に入ったのは見渡す限りの焼け野原。瓦礫から煙がくすぶり、煤けた空に「黒紅色の太陽」が昇っていた。気象庁の過去データを調べると、四月十四日の東京の天気は快晴、気温は一日平均で摂氏十度。冷たい夜明けの空は、真紅の朝焼けに染まるはずだったのに。「黒紅色の太陽」は、七十年を過ぎたいまも、折りにふれ「記憶」の底から不気味に浮かび上がる。

自宅は瓦礫のくすぶる焼け野の一部と成り果てていた。幼くて深いかなしみや嘆きにはまだ無縁だった私は、自分の「大切な宝物」のことばかりを思っていた。空襲の毎日、最後まで遊んでくれた三毛猫と五匹の子猫たち。四月から通うはずだった、豊島師範付属国民学校の仕立て上がりの制服。赤いランドセル。空襲が激しくなってからは、「お内裏さんだけでがまんしようね」と母に諭されながら飾った雛人形。満開の桜の木もまるで黒焦げの丸太ん棒になっていた。

残されたものはないか瓦礫《がれき》をかき分けるうちに、おとなたちがみつけたのは油脂焼夷弾を束ねていたらしい金属のカバーケースのようなもの。それに爆弾か焼夷弾かの破片だった。「油脂焼夷弾を束ねて空から落としたんだね」と長兄がため息まじりにつぶやいたのを覚えている。私たちはかろうじて残っていた金属製の仏壇の香炉ひとつを抱いて、両親の故郷、札幌に逃れようと上野駅に向かった。はぐれた父とも焼け跡で出会い、家族そろって逃れられたのは奇跡というものだろう。

地を這う電線、黒こげの遺体が目に入ろうと、ただ黙々と歩く。「疲れたよお」などと泣いている余裕などない。おとなを必死に追いかける途中、もみ殻が大半のお握りに黒く焼け焦げた味噌の固まりを支給される。「味噌工場の焼け残りかしら」との母のことばを覚えている。それにしても、社会システムなど壊滅に近い焦土で、どこのだれが避難民の列に食べ物を配ってくれたのだろう。尋ねようにも親の世代はとうに世を去り、幼い記憶しか残されていない。

どこかの焼け跡に腰を下ろし、ガサガサのもみ殻ご飯を焼け跡の水道管から吹き出す水でのどに流し込む。黒焦げの味噌もかみ砕くと塩の旨さが伝わる。「ありがたいね」と手を合わせる両親にならい、私も手を合わせていただいた。

逃れる道筋でも爆撃や機銃掃射に襲われた。急降下する艦載機（P51）は子どもさえ容赦なく狙う。身についた動作で、目、鼻、耳と六つの穴を両手の指で抑え地面に伏せる。爆音が頭上に迫り、弾丸がからだの脇をかすめる。

狙う側も国家に徴用された若者なのだろうが、戦争は人を狂わせるのか、ただ国家の命令に従順だったのか。子どもと知りながら狙いを定め急降下した戦闘機の乗員たちは、生きていれば九十歳台だろうが、いま何を思っているのだろう。

上野駅でも、東京から逃れようと駅舎に溢れ返る被災者の列に、艦載機（P51）が機銃掃射を浴びせてきた。被災者たちはわれ先に上野公園駅前の西郷隆盛像の足下にぽっかり口を開けた防空壕に駆け込む。人波に押され転んだ私の背をおとなたちが踏みつけていく。そのおとなたちもわが子の名を叫んでいる。

何回も転ぶうちに、片方の下駄の鼻緒がちぎれ、転んだまま見回すと、だれかの足から外れたのか子ども用の下駄が片方落ちていた。拾われないうちに必死で手を伸ばしてつかみ、大急ぎで履く。

上野公園下の防空壕については、私の記憶では、確かに大きな目玉の西郷さんの下に飛び込んだのだが、六歳の記憶では心もとない。そこで台東区の郷土資料室で『大日本防空史』など関係資料を教えてもらい確かめたところ、現在の上野公園のたたずまいからは信じられない話だが、「台東区一号地の横穴式防空壕は、西郷隆盛像から東照宮、動物園に向かう。枝壕を併せ総延長二キロ」の文字をみつけた。二キロとは上野公園の幅よりも長い。壕はモグラの巣のように枝分かれしていたらしい。

警報が解除されるといのちがけの首都脱出である。父が私を抱え上げ、入りきれないほど被災者を詰め込んだ列車の窓からだれかの手に託す。「この子だけでも頼みます！」「ホイ、こっち来いよ」とだれかが抱きとめてくれる。私は泣くことさえ忘れ、運命の成り行きに身をまかせていたと思う。

列車が動き出す。家族はどこにいるのか。その時、だれかれとなく「おかあさん、どこ？」と大きな声をかけ合ってくれたのを覚えている。それからは運動会の大玉送りさながら。私がおとなたちの手から手へと運ばれ母のもとにたどりつくと、車内に歓声が上がった。

悪い思い出ばかりではない。極限だからこそ人のやさしさを感じられることもある。阿鼻《あび》叫喚《きょうかん》の避難列車に、たったひとりの子どものために展開された大玉送り、歓声に拍手。時限爆弾におびえながらの野宿で「お子さんにどうぞ」と差し出された一枚の毛布。恐怖の炎をくぐり、焼け野を歩き、われ先に逃れる人の群れに押し倒され、凍りかけていた心が、ようやく溶けた瞬間だった。

青森までは数日がかりだった。列車は幾度となく灯火を消し、四月の東北の枯れ野にうずくまった。爆撃はどこまでも執拗に追ってきた。鉄道は戦時輸送の動脈、重要な攻撃の対象だったという。飲まず食わずでたどりついた青森駅のホームで、駅員から乾パン一袋をもらい、ホームの井戸水をむさぼるように飲んだ。

「水盃ね」と母はつぶやき、「機雷や機銃掃射にあわなければいいな」と父が返した。津軽海峡に流れる浮遊魚雷、連絡船をめがけての攻撃を耳にしていたのだろう。子ども心に、「死」はすでに納得、覚悟の対象で、私も死を覚悟の「水盃」を口にした。

津軽海峡は公海。世界の船舶が航行できる海。戦争末期には青函連絡船は海軍省の監督下で、軍事物資も輸送する「戦時輸送体制」におかれていた。徴用された民間の商船、貨物船が次々と米潜水艦の魚雷で沈められたことは、那覇からの学童疎開児童を乗せた対馬丸撃沈の悲劇で知られるが、私たちの運命を託した青函連絡船も、その年の七月、ほんの三ヵ月後には全滅させられた。ともあれ、私たちは無事に奇跡的に札幌にたどりついた。

戦争とは国家による大殺戮《さつりく》である。その現実を知らない世代は好戦的になりつつあり、いま、戦争の危機がひたひたと歩み寄るのを感じる。だが、これだけは言いたい。戦前に生まれ、戦中、戦後に育った幼い記憶にこびりつくのは、ただただ生々しい殺戮の光景である。無理心中さながらに国民を無謀な戦にひきずりこみ断末魔に陥った国家を祖国とすれば、その息の根を止めようと、残された子ども、女、病人、老人にさえ容赦なく襲いかかったもう一方の敵国とされた国家の残虐。戦争は加担する人々の感性を麻痺させ、素朴な善意の人々の感性をも変化させる。戦争は決して美化されてはならない。

最後に、戦争とは終戦の取り決めで終わるわけではない。戦後に現れる、いわば戦争の深刻な後遺症がほとんど語られていないのが気になる。

農民や漁民など、食糧生産の大切な働き手を根こそぎ戦場に送った国家・社会が戦後に遭遇した現実は、「欲しがりません、勝つまでは」を合い言葉にガマンを強いられた戦前とは次元の違う飢餓地獄だった。また、飢えや貧困などで弱った人と社会を伝染病が襲うのも歴史の法則で、その現実をまのあたりにさせられた子ども時代だった。

私の周辺では、まず結核の兄が死に吸い込まれた。空襲の炎をくぐり、列車、連絡船と乗り継ぎ、ようやく疎開先の札幌にたどりついたものの、食べものも医療もなく、病魔に蝕まれるままに世を去った。顔見知りの子やおとなたちも、まるで虫けらのように簡単に栄養失調、結核その他の伝染病で死に吸い込まれていくのだった。

敗戦の翌年、食糧メーデー。国は「食料非常時宣言」を発し、京浜地区、北海道、青森、山梨などが「窮乏地」と指摘された。私たちが避難先としてたどりついた札幌の深刻な飢餓の様子は『札幌市史』に記録されている。

「――（一九四六年六月）―配給食料の遅配、欠配が五十日余も続き、一般市民はついに餓鬼道そのままの光景を現し、栄養失調者はちまたに満ち、市民の死亡率は急増――」（『札幌市史』）

やがて、コレラ、赤痢、腸チフス、発疹チフス、パラチフス、天然痘―。聞いたこともない病名がとびかい始める。戦争をきっかけの貧困と飢餓の地は伝染病には絶好の餌食だったのだろう。天然痘でまっ赤に腫れ上がった同級生の顔にびっくり仰天。「疱瘡は怖い病気」と聞かされ種痘の列に並ばされた記憶も鮮明である。私は、天然痘の患者と間近に接した最後の日本人世代かもしれない。

日本国憲法が公布された一九四六年。発疹チフスの死者は三千三百五十一人、天然痘の死者三千二十九人。米兵への蔓延を恐れたＧＨＱが、強権的な「予防接種法」を制定させる前夜の話である。

（二〇一五年五月一日記）

沖縄地上戦
ひめゆり隊

収容所からの帰郷
―孤児たちとのふれ合いが戦後の生き方を決めた―

沖縄婦人有権者同盟　津波古《つはこ》　ヒサ

（沖縄戦は、一九四五（昭和二十）年三月二十六日から沖縄本島で始まり、組織的戦闘は六月二十三日に終了した。アメリカ軍の占領地域では、民間人収容所が捕虜収容所と別に設けられ、地域の住民や避難民が収容された。当時、沖縄師範学校女子部一年生で十七歳の津波古ヒサさんは、「一緒に疎開しよう」という家族、特に母親の切実な願いを振り切り、志願して沖縄本島に残り、同校と沖縄第一高等女学校の教師・生徒で構成された「ひめゆり学徒隊」として活動した。沖縄に残るにあたっては、教師をしていた兄の存在が大きかった。学徒隊として勤務した沖縄陸軍病院は、沖縄守備軍直轄で、本部、内科、外科、伝染病科に分かれていて、津波古さんは外科で勤務していた。しかし、戦闘が激しくなり、敗色が濃厚となった六月十八日に「ひめゆり学徒隊」に突然解散命令が出され、その後の一週間で、教師・学徒二百四十人のうち百三十六人が犠牲になった。本稿は、解散命令が出される前後、避難していた壕《ごう》が危険に晒され、そこを脱出するところから始まっている。）

壕を脱出して

一九四五（昭和二十）年六月十八日夜、馬乗り攻撃（＊）された糸洲《いとす》の第二外科壕から脱出し、やっとの思いで伊原《いはら》まで来たが、陸軍病院は解散になったとのことで、みんなは壕を出て行くところでした。女子師範学校・第一高等女学校（以後、女師・一高女）教頭の平良松四郎先生を先頭に一高女の生徒が出て行くのを皆は羨ましそうに見送っていましたが、平良先生は目を見開いて落ち着かない様子でした。後ろについていた一高女の仲栄真《なかえま》助八先生が私を見つけ「お、元気だったか。兄さんに会ってから行動しなさい」と声を掛け、肩をポンと叩いて足も止めずに壕を出て行きました。

私の兄・岸本幸安《こうあん》は、女師・一高女の教師で、第一外科の生徒を引率していました。私は兄に自分がここまで生きてきたことを知らせるために、弾の飛び交う中をぬって、やっと兄のいる大田壕を見つけました。大田壕にいた、ひめゆり学徒隊責任者の西平英夫先生（後に山口大学教授）は、私から第二外科の様子を聞き終わると、「解散だから兄妹は一緒に行動しなさい」と言ってくれましたが、私は、伊原入口で待っているはずの学友、伊波《いは》園子さん、松田其枝《そのえ》さんのことが気になり、壕を出ました。

後ろから追いかけて来た兄は、私におにぎりを渡し、「ゆっくりかんで食べておけ」と言い残し、前の道を走って行きました。夢にまで見たおにぎりでしたが、ふた口ほど食べたら、もう喉を通りませんでした。しばらくすると兄が戻って来て、「誰もいなかった」と言いました。兄は伊波さんたちを探しに行ってくれていたのです。結局、私は十九日未明、西平先生と兄、そして本部勤務の六人の学友と一緒に大田壕を脱出することになりました。

猛攻撃の中で

壕の外は榴散弾《りゅうさんだん》（＊）や迫撃砲《はくげきほう》（＊）などの猛攻撃で、西平先生は「瀬底《せそこ》、岸本先生から離れるな。大舛《おおます》、俺の後について来い」と、生徒たちを気遣ってどなりながら、東の方へ向かって走り出しました。

小渡《おど》の松林に隠れている時に、大舛さんが道端にしゃがんで「かわいい花よ」と野花を両手ですくっているのを見かけました。暗い壕から外に出て、開放された気分だったのでしょうが、弾に追われて恐怖の毎日だった私には、不思議な光景でした。大舛さんは、それから六時間後に激しい集中攻撃の弾の破片で重傷を負い、救出することができず、消息不明となってしまいました。

収容所に

十九日から二十日は小渡浜の海岸で仲里マサエ、玉那覇《たまなは》幸子、阿部敏子、戸田武子さんたちが加わって、摩文仁《まぶに》海岸を行き来し、二十一日にはギーザバンタ（＊）に着き、疲れて岩間に二、三人ずつ隠れているところを米兵に見つかり、大勢の民間人と収容所に連行されました。途中、米兵は手真似で「脱水状態だから水を」と水筒を出すのですが、小さい時から敵愾心《てきがいしん》を植えつけられているので、米兵が憎らしく、顔をそむけ反抗的な態度を示しました。

船越（今の南城市）の収容所で、西平先生と米二世（日系二世の米軍兵士）が今回の戦争のことで金網越しに議論を始めました。袖を引っ張って止めるよう合図しましたが、頑固な先生はますます気焔をあげていました。

その後、船越から次の収容所の百名《ひゃくな》（今の南城市）まで徒歩で移動しましたが、途中、MP（＊）が絶えず私たちを見張っていました。百名の収容所でもまた議論が始まり、その翌朝、西平先生と兄は一緒に米兵に呼び出され、そのまま帰って来ませんでした。死刑になったのではと心配しましたが、後で屋嘉《やか》収容所（今の金武町《きんちょう》）に連れていかれたことがわかりホッとしました。

百名の仮設病院・孤児院に勤務

残った私たちは、百名の病院に勤務することになりました。そこは米兵の建てたテント張りの仮の病院で、負傷した多くの民間人が収容されていました。昼頃、病棟から帰って来た石塚乃婦さん（師範二年）が、母校・松山小学校の先生だった安里盛市先生が収容されているが、どうも破傷風らしいと言うのです。すぐに通訳で同窓生でもある野崎文子（＊）先生に「優秀なすばらしい先生です。助けてください」と訴えると、軍医の診察の後、早速中部の軍病院に血清を取りに行ってくれることになり、夕方、安里先生など四人の人たちに血清が打たれました。元気になっていく先生の姿を見て、みんな手を取り合って喜びました。

六月末、百名の孤児院から乳児をコザ（今の沖縄市）へ移動するのを手伝ってほしいと依頼がありました。北部に家族がいる人が希望して、本村つる、仲間マサエ、戸田武子、登川《のぼりがわ》絹子、玉那覇幸子と私の六人が行くことになりました。真玉橋朝英先生（女師・一高女生徒藤子、伊子のお父様）が責任者として同行し、トラックに乗ってコザに向かいました。

到着したのは、焼け残った瓦葺きの大きな家で、孤児たちが大勢収容されていました。私たちは、ここで、乳幼児の世話をすることになりました。子どもたちは栄養失調で、精気もなく泣いていました。私たちにこの子たちの面倒がみられるのか、一緒に泣き出すのではないかと不安でした。昼前に前任者から仕事の引き継ぎを受け、寝かしつけて第一日目の仕事が終わりました…が、翌朝、子どもたちを見てびっくり。きれいに拭いて寝かせたのに、髪の毛から顔、手足と体中が便にまみれているのです。

子どもたちは、栄養失調の体で、急に高カロリーのミルクを飲んだため、下痢をしているようでした。前任者に手伝ってもらい、冷水で一人ずつ体を洗い、床を掃除しました。井戸は五百メートル先にあり、大仕事でしたが、弾が飛んで来ないだけでもマシだと思いました。

孤児院の仕事は、毎日午前中が便の大掃除で、それが終わると、子どもたちにご飯を食べさせ、お守りをして一日が終わりました。そしてまた、恐怖の朝を迎えるのでした。

そのうち、腹巻をさせるなど工夫をしたり、衛生兵に協力してもらって下痢も少なくなり、次第に仕事も楽しくなりました。しかし、毎朝、ひとりふたりと冷たくなり、亡くなっていく子どもたちを見るのはたまらなく辛いことでした。

ある夜、かすかに歌声が聞こえて来るので行ってみると、木村さんが乳児を抱いて子守唄を歌っていました。「夜回りしていたら、起きて泣いているので、弟や妹たちのことを思い出し、寝かせているのよ」と話していましたが、その姿がとても神々しく見え、今でも脳裏に焼きついています。

孤児院に小学校をつくる

七月下旬、孤児院内に小学校をつくることになりました。師範女子部付属小学校の訓導（先生。現在の教諭）だった大山盛幸先生が校長で、私たち五人にでいご隊（＊）の潮平（現姓は諸見川）美枝子さん、小嶺（現姓は高見）幸子さんが加わり、学級編成をしました。教室はテントで、学年単位で入り、教室も寝室も一緒の二十四時間教育でした。それまで一緒だった玉那覇さんはご家族が石川に住んでいらっしゃるというので、孤児院を去っていました。

私は一年生担任になりましたが、弟や妹を連れている子が四人いて、総勢五十人近くになりました。母親と離れてまだ何ヵ月も経っていないので、大山校長からは心を癒すことを優先して指導するよう言われました。夜になると皆めそめそするので、ふたりずつ抱いたり負ぶったりして寝かせつけていました。皆が寝つくまで一時間以上もかかりました。

大型台風襲来

その年に大型の台風が襲来しました。子どもたちはまた戦争が来たと思ったのか、泣きわめいて「おっとーよう、おっかーよう」と初めて両親の名前を呼んでいました。前にも後ろにも抱っこし、両手で他の子の手を引き、母屋の瓦葺きの家にたどり着くと、間一髪でテント校舎が崩れました。戦争中、子どもを連れて歩いていた親たちのことを思い、二、三日ぼーっとしていました。

学校が出来てからまだ数ヵ月しか経っていないのに、大山先生は、周辺の学校の先生方を集め、私たちに研究発表会をさせました。教職に就いたばかりで負担ではありましたが、大きな励みにもなりました。大山先生は研究報告を諮詢会《しじゅんかい》（＊）の文教部にいた仲宗根政善先生にも提出してくれ、仲宗根先生から激励のお手紙もいただきました。

孤児院から通学

十月ごろ、院内の小学校は廃校になり、私たち教員と子どもたちは室川《むろかわ》小学校に通学することになりました。学校が終わっても、院に帰ると、生活指導や院内の仕事が待っています。通学で外に出ることで、子どもたちも明るくなっていきました。

十一月の末ごろ、文教学校（＊）が設立されることになり、大山先生は学校予定地の具志川（今のうるま市）に移動されました。十二月中旬ごろ、本科一年の仲里さんと私に呼び出しがあり、具志川に行くことになりました。

院の幼い子どもたちは両親や家族を失った悲しみをしっかり受け止め、日に日に元気になっていました。しかし、子どもたちがこれから一人で多難な人生を乗り越えていかなければならないことを考えると、私たちは何をしてあげられるのか、しっかり勉強しなくてはと思いました。勉強したらまた帰ってくることを約束して、院を去りました。

文教学校で学ぶ

文教学校は二ヵ月の短期間でしたが、情報も入り、希望も持て、明るく再出発する決意ができました。卒業式の前日、室川小学校の校長先生が文教学校に来られ、私は「卒業後は室川に来てください」と頼まれました。大城知善《おおしろちぜん》先生が「校長がわざわざ採用に来たのは君だけだよ」と言っておられましたが、「孤児院に帰ることを子どもたちと約束しました」と伝えると、校長は「残念です」と言って帰られました。

卒業後、真っ先にコザ孤児院に飛んで行きました。しかし、当時は就職難で、中年女性の働き口として適した孤児院は希望者が多く、院長に「子どもたちとの約束ですから」と頼みましたが、「せっかく教員免許証をもらったのだから学校に勤めたら…」と言われてしまいました。

首里での教師生活

さて、どうしようと困って、大山先生に相談し、首里の学校に勤務することができました。住居をどうするか、百名で別れた石塚さんが首里にいるとわかり、無鉄砲にも手紙を出し、親戚が見つかるまでの引受人を頼みました。石塚さんから「西平光子さんと二人で待っている」との嬉しい返事をもらい、すぐに首里に飛んで行きました。石塚さんたちの住まいは弁ガ岳の入口にあり、当時としてはしっかりした造りでした。居心地がよかったので、親戚が見つかってからも、私は先輩二人との楽しい共同生活を続けました。

勤め先の学校は先輩たちとは別で、私は城東初等学校（今の首里中学校の場所）に配置になりました。有資格者の先生が多く、私を教育実習生のように指導してくださいました。教室はテント小屋で、黒板は鍋の煤《すす》とメリケン粉を混ぜて作った黒い糊をベニヤ板に塗り、乾いてからペーパーで磨いて仕上げたものです。チョークは軍から支給され、用紙はタイプされた使用済みの紙の裏を使い、鉛筆も持ち帰りさせず、学校で保管していました。

九月になって、これまで大変お世話になった石塚さんが郷里の熊本に帰りました。その頃、首里地区では疎開していた家族がぞくぞく帰って来ました。街には疎開者が〝持ち帰った〟「リンゴの唄」があちらこちらで流れて、首里もにぎやかになりました。

「生きていたね」と何度も繰り返した母

十二月末ごろに具志川にいる兄から「両親、義姉、姪甥が疎開地から帰って来た」との知らせを受け、飛んで帰りました。母は毎日、外に出て私の帰りを待っていた様子で、私の姿を見つけると両手で手招きし、近づくと抱きついて「生きていたね」と何度も繰り返し、頭から背中、足まで撫で回しました。私が「一晩泊まって首里に帰る」と言うと、泣きながら手をつかまえ離そうとしません。「すぐ首里を引き揚げて来る」と言うと、やっと手を離しました。

それからというもの、二、三日おきに催促の手紙が来るので、三月までは勤務する心算でしたが、仕方なく校長先生に手紙を見せて辞職を申し出ました。先生は「親の気持ちに負けた。免職だ」と言われ、金武湾《きんわん》初等学校（今のうるま市・具志川小学校の場所にあった）校長宛の紹介状を書いてくださいました。こうして、一九四七（昭和二十二）年二月、やっと両親のもとに帰ることができました。私の家族は、一九四五（昭和二十）年三月三日に最後の疎開船で沖縄を発っていますので、離れて暮らした二年間は、互いに生死もわからず、十年よりも長く感じられました。

沖縄戦終結後、文部省から兄の生存はすぐ伝えられたようですが、生徒である私のことはわからなかったようです。兄の子どもたちは「父親が生きている」と喜んでいるのに、母は「ヒサ子が死んでいたら許さん」と、その怒りは大変なものだったそうです。

九人兄弟の私の家では両親よりも兄が権限を持っており、厳しいが無理を言わない兄には逆らう者はいませんでした。母は、私が疎開しなかったのは兄の命令だと思い込んでいたようです。兄は、疎開に対し「親と一緒に行くか、残るかは自分で判断して決めなさい。あなたが決めたことには何も指示しない」と言っていました。当然のように居残ることを決めていた私は、母が頭をすりつけるように「一緒に行ってくれ」と頼んでも、頑として聞き入れなかったのでした。

誰かから命令されたのではなく、自分で判断し、学校と行動を共にしたことは、たとえどういう結果になっても悔いはないと戦中ずっと自負し、誇りとも思っていました。母が亡くなった後、その話を聞いた兄は、生徒の遺族のことが以前にもまして、いっそう思いやられるのか、その後は、腰痛を患っていたこともあって、慰霊祭には行かなくなりました。

孤児院は教育者としての原点

孤児たちと暮らした半年は、いつまでも私の心に残りました。いつも日の当たらない子に心が向いていたのか、三十六年の教職中、五年は僻地教育（久高島《くだかじま》）、二十二年は特殊教育（現在の特別支援教育）に勤めました。孤児院は私にとって大きな原点です。

　師範学校本科卒業まであと一年という修学年を戦争のために失ったことが悔しくて、何とか大学に行きたいと思いましたが、家事育児のために、その機会がありませんでした。定年五、六年前に、琉球大学の教育学部に特別専攻科（一年修了）が設けられ、二期生として学びました。二十五～六歳の若い先生と一年間勉強したことで、やっと「私の戦争は終わった」と思いました。

＊馬乗り攻撃　地下壕や陣地の上部を占領し、穴をあけるなどして、すき間から内部を攻撃する方法。

＊榴散弾《りゅうさんだん》　弾体内に多数の散弾が詰めてあり、炸裂して殺傷する砲弾。

＊迫撃砲《はくげきほう》　近距離で敵陣に弾丸を曲射するのに便利な口径が大きく砲身が短い火砲。

＊ギーザバンタ　沖縄本島南部の東海岸側（今の八重瀬町）にある崖。

＊ＭＰ　アメリカ陸軍の憲兵

＊野崎文子　戦後、米軍政府などを経て、一九七二年から那覇市議を三期務めた。

＊でいご隊　梯梧隊。沖縄戦当時、日本軍に動員された昭和高等女学校の生徒たちの戦後の通称。十七人が動員され、九人が亡くなった。

＊諮詢会《しじゅんかい》　一九四五年八月二十日に設立された、沖縄本島住民代表で構成された米軍政府の諮問機関。沖縄の戦後最初の行政機構。

＊文教学校　沖縄文教学校。一九四六年一月、具志川村田場に開設された沖縄戦後初の教員養成機関。当初「師範部」「外語部」「農林部」で構成、後に後者二部は沖縄外国語学校、沖縄県立中等農林高等学校として分離独立。修了期間は一期生は二ヵ月だったが、二期生は四ヵ月、三期生は六ヵ月と長期化していった。

（初出『資料館だより』第19号　一九九七（平成九）年九月三十日。本稿は、ひめゆり平和祈念資料館編集・発行『ひめゆり平和祈念資料館資料集5　生き残ったひめゆり学徒たち』二〇一二より転載。なお、タイトル・小見出しは日本婦人有権者同盟がつけました。）

地方都市の空襲
岡山・水戸・仙台・郡山・岐阜・宮崎・熊本・鹿児島

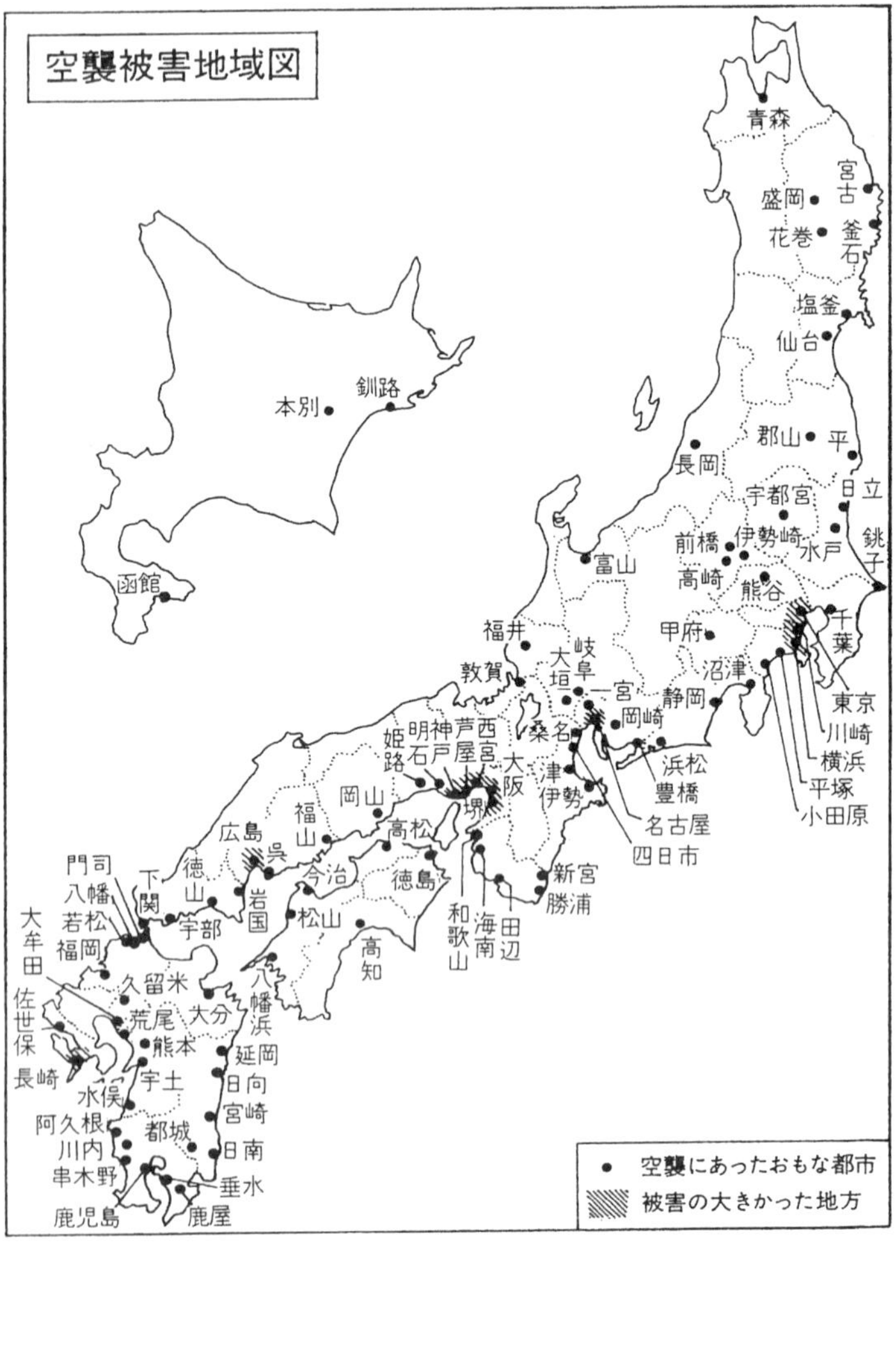
空襲被害地域図
青森
宮古
盛岡
花巻
釜石
塩釜
仙台
郡山
平
長岡
日立
宇都宮
前橋
伊勢崎
水戸
銚子
富山
高崎
熊谷
千葉
福井
甲府
岐阜
大垣
沼津
敦賀
一宮
静岡
東京
桑名
岡崎
川崎
明石
神戸
芦屋
西宮
姫路
大阪
浜松
横浜
津
伊勢
豊橋
平塚
堺
小田原
岡山
名古屋
広島
福山
高松
四日市
呉
門司
八幡
下関
徳山
今治
徳島
新宮
岩国
勝浦
若松
福岡
宇部
松山
和歌山
海南
田辺
大牟田
高知
久留米
八幡浜
佐世保
荒尾
大分
熊本
延岡
長崎
宇土
日向
水俣
宮崎
阿久根
都城
川内
日南
串木野
垂水
鹿児島
鹿屋
本別
釧路
函館
空襲にあったおもな都市
被害の大きかった地方

インタビュー

空襲　足の裏の熱い感触

元豊島支部　片岡　貴美子

慰問や勤労奉仕の学校生活

私は兄と妹二人の四人兄弟で、小学生までは東京牛込の早稲田南町に住んでいました。ラジオから「お国のために戦った兵隊さんのお陰です」という歌が毎日のように聞こえてくる小学校高学年の頃、クラスで第一陸軍病院に負傷した兵隊さんのお見舞いに行きました。慰問といっても、どうも、私たちが遊んでもらったのでしょうね。「あら、ふしぎ！　親指がどんどん伸びていく」という兵隊さんの手品を見た記憶があります。

女学校では、勤労奉仕といって、皇居周辺の掃除や草取りをしました。天皇陛下や皇后さまが皇居にお戻りになる時は、二十分も三十分も前から、ずっと直立不動をさせられ、前をお通りになる時、一斉に深々と頭を下げました。なぜ、こんなに長時間立たされなければならないのかと疑問に思いましたが、そういうことは誰もいっさい、口にしませんでした。言われたことを言われたとおりにする、それが当然という社会でした。

女学校二年の六月に、日本電気に勤める父の転勤で、岡山県立第一高等女学校に転校しました。ここで家事・礼法を教えていただいた近藤鶴代先生は、日本では中山マサ氏に次ぐ女性大臣第二号になられた方でした。近藤先生は、産児制限を主張していた加藤シヅエさんを強く批判するなど、社会情勢に詳しく、大根の切り方などの授業の合間にいろいろな話をしてくださる、とても面白い先生でした。

幸せな？学校工場

三年の四月から、学校の中に海軍衣糧廠《しょう》（海軍の衣服をつくる工場）が出来ました。四月いっぱいは、ボタン付けやハトメなどの講習がありました。周囲の大人たちからは、「あなたたちは裁縫の技術を身につけられて幸せね」と言われました。講習の後、「学校工場」で働きましたが、「多くの学生たちが遠くの工場に動員される中、学校工場で働けるなんて、あなたたちは幸せね」と、また大人たちは盛んに言うのでした。

学校工場では、海軍の軍服を縫いました。軍服といっても、ステテコやシャツなど下着類でしたが、家庭のミシンが足踏みだった当時、学校工場のミシンは電動で、横についているスイッチを膝で触ると、ザーッとすごい勢いで縫い進むのは感動的でした。私はミシンがけとアイロンがけをしました。夏に向かって、アイロンがけはとにかく暑く、敗戦までの四ヵ月間、私たちは汗だくで働きました。

岡山大空襲

一九四五年六月二十九日、岡山市はB29による爆撃を受けました。通常は、警戒警報、続いて空襲警報があるのですが、なぜか、その夜は何もなく、市民は寝こみを襲われました。ズドーン、ズドーンと大きな音がしたと思ったら、すでにB29の大群が押し寄せていて、焼夷弾を雨あられと降らせ、隣近所はすべて焼けてしまいました。左隣の製油工場で、ドラム缶が火を噴いて空中高く舞い上がり、数十メートル先の農家を直撃するのを目撃しました。焼夷弾を免れたその家は、あっという間に焼け落ち、日本の家屋は紙と木で出来ていることを実感しました。私の家も塀のところまで火が迫ってきて、裏庭では焼夷弾がいくつもチロチロと不気味な光を放って燃えていました。私は、背筋が凍る思いで、炎を足で踏んで消して回りました。今でも、その時の恐怖と足の裏の熱い感触を忘れることはできません。庭が広かったせいか、家は奇跡的に助かりましたが、松の葉などがチリチリに焦げ、その後、ほとんどの庭木が枯れてしまいました。

家屋の焼失を免れたために妬まれたのでしょう。「片岡さんは敵のスパイだから、家が焼けなかったのだ」と言う近所の人の密告で、父が警察に呼ばれました。警察の人が常識ある人だったので、父はすぐ帰されましたが、悪意のある人だったら、ひどい目にあうところでした。

市の中心部は壊滅状態で、大勢の市民が焼死しました。七月半ば、久しぶりに学校工場に行きましたが、級友の多くがまだ行方不明でした。真っ黒な焼死体が町のあちこちに転がっていて、名状しがたい死臭が町中を漂っていました。

敗戦

八月十五日は、よく晴れた暑い日で、空は青く、蝉が鳴いていました。正午に重大放送があるというので、生徒たちはカンカン照りの校庭に集合しましたが、ラジオはピーピーガーガーという雑音を流すだけで、何も聞き取れませんでした。

近所の大人たちが「誰も命の惜しい者はいませんのに…」と嘆いているので、敗戦を知りました。不安もありましたが、防空頭巾をはずし、電気をつけると、私は新しい道が開けていくような明るい気分になりました。

女学校から、焼け跡の整理や農家の稲刈りの手伝いに行きました。岡山は海の幸、山の幸に恵まれた土地で、あまりひもじい思いをした記憶はありません。空腹だったのは、戦後、東京に帰ってからでした。配給米の玄米を瓶に入れて、棒で突いて精米した記憶があります。

私の兄は、戦争の後遺症で二十九歳の若さで病死しました。父より十三歳下で徴兵されて中国大陸に行った叔父は、戦争の話は生涯したがりませんでした。東京や岡山の大空襲で散った友人たち、ヒロシマ・ナガサキで犠牲になった人たち、日本軍に侵略された地の人たち、そして今なお世界各地には戦乱の中で苦しんでいる人々がいます。一日も早く、世界中に平和が訪れることを願わずにはいられません。

（二〇一三年六月十日収録）

水戸大空襲と、平和記念館設立

水戸支部 酒泉 松枝

私は関東大震災があった一九二三（大正十二）年の正月に生まれた。一九二九（昭和四）年に水戸市立竹隅尋常小学校に入学。一九三一（昭和六）年には治安維持法が制定され、満州事変が起きた。茨城県立水戸高等女学校に入学した一九三五年は、戦争の波が私たちにもじわじわと迫ってきて、授業のナギナタ訓練など厳しいものだった。

女学校一年生の時、慰問袋を集め、戦場に送った。二年生になると、兵隊さんの下着（股下やシャツ）などを作るため、綿ネルにミシン掛けをした。厳しい作業だった。それでも、私たちの学年までは修学旅行や英語の授業ができたが、次の学年からは敵国の言語として英語の授業はなくなり、修学旅行もなく、もっぱら戦争への協力のみとなった。

日本が宣戦布告、太平洋戦争へ

当時は多くの男子教員が出征したため教員不足で、女学校卒の代用教員を多数募集していた。私は卒業と同時に、教員採用試験を受験し合格、水戸市内で教師となり、規制の厳しい中で先輩たちの指導をいただきながら、児童を教えることに専念した。

一九四一（昭和十六）年四月に国民学校令が施行され、小学校が国民学校に変わった。同年十二月、日本がアメリカに宣戦開始後は、「欲しがりません、勝つまでは」「贅沢は敵だ」「脂粉追放」「パーマネントはやめましょう」など、次々と個人の生活まで制限されるようになった。長女の私に続き、二年ごとに妹・弟が生まれ、子だくさんの私の家は日々の暮らしが大変だった。父が亡くなった翌年の一九四四（昭和十九）年二月、十八歳の弟に召集令状が来た。兵隊が足りなくなったため、二十歳前の召集だった。ひそかに聞くと、「兵隊に行きたくない」と弟は言った。それを言うと「非国民」とされるので、不本意に出征していった弟が哀れだった。その後、弟からの便りはなく、シベリヤの地で寒さと飢えで死んだことを知ったのは敗戦後だった。

国民学校の代用教員に

国民学校では、登校して校門をくぐると、「奉安殿」という天皇陛下の写真と教育勅語を納めてある、塀で囲まれた石造りの建物の前で、帽子を脱ぎ、最敬礼をしてから教室に入る。鐘の合図で一年から六年までの生徒と高等小学生（中学校や女学校にいかない生徒は高等二年まで）が校庭に整列し、朝礼が始まる。「気を付け」の号令で、直立不動に。「休め」の号令がないのに体を動かすと怒られる。真夏の朝は、校長の訓辞が長いと、貧血を起こして倒れる生徒もいた。食事を満足にとれずにサツマイモ一本やジャガイモ二、三個で登校してくるからだ。

一九四四年、東茨城の国民学校に赴任した時、小学生の疎開が始まり、私のクラスにも東京からかわいい生徒たちが数人入ってきた。親類を頼って（縁故疎開）、親から離れて暮らす低学年の疎開児に、私はできるだけ優しく接したが、もの珍しさや羨望からか、田舎の子は教室を出ると「そかい」「そかい」と苛《いじ》めるので、私は仲裁に苦労した。親が恋しい年頃で、疎開先が実の祖父母ならば救われたが、親類などの場合は哀れだった。

筑波おろしが冷たく、寒い元日の「四方拝《しほうはい》」や二月十一日の「紀元節」の式の日は、凍《い》てつく講堂で、生徒も教員も直立不動のまま頭を下げ、白手袋で校長が恭《うやうや》しく「教育勅語」を奉読するのを聞いた。式の途中は鼻水をすすることも禁じられ、教師も児童もふらふらするのを必死で堪えた。校長訓辞が終わると、紅白の打ち菓子のお護符《ごふ》をもらって帰るが、貧しい子は家で待っている弟や妹にそれを分け与えた。

毎日が「月月火水木金金」の時代。高学年の子どもは、農繁期は草取り、馬鈴薯掘り、稲刈り、田の肥《こ》やし入れまでさせられた。衣類やズックは配給でなかなか手に入らず、服や防空頭巾は親の手造りだった。教師も革靴はなく、ぼろズックで我慢した。農家の子の梅干し一個を入れた日の丸弁当はよい方で、新聞紙に包んだおにぎり一個だったり、弁当を持参できない子どもは、昼食時、遊ぶふりをしたり、校庭でじっと腰を下ろしている。そんな姿を見るのは、教師として本当につらかった。

水戸市の大空襲

一九四五（昭和二十）年、頻繁に米軍の戦闘機が襲来するようになり、下校時の子どもたちが機銃掃射されはしないかと気遣うことも多くなった。米軍のＢ29による空襲は、東京、大阪などの大都会から、やがて地方都市にまで広がり、執拗に続いた。茨城県でも日立、勝田の艦砲射撃があった。日本が日一日と追い詰められ、敗戦の色も濃くなった八月二日未明、ついに水戸はB29、百六十三機の爆撃を受けた。午前二時ごろ、不気味な「ウー」「ウー」「ウー」と三度ずつ繰り返す空襲警報のサイレンで、私は勤務先の茨城町にある農家の借家で目を覚まし、暗闇の中を外に飛び出した。

南の空が真っ赤に染まり、水戸が空襲されたのだと直感した。水戸の街中にいる母や弟、妹たちの顔が目に浮かび、不安でいっぱいになった。とにかく、水戸に行かねばと、家に戻り、灯りを出さないよう暗闇の中で、持ち合わせの大豆を煎り、炊けるだけのご飯を炊いた。そうこうしながらも、水戸の方角の空を見ようと、出たり入ったり、何度、家の敷居をまたいだことだろう。おにぎりを作り、ありったけの食べ物を風呂敷に包んだ頃、辺りはほんのり白みかけていた。

錆びついたボロ自転車が何とか乗れたので、風呂敷に入れた荷物を荒縄で縛り、モンペズボンにズック靴、不安とあせりで胸をドキドキさせ、水戸に向かった。父が二年前に亡くなった家で、母と弟妹でどう逃げ延びたか、爆弾で直撃死したのでは…、無残な姿がまぶたに浮かび、無我夢中でペダルを踏んだ。三里半の道は果てしなく遠く、坂が多くて息が切れ、真夏の暑さが容赦なく襲いかかる。奥の谷、長岡を過ぎ、吉沢の自動車学校あたりまで来たら、ついに古タイヤ（タイヤは統制品で新品は手に入らなかった）はパンクし、動かなくなった。それでもギーギー、ガーガー、強引にペダルをこぎ続けたが、とうとう諦めて、並木の側の道端に自転車車を捨てた。二十歳だった私は、この時ばかりは恥じらいを捨て、風呂敷包みを背負い、なりふり構わず走りに走った。汗にまみれ、足の痛みに涙が出た。吉田の坂を上りきり、やれやれと思ったら、めまいがしてきた。

夜が明け、六時ごろになっていた。地面から熱気がじわじわと伝わってきて、この先、歩けるのだろうかと七軒町あたりで足がすくんだ。どこまでも焼け野原が続いていた。電柱は途中まで燃えて折れ、電線はグニャグニャと道らしき場所に垂れ下がり、燃えカスがぶすぶすとくすぶり、ちろちろと炎が上がっている箇所もあり、この世の地獄。少し先の布施薬局の近くの防空壕の横では、もう白木の棺が四つ、五つ並べられ、そばで息子・娘らしき人が泣いていた。

焼け跡で家族と再会

防空壕の直撃や火災による炎や煙にまかれ、亡くなった人があちこちに倒れていた。気分の悪さと悲しみをこらえて、何とかわが家にたどり着いた。家は跡形もなく焼け落ち、一尺丸太の門柱が地面から五十センチぐらいの所で燃えていた。押入れだった所で壁土を被ったふとんの綿がくすぶり、古いラジオの金属部分や柱時計のバネと振り子だけが焼け残っている。われに返ると、母や弟、妹の姿がない。全身が凍りついた。隣のふみちゃんとおばさんが焼け跡から鍋や釜を掘り返している姿が見えたので、「うちの母ちゃんたちは?」とたずねた。「おばちゃんと照ちゃんたちは無事だったが、幸雄ちゃんがいないと言っていたよ」。弟は死んでしまったのか? 涙がボロボロと流れた。弟が入ったらしいという防空壕に行ってみると、中には老人と小学四年生の女の子が防空頭巾をかぶったまま死んでいた。

秋にたくさんの実をつけた庭の柿の木は真っ黒な枝ばかりになって立っていた。小一時間も過ぎたころ、髪をぼうぼうと乱し、疲れ切った表情で、母が帰って来た。生きていただけで幸せと、手を取り合って泣いた。「千代子は?」「照子は?」「愛子は?」「節子は?」「幸雄は?」と矢継ぎ早に聞いた。「みんな無事だったよ。死んだ父さんが守ってくれたんだね」。元気な弟や妹の姿を見て、私の疲れは吹っ飛んだ。持ってきた食べ物を焼け跡で食べさせた。弟や妹はボツボツと恐ろしかった体験を話し出した。

焼夷弾が襲いかかる中で

防空壕に入りかけた弟は、みんなの叫び声で飛び出したが、すでに母や姉の姿はなく、一人で酒門の山の方へ逃げた。三人の妹は、全員、胸と背中にたくさん火傷を負っていて、可哀そうだった。妹たちは防空壕がいっぱいで入れず、よそのおばさんに付いて遠くへ逃げた。谷田地区の方向に逃げたが、周囲が火の海で熱いので、浜田田んぼの川にもぐった。でも息が苦しくて首を出す。またもぐる。それを繰り返しているうちに夜が明けた。川の中は人でいっぱいだった。真っ赤に火傷した胸は、川の中に入っていた部分とくっきり境界線ができていた。もう一人の妹は、緑の稲の中を転げまわって火を逃れた。まるで生き地獄、修羅場だ。聞くだけで胸が痛んだ。

九丁目浜田の親類宅が燃え残ったので、一間を借りて、妹たちの火傷にメンソレータムを塗ってやった。その時の私は「偉い。よく生き延びてくれた」と感謝でいっぱいだったが、でも、何に感謝したのかわからない。「米国の猿め！　畜生」「今に見ていろよ！」と力いっぱい強がりを言った。「焼けた物はまた働いて買えばいい。命は買えないもの」「さあ、また頑張ろう！」と誓った。

飢えと貧困にあえいだ戦後

敗戦後間もなく、召集された弟の死亡通知を受け取った。長男を失った私たち一家は落胆した。母は、死ぬまでの十六年間、息子の死を受け入れられず、「夕方の暗がりの中、幸坊《こう》の顔が見えたので、後を追ったよ」と、よく言っていた。

敗戦後の苦しみは筆舌に尽くしがたいものだった。田舎のおじさんが焼けて錆びたトタンを拾い集めて作ってくれたバラックで二年半を過ごした。一ヵ月が過ぎて、部屋に電灯がついた時のうれしさは今も忘れられない。冬は霜がトタンの釘穴から顔や布団にボタボタと垂れ、夏の夜は地面にゴザを敷いて寝ないと寝られなかった。風呂に入れず、髪や体はシラミだらけ。天気の良い日は、陽だまりで着物を脱いでシラミ取りをする光景がいたるところで見られた。食料の配給は米一人二合、小麦一合だったが、ジャガイモなどの代替品が多く、とても足りなかった。釜に仕掛けたお米が一夜のうちにそっくり盗まれたことも何度かあった。着の身着のまま、飢餓をしのぐだけの、苦しい生活が続いた。

九月一日、バラックの職員室とその隣に一教室があるだけの三の丸小学校に赴任した。焼け残った教室の基礎コンクリートに子どもたちを座らせた。本もノートもなく、鉛筆と画板を首にかけて、青空教室を始めた。子どもたちは、元気で頼もしい。雨の日は裏の弘道館の畳の部屋を仕切って、机がないので腹這いで授業をした。教科書は、GHQの指令によりほとんどを墨で黒く塗り変えられた。修身や社会、国語はなくなり、許可された教科書だけだった。

一九四七年四月に、国民学校が廃止され、新制小学校に替わった。トウモロコシ一本、サツマイモ一本が一食で、教職員は那珂川の河川敷を利用して馬鈴薯やカボチャほかの野菜を作ったが、食べられる頃には盗まれてしまうこともたびたび。何ヵ月か経ち、廃材でまず六年生のための四教室が建設され、続いて仮設教室が建てられ、教師の担任もきちんと決められた時は、本当にうれしかった。

水戸平和記念館を創る会で活動

水戸市は、空襲で市街のほぼ全域が焼失し、死者は三百人を越えた。戦後の混乱もだいぶ落ち着いた一九八一（昭和五十六）年、地域の活動家・大津肇氏の呼びかけに応じて水戸空襲の被害調査をしていた三十五人が、水戸谷中の桂願寺で第一回慰霊祭を開催した。これを機に、私たちは「二度と遺族を作らない」をモットーに慰霊碑建立を進めた。

一九九一（平成三）年の水戸市政百周年の予算と、市民の募金（五千万円）を合わせて「フェニックスと少女の『平和の像』」が平和公園の中に設置された。

また、長い間かけ、収集してきた戦中戦後の貴重な資料を次代の人たちの平和教育に役立てたいと、水戸空襲被害者など約五十人で一九九四（平成六）年、「水戸平和記念館を創る会」を立ち上げた。私は会の事務局長を務め、十五年間、水戸市に陳情を繰り返した。

そして遂に、二〇〇九（平成二十一）年八月、「銀杏《いちょう》坂市民ギャラリー」として使われていた建物を改装して、戦災資料や平和関係資料を常設展示する「平和記念館」が開館した。私たちの反戦運動の成果だった。

二〇一三年十二月に制定された特定秘密保護法には空恐ろしくなった。平和憲法を守り、平和の中で暮らせる社会であってほしい。私がしたような苦しい体験を次世代の人々に二度と繰り返してほしくないと、今、私は声を張り上げて言いたい。

（二〇一四年八月二十六日記）

兄たちの死と、仙台大空襲

元仙台支部　鈴木　ふみ

割烹着に愛国婦人会のタスキをかけた母親たちが、日の丸の小旗を振って万歳を三唱しながら隣組の出征兵士を送り出していた…。そんな記憶は、戦況が厳しくなった一九四四（昭和十九）年の初冬ごろのものでしょうか。私は国民学校二年生で、仙台市に住んでいました。女学生だった上の姉は、高学年になると、「お国のため」と軍需工場に駆り出され、日々勤労奉仕に励み、勉強はおろそかになりました。

毎夜、灯火管制のもと、薄暗い茶の間で夕飯のちゃぶ台を囲むのが憂鬱でした。灯りが外に漏れると敵機に発見されるので、窓に黒い幕を張り、電燈に覆いをかけて暮らしていました。

次兄の死

この年の十一月二十五日は特別寒い日でした。東北学院の専門学校生だった次兄は、仙台市の南側を流れる名取川の上流でボートに乗って軍事訓練中にボートが転覆して、十九歳の命を落としました。朝、元気に学校に向かった兄が、夕方、冷たいむくろとなって、わが家に帰ってきました。

とてもやさしく、真っ白い歯の笑顔がよく似合う兄でした。突然の事故に、近所の人たちも駆けつけ、両親や姉たちは「川の水はさぞ冷たかっただろう」「もう一度、息を吹き返して」と、身体や足を懸命にさすり続けました。悲しい思い出です。

仙台大空襲

一九四五（昭和二十）年七月九日の夜半から翌十日未明にかけて、仙台市は大空襲に見舞われました。警戒警報がいったん解除され、市民がやっと眠りについた二十三時ごろ、突然、空襲警報のサイレンが不気味に鳴り響きました。空にはサーチライトが捉えた敵機が飛び交っていました。眠い目をこすりながら、四歳上の姉と手をつないで、自宅から少し離れた共同防空壕へと急ぎました。道すがら、女学校一年生だった姉が「日本は神の国だから、今に神風が吹いて、日本は必ず勝つのよ」と言い、私はうなずきました。

この大空襲は、仙台上空に米軍のB29百二十三機が飛来して、仙台駅を中心に市街地一帯に焼夷弾や爆弾を雨、あられと投下し、夜明けには市街地は焼け野原となりました。市街地の十七％が消失し、死者二千七百五十五人が出たと言われています。

私は、仙台市近郊にある防空壕から、激しく燃える炎と、その前でうごめく人影を震えながら見ていました。当時、中学一年生だった夫は「市街地にあった自宅が焼失し、戦火を逃れて、仙南の田舎にあった父親の実家まで、妹たちと十キロの道を歩いて避難した」と話していました。当時は、車はもちろんバスも電車もなく、足だけを頼りにひたすら歩き続けるしかなかったのです。

長兄の死

八月に入って間もない暑い日の昼さがり、一人の軍人がわが家の玄関に立ちました。徴兵され、軍隊に所属していた長兄の訃報を告げに来たのです。長兄は、千葉県の川で軍の仕事中に命を落としました。次兄の突然の死からわずか八ヵ月。たった二人の最愛の息子を失った両親の落胆、悲しみはどれほどだったでしょう。戦争中だったとはいえ…、いや、今も当時も子を失った親の悲しみは変わらないと思います。

父母は兄の遺骨を引き取りに千葉に向かいました。そして帰りの列車でグラマン戦闘機から機銃掃射を受け、遺骨を胸に避難し、命からがら帰宅したのでした。

敗戦

それから間もない、八月十五日。夏休みのその日は、国民学校三年生になっていた私の九歳の誕生日でした。当時は、誕生祝などしてもらった覚えはありません。食べ物を確保するのに必死の親には子どもの誕生日を祝う気持ちの余裕などありませんでした。

暑い日でした。「正午に玉音放送がある」と、近所の人たちがわが家に集まってきました。ガーガー、ピーピーと雑音がうるさく、聞き取りにくいラジオから「現人神《あらひとがみ》」の声が聞こえてきました。その内容は、子どもの私には理解できませんでしたが、かしこまって聞いていた大人たちは、シーンと静まり返っていました。負けるはずのない、負けたくない戦いに敗れたのです。大人たちは言葉も出なかったのでしょう。私は、灯火管制がなくなることが、ただただ嬉しかったことをよく覚えています。

戦後六十九年、戦争体験者が七十歳過ぎの高齢者になっています。今の為政者は、戦争を知らない世代です。「国民の平和をまもるため」と言って、私たち戦争体験者から見ると、平和とは「真逆」の政策をしているようで心配です。

（二〇一四年十月十二日記）

心細かった空襲の夜

いわき支部　永井　泰子

私は、一九三〇（昭和五）年生まれです。翌一九三一年には満州事変が始まり、小学校一年生になった一九三七（昭和十二）年の夏には支那事変が勃発しましたので、まさに私たちは戦争と共に生きてきた世代です。

当時は福島県相馬中村に住んでおり、戦時下といってもまだ平穏な生活でした。しかし、五年生になった一九四一（昭和十六）年の冬の朝、登校しますと、六年生と共に相馬神社に引率されました。神社の高台から南の方角に向かって整列し、「今朝、日本はアメリカやイギリスと戦争を始めました。武運長久を祈るように」という校長先生の訓話の後、礼拝を行って学校に戻りました。

開戦当初、日本軍は連戦連勝で、家の壁に大きな地図を貼り、占領地に日の丸を飾って大喜びしていました。

しかし、一九四三（昭和十八）年頃には、徐々に日本軍の戦果の報道は少なくなりました。その春、私は相馬女学校に入学しましたが、授業時間も減り、学校の一部が工場になって、上級生は工場で軍服のミシンかけに従事しました。下級生は校庭の防空壕掘りをしたり、農繁期になると近郊農家へ勤労奉仕に動員され、田植えや草取り、稲刈りをしました。特に田の草取りは泥の中を中腰で這うように歩き回る過酷な労働でした。稲の穂が目や鼻に刺さり、鼻血を出したことを覚えています。

一九四四（昭和十九）年の秋に突然、校長だった父が郡山の安積女学校に転勤になりました。最初、父は単身赴任で下宿生活をしていましたが、同僚の先生のお宅の一部をお借りすることができ、一九四五（昭和二十）年五月に私たち家族も郡山に移りました。私は女学校三年、妹は小学生でした。

私たちが郡山に引っ越す前の四月十二日に郡山市は駅周辺に大空襲があり、攻撃対象となった保土谷化学工場、日東富久山工場がB29の直撃を受け、学徒動員として働いていた安積女学校の生徒二人が犠牲となりました。その他、市内の男子中学生、近隣の女学生からも犠牲者や怪我人が多数出てしまいました。当日、安積女学校の校舎は無事でしたが、その後も郡山市街地にあり、しかも軍需工場に隣接していた本校には、たびたび敵機が飛来し、毎日のように警戒警報が発令されていました。

七月二十九日、郡山駅付近が爆撃されました。その後、本校西隣の飛行機工場が爆撃を受け、その爆弾の一つが校舎西方に落下、爆風で校舎は大きな被害を受けました。その頃は、校門の側にあった奉安殿が危険になったため、御真影が郊外の学校に移されていたことを後日知りました。

八月に入り、戦況はますます厳しくなり、八月十日には多数の米軍機が再度、郡山に飛来し、飛行機工場は激しい爆撃に遭いました。その中の大型爆弾二発が校庭に落下し、校庭に大きな穴があきました。前回の爆撃以上に強烈な爆風が襲い、校舎は歪み、二階の一部が落下し、窓ガラスが大きく破損し、女学校は大被害を受けました。当日は、休校日だったので、人的被害はありませんでしたが、しばらく授業ができなくなってしまいました。

年齢が一歳下の私は、工場動員もなく、空襲に直接あうこともなく過ごしましたが、空襲警報が出るたびに、夜間でも父は学校に駆けつけました。兄は志願して予科練に、姉は仙台の専門学校に行って不在で、母と私、妹、お家をお借りした先生のお母様の四人で防空壕に避難し、敵機の爆音を聞きながら、怯えて過ごしました。その心細さを今も鮮明に覚えております。

正午に玉音放送があるという八月十五日は、よく晴れて暑い日でした。父は学校に行き、母と妹と近所の方数人でラジオの前に座りました。雑音と共に流れてきた天皇のお言葉はよく聞き取れませんでしたが、母が急に涙を流し始めましたので、どういう事態が起こっているのか、少しわかってきました。

戦争終結は、私たちにとって、まさに青天の霹靂《へきれき》でした。その日まで厳しい報道規制が敷かれ、国の内外の状況を知らされず、必ず来るであろう日本の勝利を信じて生きてきました。私たちの明日はどうなってしまうのか。不安な戦後のスタートでした。

来年は戦後七十年を迎えます。戦後の生活は、一人ひとりがそれぞれの立場で苦難を強いられましたが、新憲法の下、戦争のない平和な日々を送ることができました。

私は、これからもこの生活が続けられるよう、戦争体験者として、微力ながら尽くしていきたいと思っています。

（二〇一四年十月十五日記）

ガダルカナルの丘で

水戸支部　本多　美恵子

二〇一五年の二月二十二日、私は、ガダルカナルの丘に立っていました。

前年二〇一四年、十一月二十二日出発のピースボート・地球の旅に参加した私は、オーシャン・ドリーム号に乗船して南半球をめぐり、旅も終わりに近づいたこの日、寄港したホニアラ港で下船して、暑い空気の中、太平洋戦争で激戦のあった、この〝血染めの丘〟に向かいました。「闇の中、アメリカ軍の十字砲火が炸裂し、ザーツとまるで川のようだった」と当時アメリカ軍が撮影したドキュメントのナレーションにありましたが、その音を想像しながら、私は丘の上の慰霊碑に手を合わせ、草に伏せていた若い兵士たちに想いを馳せました。飛行場の道の片側に並んでいたメモリアル墓地、そこに刻まれていたたくさんのアメリカ兵の名前を想いました。

改めて、切実に「平和を守りたい」と思いました。

ガダルカナルを離れた船中で、私は、島での体験を報告しました。私の戦争体験も付け加えました。

「敗戦から七十年が経ちました。八月十五日の敗戦のひと月前、私の生まれた岐阜の町は空襲で焼け野原になりました。思いがけないほど近くに山が迫り、くすぶり続ける製氷所の倉庫の中では、山のような氷が夏の陽にキラキラ光っていました。

目と鼻の先に死体が転がっていました。猛火に追われ、はぐれてしまった姉や妹を探して、当時女学校二年生の私はムシロやトタンが被せられた遺体を見て回りました。一日経つと、口や耳の周りにはウジが這い出していました。余熱の残る焼け跡を歩いたあの日、あの臭い、あの陽ざしを今も思い出します。

毎晩のようにB29の編隊が潮岬や伊勢湾を北上して、町々を空襲しました。私は、隣町に雨のように降る焼夷弾を見ながら、日本が敗けるとは考えもしない女学生でした。

東京の小石川から学童疎開した夫は、ひもじくて、赤いツツジの花を食べたそうです。トンボの羽をむしって、口に入れたそうです。

戦争はあってはいけません。」

ガダルカナルの博物館にあった日本軍機のプロペラには弾の跡が無数にありました。これには二十代の若者が乗っていたのでしょう。

あの島で死んでいったのでしょう。

ピースボートに一緒に乗船している若者たち、今、彼らが私とこの場に一緒にいられる、そのことがうれしかった。

若い人たちが、「まかしといて！　私たちが平和をまもってみせる！」と言ってくれて、私はとってもうれしかった。

安心して認知症になれそうです。

船上の報告を私はこういう言葉で締めました。

「若い人たちへ

戦争でいのちを失ってはもったいない。

今、ツナ引きのツナは平和とは反対側に引きずられています。手を添えて、若い力でふんばって、ツナを平和へと引きたいです！

戦争のない社会で、いい仕事をしてください。

それがガダルカナルの丘でねむる、海の底でねむる人たちへ手向ける何よりの花束です。

心から、冥福をお祈りします。」

（二〇一五年三月記）

学徒出陣式と宮崎空襲

直属（元大町支部）松澤　郁子

「戦争の記憶」ということばで、最初に思い出す光景、それは一九四三（昭和十八）年の学徒出陣式です。冷たい雨の降る中、私は大勢の女学生仲間と明治神宮外苑のスタンドに立っていました。当時、私は宮崎の女学校を四年で繰り上げ卒業し、東京・吉祥寺にある教員養成学校、〝東京女子体操音楽専門学校〟の一年生でした。同世代の男子学生たちが勉学をやめてお国のために戦場に赴くのだと思うと、身体が震え、涙があふれました。行進していく出陣学徒を見送る女学生たちの思いはみな同じだったと思います。女学生たちの頬には冷たい雨と混じり合った涙がいく筋も流れていました。

私の通っていた専門学校は、校長は藤村トヨ先生といい、スポーツではなく体操で身体を、音楽で情操をはぐくむ、ユニークな学校でした。宮崎での女学校生活もまだのんびりしていたので、私は幸いにも軍国主義教育は受けたことがありません。

戦争は日増しに激しくなり、一九四五（昭和二十）年三月九日から十日にかけての東京大空襲の夜、私は学校の寮で就寝していました。吉祥寺の上空をＢ29が次々と通り過ぎてゆき、私たち寄宿生が「死ぬならここで死のう」と布団を被って縮こまっていると、「お前たちは、大事な預かりものなのだ」と寄宿舎の舎監に叱られ、あわてて外の防空壕に避難しました。昼のように明るい下町方向の空を仰ぎ、震えながら夜明けを待ちました。

三月に専門学校を卒業した私は、大空襲で廃墟と化した東京を後に、故郷の宮崎市に帰り、宮崎第一高等女学校に就職しました。勤務の中には授業のほかに、生徒の勤労奉仕の引率がありました。また、私は寄宿舎の舎監も兼ねていました。舎監といっても寄宿生とは一歳しか違いません。物資不足で大変ではありましたが、友達感覚で楽しく過ごしました。

そうして迎えた八月十二日、お昼の用意をしている時、宮崎市はB29による空襲を受け、焼夷弾攻撃で、学校も市街地も瞬く間に炎に包まれました。私たちは防空壕に持ち込んだごくわずかな私物を除き、すべてを消失してしまったのです。

学校も寮も焼けてしまったので、私は男性の舎監と二人で、五、六人の女学生を親元に送り届けるために、宮崎から高千穂までおよそ百数十キロを歩きました。途中、機銃掃射にあい、あわてて道端の草むらに身を伏せました。生徒たちを無事生きて家に送り届けられますようにと、祈るのは生命への願いだけ。若い私には重い任務で、ひたすら昼夜歩き続けました。そして、無事家にたどり着いて喜び合う親子の姿に安堵したのもつかの間、「先生、せめて一晩だけでもお泊まりください」という親たちの声を背に、急遽、帰途につきました。

宮崎へ戻る途中の八月十五日、戦争は終わりました。私は、民家の軒下で、よく聞き取れないラジオ放送で敗戦を知ったのです。全身の力が抜けて、倒れそうになるのを必死でこらえ、とぼとぼと学校に戻り、防空壕での寝泊りの生活をしました。

その後、私の胸には「平和への希求」が執念のように宿りました。その燃え尽きない思いが、日本婦人有権者同盟の平和運動・原爆で被災したヒロシマ・第二回国連軍縮会議・ニューヨーク五番街の平和行進・沖縄の平和運動へと、私を走らせたのだと思います。

「平和なくして、真の平等なし」。

戦後七十年間、私は日本が戦争をしない平和な国であったことを誇り、平和憲法の尊厳を守り続けたいと思っています。

（二〇一四年九月二十八日記）

成長してから知る教育の恐ろしさ

熊本婦人有権者同盟　山田　リウ子

「戦争が終わったという平安を
　戦争知らぬ人知らざらむ」（増田テルヨ　新聞歌壇より）

幼かった私は、戦争知る人の仲間には入らないかな、と思いながら、それでも幼い日のかすかな戦争の記憶をとり出して、それを語り継ぎたいという思いに駆られている。

一九四一（昭和十六）年秋、四十歳の父は、妻、幼い娘三人、実母を残して突然病死。その二ヵ月後に太平洋戦争が始まった。大阪府堺市に住んでいたが、たぶん食糧確保のためだったのだろう、祖母、父の郷里である熊本へやって来た。一九四四（昭和十九）年のことである。

母は何の資格も持たないけれど、男性が出征して行って、人手の足りない国民学校の代用教員として勤め始めた。六・四・一年生の三人の娘はそろって転校。その年の冬は何年ぶりの寒さとか、毎朝「寒い」と泣きながら登校していた。暖かい衣類もなく、足袋には穴があいていた。

年が明けて、一九四五（昭和二十）年、学校の書き初め大会。一年生は「キミガヨ」と書いたことをなぜだか憶えている。四年生の姉が書いた書き初めの作品「不自由を常と思へば不足なし」が、いつまでも壁に貼ってあった。

女ばかりの疎開家族も次第に地域に馴染んでいった。隣組には親切な人たちがいて、女手ではとても出来ない防空壕掘りなどをやってくださった。祖母と母が手を合わせてお礼を言っていた姿を思い出す。

学校では空襲警報のたびに防空頭巾をかぶり、地域ごとに集団下校ということになる。その帰り道、低空飛行してくる敵機から見えないように（本当は丸見えだったのだろうが）、桑畑に退避した。生きた心地もなく、敵機が去るのを待って家へと急ぐ。そのような事態が次第に増えていった。

やがて分散教育というのが始まった。近くのお寺や神社を学校とするのだが、そんな所で勉強できるはずもなく、蝉しぐれの賑やかな境内で蝉を採ったり、牧歌的な子どもの生活があって、私には楽しい思い出であった。

そして七月一日、夜中の空襲警報に起こされて、急いで防空壕へ。壕の中に身を潜めていたが、今日は何だか様子が違う。木が燃える音、におい。壕からそっと覗いてみると、家の前の騎兵隊の楠の木が燃えている。「こうしていては危ない」と、祖母と女学生の姉、五年生の姉と私が一緒に、最後に家の中を見回っていた母が一人で、それぞれ渡鹿の練兵場を目指して走った。頭上に焼夷弾の火が次々と降ってくる。地面にはその火が数限りなく燃えている。その隙間を走っている間に下駄が脱げて裸足になってしまった。危ないとか怖いとか、そんなことを思う感覚も失せていたようだ。かなり走って練兵場の大きな壕に到着した。そこには大勢の人たちが逃げてきていた。やっと母、祖母、姉たちを見つけ出し、家族の無事を喜び合った。

夜が明けて、空襲も終わったようである。わが家は燃えてしまったものと思って帰ってみると、その辺り一帯は奇跡的に焼け残っていた。「きっと死んだお父さんが守ってくれたんだよね」などという会話を交わしながら、ひとまず安心。被災した人たちが、着の身着のまま、家の前を歩いていかれるのを眺めていた。母は、負傷者と遺体でいっぱいになっている勤務校に駆けつけていき、いつまでも帰って来なかった。

その後、熊本市では、もう一度、八月の昼間に大空襲があった。そして八月十五日。ラジオのある隣保組長さんのお家で重大放送とやらを聞いた。子どもには全く解らぬ内容であったが、そこにいた大人たちの会話や様子から「戦争に負けた」ということを知った。冒頭の短歌「戦争が終わったという平安」を味わうのは、しばらく時を経てからである。

学校では、教科書に墨を塗る作業が始まった。昨日まで押しいただいた教科書に墨を塗るという行為が何なのか、その頃は何もわかっていなかった。

「お山の杉の子」という歌がある。「…何の負けるか今に見ろ　大きくなって国のため　お役に立ってみせまする　みせまする」の「国のため」が「みなのため」に変わって、この歌は戦後も歌い続けられた。「国のため」ではなく「皆のため」だという言葉の意味をすごく納得した記憶がある。

来年は戦後七十年、あの頃の少国民はすべて高齢者となっている。幼い日の思い出をたどりながら、しみじみと教育の恐ろしさを思う。再び戦争をする国にさせないために、今、私は何をしなければならないか、一生懸命考えている。

（二〇一四年九月四日記）

鹿児島での私の戦争体験

水戸支部　山内　絢子

鹿児島大空襲

終戦時、一九三五（昭和十年）生まれの私は、十歳、小学四年生でした。父は三井鉱山の三池港務所に勤務していました。一九四二（昭和十七）年、フィリピンを日本軍が攻略し、マッカーサー元帥が撤退した結果、日本は世界的に優秀なマンカヤン銅山を採掘し、マニラ湾から日本へ輸送していました。父はその輸送のための港湾業務の任で、一九四三（昭和十八）年五月に単身赴任、いずれ私たち家族もマニラに行くことになっていました。

しかし、戦局がだんだん厳しくなると、フィリピンから父は、母の実家、鹿児島市にいた私たちに「父方の田舎に引き上げるように」と言ってきました。そこで、父の実家、鹿児島県出水郡高尾野町（熊本県寄り）に疎開しました。小三の時、町内の西郷隆盛誕生の地の公園で手旗信号を練習した覚えがあります。

鹿児島市は北九州や九州全土への爆撃の通り道にありました。B29が行きに爆弾を落とし、帰りも爆弾を落とすという状態で、八回の空襲を受けました。五回目は一九四五（昭和二十）年六月十七日、二十三時五分でした。梅雨時の深夜の突然の空襲は最大の被害をもたらし、罹災人数六万六千百三十四人（十一万五千三百八十五人）、罹災戸数一万千六百四十九戸（二万千九百六十一戸）、死者二千三百十六人（三千三百二十九人）、傷者三千五百人（四千六百三十三人）に上りました（カッコ内は八回の空爆の合計）。祖父（七十二歳）、祖母（五十八歳）と七高生の叔父は、三百メートル先の甲突川まで火の海の中を逃げ、川の石垣に一晩中へばりついて助かりました。もしあの時、鹿児島市にいたら母（三十四歳）、長女の私（十歳）、弟二人（八歳、六歳）、妹（四歳）の私たち一家は「五人とも全員死んでいただろう」というのが、祖父たちの言葉でした。危うく空襲を逃れた私たちは、父の実家の畑にある小高い防空壕の上から、五十キロメートル先の鹿児島市が夜空に赤々と炎上するのを見ていました。

爆撃、機銃掃射の下の小学生生活

田舎に疎開したといっても、父の実家から一里（四㎞）先には出水航空隊や特攻隊の基地がありました。終戦までの約半年間、毎朝六時ごろに警戒警報が出るのですが、それでも登校しました。唯一ラジオがある、小使いさんの部屋の高床式縁側で両手に顎をのせ、八時ごろ空襲警報に変わったという知らせを聞くと、校門前に部落ごとに並び、裸足で一目散に家に逃げ帰りますが、都会から疎開してきた私たちには砂利の国道を裸足で走るのはとても痛かったのです。クラス五十人のうち、わら草履を履いていたのは五人くらいで、履いて行っても必ず盗られてしまいました。

決まって午前十一時頃、出水航空隊や九州全土に向かうB29やグラマンが轟音をあげて飛んで行きます。たまたま逃げ遅れた下の弟の額をかすった弾が、その先の納屋に落ちました。弟の額には傷跡が赤く残り、「あと五ミリズレていたら大変なことになっただろう」と後々の語り草になっています。

ある日のお昼時、母が炊き上がったばかりのお釜をもって防空壕の中に転がり込んできたこともありました。よほど近くが爆撃されると、防空壕の柱が軋んで「もうお終いか」という恐怖に襲われ、母は「天皇陛下、万歳！」と叫んでいました。

女学生は近くの高射砲台作りの勤労奉仕、私たち小学生は早朝から出征兵士の家の田の虫取り、昼間は堆肥のための草刈りや田植えをしました。田植えの最中に空から機銃掃射にあい、雑木林に逃げ込んだこともありました。

月夜の脱出

昭和二十年三月十八日の初空襲以来、毎日毎日このような生活で、勉強をした覚えがありません。爆撃が激しくなり、もうここでは危ないと思った祖父母はもっと山奥に家を建て替えようと、屋根を取り外したのが八月十五日の午前でした。

旧のお盆でお墓に行っている夕方、半鐘が鳴り出しました。アメリカ兵が上陸してくるというのです。あわててリヤカーに最小限の荷物を載せ、防空壕の入口を釘で打ち付けました。月夜の明るい中、黒々とした杉の林を過ぎ、われ先にとリヤカーや大八車で畑を踏みにじり、山奥へ山奥へと逃げ、ある一軒の家に到着しました。祖父母と母はすぐさま、残してきた物を取りに帰りました。小四の私は弟二人と妹のお守りを言いつかり、知らない家でまんじりともせずに夜を明かしました。そこへ母たちが戻ってきて、すべてデマだったことがわかり、ホッとしたのを覚えています。

終戦後、学校では教科書を墨で塗りつぶし、畑の柿の木の下に埋めました。ひもじい思いこそしませんでしたが、薩摩芋の苗を取ったあとの種芋はいくら煮ても筋ばかりで食べられませんでした。砂浜にはＢ29が撃ち落とされていました。家は海から一里の山寄りのところにありましたが、一年以上、鰯一匹、貝一つ食べた覚えはありません。

母は夫を必死に探し求めた

父からの音信は絶え、一年以上、生死がわかりませんでした。終戦の年の冬、フィリピンからの第一回帰還船が鹿児島県加治木港に入るのを知った母は、父の消息がわかるかもしれないので「港へ行きたい」と祖父母に頼みました。祖父母は「わかる時が来るのを待て」と言って許しませんでした。とにかく母は私に言い含めて三人の弟妹のことを頼み、こっそりと加治木港へ向かいました。加治木港は鹿児島駅のもっと先の錦江湾の中ほどにあり、当時汽車で三時間くらいかかったと思います。駅舎でひと晩過ごし、帰還船を取り扱う最高責任者の方にお願いし、改札口へ入るフィリピン帰りの方々に大声で「三井の鬼塚を見た方はいませんか」と必死に尋ねたそうです。一人の兵隊さんの「ジャングルの中で元気な姿を見ました」との言葉に、母は強引に市の実家へひと晩泊っていただき、あれやこれや聞いたそうです。翌朝、庭に取り忘れた小さな薩摩芋が一つ転がっているのを見て、「日本はいいですね」と言われ、フィリピンの大変さを想像できました。

今わかった祖父母の気持ち

私は七十九歳の今まで、この時の祖父母の気持ちがわかりませんでしたが、もっと厳しい状況にあって戦後から高校卒業まで一緒にいた従妹（私と同い年）はわかると言います。

当時、祖父母は高齢で、長男（私の父）は生死不明で、内孫が四人、長女（叔母）は外孫三人を連れて福岡から引き揚げ、計七人の孫の養育に追われていました。工場研修所の教官であった長女（叔母）の夫は、勤務先の工場が軍需工場となり、舎監までしなければならず、過労から結核となり一九四四（昭和十九）年に亡くなりました。長男の嫁である私の母は都会育ちで祖父母とは考え方、暮らし方が大きく違い、そのため諍いが絶えませんでした。思い余った母は、二つ先の阿久根駅まで汽車で行き、海で死のうと、夜明け前、白いお米だけのお握りを持って駅に切符を買いに行きました。しかし当時、切符を買うことは難しく「並んだけれども買えなかった」と帰って来ました。長女の私は一方的に母のぐちの聞き役で、母の肩を持ってきましたが、この体験を書き終わるところまで来て、やっと祖父母の気持ちもわかった気がしてきました。

ジャングルの中、生き延びた父

父は一九四六（昭和二十一）年四月、病院船で帰ってきました。民間会社が軍の政策に取り込まれ、敗色濃くなった一九四四（昭和十九）年十二月三十日に、軍司令部に呼びつけられました。司令部に向かう途中、父は逆方向に撤退する軍総司令部の山下奉文大将とすれ違ったそうです。以後、父の判断で九人の部下（途中現地召集された社員は除く）と、ジャングルの中を逃げ回り、時には現地の人々と仲良くなり、自給野菜の栽培をし、軍に供給した時期もありました。三井系列の数社や商社員の生存率は、ジャングル逃走中に機関銃掃射、迫撃砲の集中攻撃、ゲリラの襲撃、マラリアや餓死などにより、五人に一人でした。しかし、父の率いる三井鉱山マニラ出張所はマラリアで病死した一人を除いて九人が無事ジャングルを降りることができました。

今こそ、女性参政権を行使しよう

敗戦七十周年の今年、二月二十二日にピースボートで太平洋戦争の最も激戦地であったソロモン諸島のガダルカナル島（別名餓島）を慰霊のために訪ねました。船中では、軍事評論家・前田哲男さんによる太平洋戦争の解説や論評を聴き、合わせて当時のアメリカ軍撮影のドキュメントも見ました。

父のフィリピンの記録も酸鼻を極める箇所がたくさんあり、太平洋戦争を遂行した日本軍大本営の最高責任者たちと政治家に大きな憤りを感じます。無謀な戦いで無駄死にさせられた日本兵、民間人のなんと多かったことか！

今、また戦争の気配を感じます。先輩たちの働きのおかげで婦人参政権を獲得した私たち女性は、今度こそ同じ轍を踏まないよう努力しなければなりません。今こそ、勇気をもって、周囲の人たちに「平和」と「選挙権」の大切さを語りかける時だと思います。

（二〇一五年三月十六日記）

原爆の投下
ヒロシマ・ナガサキ

「水、みず」と手を差し伸べられ

水戸支部
伊藤　美代子

「長男・長女でない人、手をあげて！」

「おーい！　君たちは満州へ行け！」小学校六年の担任は、いつも地理の授業前に、みんな満州へ行こうとPRをしていた。

「日本は小さい国。今は、大陸では日本の力が必要。男子は、満蒙開拓義勇軍。女子は大陸の花嫁になれ！」

当時、農業中心だった日本では、地主と小作の貧富の差は大であった。開拓義勇軍の存在は、日本の期待だった。

私の十代は戦争だった。少年たちは、胸を躍らせ、海を渡った。私の隣の席にいた山崎君も大陸の人となった。そして、その後、一度も会えない。中国には、日本の残留婦人も存在していると聞くが…つらい。

一九四五（昭和二十）年八月六日、広島に原爆が投下された。この日、私たち山口師範学校生四十人は、「学徒動員令」を受けて働いていた富山県の大門町の工場を退職し、山口県に帰ったのだ。実は、一日早い五日に帰るはずだったが、軍用列車優先のため遅れたのだ。予定通り、五日に富山を出発していたならば、今、私の命はあっただろうか。原子爆弾投下と同時刻に、私たちは広島駅付近で原爆の被害に遭ったかもしれないのだ。

その日、私たちは、故郷・山口へ帰れる喜びで、汽車の中で浮き浮きしていた。ところが、列車が海田市駅で停車した。夜明けの、何の変哲もない小高い丘の上の駅で、なぜか全員が下車させられた。

私たちは、訳もわからず降ろされた不満でぶつぶつ言いながら待合室に入った…途端、ハッと息をのんだ。そこには、ボロボロの服、黒く焦げた顔や手、火ぶくれで目もどこにあるか定かではない人たちが…。

私たちは、言葉もなく、山口に向かって歩いた。線路以外に歩く場所はなかった。死人とおぼしい人々をかき分け…。倒れている人から「水、みず」と血だらけの手を差し伸べられても、私たちには何もない。阿鼻叫喚《あびきょうかん》とはこのことだろう。頭上にB29が飛来しても、防空壕もない。あの時の水を求めて血だらけの黒い手を伸ばす人々の姿は、七十年経った今も、この目に焼きついている。

八十代になった今も、体調が悪く寝苦しい夜には、あの廃墟や崩れた家の下で呻く人影・鉄橋を必死で渡っている自分の姿に悩まされる。戦争は二度とあってはならない。原爆のような核兵器が二度と使われることがあってはならない。

（二〇一五年二月二十二日記）

インタビュー

長崎に原爆が投下された

府中支部　幸尾　妃椙子

私が生まれ育った長崎県大村市は、穏やかな湾に面した、のどかな城下町です。戦争が激しくなってきた一九四二（昭和十七）年、そんな市に、東洋一といわれる21海軍航空廠《しょう》（航空機をつくる軍需工場）ができてしまいました。その後三年間、私は、家からちょうど一里ほどの航空廠へ学徒動員されて通うことになりました。

一九二八（昭和三）年生まれの私が女学校に入ったのは一九四一（昭和十六）年で、授業の合間に、農家に勤労奉仕に行ってお芋をつくったり、海草をとってきて、肥やしとして畑にすき込んだりしました。学徒動員で、女学校三年までは春休みと夏休みに工場に行かされましたが、一九四四（昭和十九）年になると、勉強は全くなくなり、一日も休みなく、軍歌を歌いながら工場へ通いました。私たちは、最も勉学の機会を奪われた世代だと思います。

女学生たちは、グループごとにあちこちの工場に振り分けられ、飛行機の部品の組み立てなどをやりました。私たちが作っていた物が何か、はっきりしませんが、「ジュラルミン」の部品にやすりをかけた記憶があります。組み立て作業の多くは男性工員が担っていて、男性たちがジュラルミンを薬品につけるのを、私たちは遠くから見ていました。

女学校を卒業した人たちがなる挺身隊は、県内はもちろん、佐賀や宮崎など県外からも来ていました。工場には、総勢五万人ともいわれ、すごい数の人たちが働いていました。台湾や朝鮮から留学していた工業中学校の学生さんたちもいて、私たち女学生は「お姉ちゃん、お姉ちゃん」と慕われました。

毎朝、朝礼の時には、技術将校が訓示をします。海軍の将校さんたちは凛々しくて、本当に恰好よかった。十四、十五歳の女学生たちは、みんな、あこがれていました。朝から晩まで軍需工場で働かされていた若い私たちにとって、訓示はかすかに胸をときめかせるひと時でした。

大村大空襲

一九四四（昭和十九）年十月二十五日、午前十時ごろ、大村市にとって最初で、最大の空襲がありました。ウーーンと警戒のサイレンが鳴りました。私たちは、空を見上げて「見てごらん。日本にもあんな飛行機が出来たんだ」などと言っていたら、突然、ドカン、ドカン。B29の襲来でした。「空襲だ！」と言われて、当時は、まだ空襲をあまり警戒していなかったため、浅い穴に板をかぶせただけの、小さな防空壕にひしめき合って逃げ込みました。二時間ほどの凄まじい攻撃の後、防空壕から出たら、頬に下駄の歯の跡がついていた、というほどの「すし詰め」状態で、とにかく怖い目にあいました。

B29数十機による波状攻撃により、組み建て工場や軍本部、医療機関などは壊滅状態でした。敵機は重要施設をみごとに爆撃していました。私たち大村高女では、同級生はみな助かったのですが、下級生二人が亡くなりました。爆弾でやられた遺体の損傷ははげしく、親御さんが呼ばれて行ったが、誰が誰だかわからない。当時は布がなかったため、家庭では古い布を使ってシャツやパンツを縫っていました。布の切れ端を見て「うちの娘だ」とわかるという状態でした。

この第一回空襲で死者約三百人、重軽傷者約五百人の犠牲者が出たため、今でも、大村市では十月二十五日に慰霊祭を行っていますが、その後も、大村航空廠への空襲はたびたび繰り返されました。

壊滅的な打撃を受けた工場は、残された機械を持って、山間部に疎開しました。あの頃の軍の力は、すごかった。有無を言わさず、田んぼや畑にボンボン工場を建ててしまうのです。「私の田んぼに工場を建てるのですか」とわめいていたおばさんがいましたが、一顧だにされません。そうして建てられた工場で、飛行機を作っていました。物資が不足していた時代、果たして、まともな物が作れたのか。何もしないで、行って帰ってくるだけの日もたまにはありましたが、とにかく、私たちは工場に通って、何かやってはいました。

代用教員になる

一九四五（昭和二十）年の春に女学校を卒業しました。私は女学校の卒業証書をもらいに行きましたが、戦中の混乱で、もらえなかった人もたくさんいました。

上級学校に行くか、挺身隊に入るか。あちこちの学校から資料をとり寄せ、さんざん悩みましたが、親元から通える学校で、私の行きたいところはありません。実家は大きな呉服屋を営んでいて、蔵にはお米や大豆、塩などが蓄えてあり、味噌づくりを手伝った記憶があります。寮生活の挺身隊の人たちが飢えに苦しめられていることを知っていましたので、とにかく、親元を離れたくなかった。そんな私に、鉄道の駅で二つ目の鈴田にある小学校の代用教員にならないかという話があり、受けることにしました。そして、素朴でかわいい四年生の男の子たちを担任しました。当時、若い男性は出征して、小学校の教師は高齢の方と女性ばかり、それも私のような代用教員が多かったのです。

空襲が激しくなり、小学校三年生までは自宅待機。四年生以上は、学校は危険なため、大きな農家に集まって、そこで教えていました。

当時、学校には奉安殿というのがあり、御真影が奉られていました。そこで、必ず、宿直の先生が滞在し、空襲のたびに御真影を防空壕に移して守りました。女の先生も男の先生と同じように宿直をしました。

長崎に原爆が落ちたばい

一九四五（昭和二十）年八月九日、午前十一時ごろ、いつものように子どもたちと農家の広い座敷にいました。突然、私の背後で、経験したことのない「閃光」が走りました。続いて、バーンという大きな音がして、私は大慌てで「防空壕に入れ！」と生徒たちを避難させました。

防空壕の中で息をひそめていましたが、それっきり、何の音もしません。丘の向こうに爆弾でも落ちたのかと、そっとのぞいて見ても、何の変化もありません。周囲は静まり返っていました。真夏の陽光がさんさんと降り注ぐ眼前の田んぼでは、田植え後の少し育った青い稲穂が、さざ波のように揺れていました。六十七年後の今も、私の目に焼きついている光景です。

そして、どのぐらいの時間が経ったでしょう。山の向こう、直線距離にして二十キロの長崎方面から真っ黒い煙がもくもくと出始めました。私たちは、まだ「原爆」を知りませんでしたが、広島にピカドンが落ちたことは知っていました。「あれ、長崎に落ちたばい」「ピカドンが長崎だばい」と私たちは震え上がりました。

静寂の中、B29が一機、ブーーンと周囲を何回も旋回していきました。原爆を落とした飛行機ではなく、その後の様子を探る偵察機だったと、後で知りました。

偵察機が去った後、私は子どもたちを家に帰しました。

長崎と広島では落とされた爆弾の種類が少し違うようです。広島は平地ですが、長崎は窪地で、造船所や重工業所がありましたので、それらは全部やられました。

やがて、被災者たちが線路をつたってぞろぞろとやってきて、大村の病院は被爆者でいっぱいになりました。街中のわが家の近所にきれいな水の湧き出る稲荷神社があって、そこに被爆者たちは水を飲みにきたようです。祖母や近所のおばさんたちは、原爆が何か知りませんから、私たち若い女の子は「うつるといけないから、家にいろ」と外に出ることを許されませんでした。なんと残酷な言葉だったのだろうと、思い出すと今でも胸が痛みますが、当時は、そういう状況でしたので、私はボロボロになられた被爆者の姿は見ていないのです。黒い文字の部分が光線で焼けて抜けてしまい、白い部分だけが残った大村駅の時刻表が原爆の凄まじさを示す、生々しい記憶です。

教科書を墨塗りした

女学校を卒業したとはいえ、まともに授業を受けたのは二年生まで。三年生からは勤労奉仕などに時間をとられ、四年生になると学徒動員で全く勉強をしていません。そんな私が代用教員として何を教えたのか、ほとんど記憶にありませんが…。

敗戦後、進駐軍が来て、教科書を真っ黒く塗ったのを覚えています。子どもたちに教科書を黒く塗らせた時も、私自身は何の疑問ももちませんでした。「黒く塗れ」と言われれば、ただ「はい」と従いました。

戦争中、「日本は負ける」と言った人が何人もいたといいますが、当時の私は「日本は勝つ」と敗戦まで信じていました。「『負ける』と言ってはいけない」と洗脳されていましたから。戦争中の教育は怖いですね。絵などもお手本どおりにしか描けない。独創性は許されない教育でした。私は、当時、自分というものを何も持っていませんでした。人の前で意見を言うなど、昔は絶対にしなかったのですよ。それを未だに引きずっていて、なかなか自分の意見をきちんと言えない。婦人有権者同盟でずいぶん勉強をしたから、これだけ言えるようになりましたが、当時は「天皇陛下」以外になかったのよ。テレビで北朝鮮の「将軍さま」や民衆の映像などを見ると、当時の自分の姿を思い出します。

そんな、頼りない、たった一年間の代用教員だった「山田弘子先生」。でも、今でも、いいおじさんになった当時の子どもたちから「同窓会に出てください」と声がかかります。

専攻科入学、よかことね

私の出た女学校は、桜並木のとても美しい学校で、師範学校と一緒でした。戦時中、看護婦養成所が学校内に急遽作られて、友人の何人かが入りました。長崎に原爆が投下された時、看護婦養成所の方たちは長崎で仕事をしました。それで、その方たちは原爆手帳を持っています。爆心地から二十から三十キロ離れている私たち大村の住民には、原爆手帳はありません。

敗戦になってすぐ、女学校の先生が願書を持っていらっしゃって、「専攻科ができるので入学しませんか」と誘われました。その時は、「勉強ができる」と飛び上がって喜びました。勉強ができることが、こんなにうれしかったことはないですね。さっそく入学して、すごく楽しく勉強しました。いい先生方に恵まれ、「よかことができましたね」と先生方もおっしゃって、戦時中勉強ができなかった上級生や下級生、百十六人が一緒に学びました。みんな学ぶことに飢えていたのです。

つらかった戦争体験を通じて、私どもの世代は、少々の苦労は乗り越え、強く生きるすべを得たと信じます。戦後六十数年平和が続きましたが、油断すれば、改憲、徴兵制などが起こりかねない世の中。戦争の愚かさ、平和の大切さを強く訴えていきたいと思っています。

（二〇一二年十一月七日収録）

インタビュー

被ばくという十字架を負った私の姉たち

目黒支部 鈴木 恭子

私は一九三一（昭和六）年生まれで、学校工場、空襲、疎開を経験していますが、幸運にも生命の危険にさらされて逃げ惑うような過酷な体験はしていません。ですから「戦争体験を語る」というのは、どうも面映ゆいのですが…。私自身の体験とは別な事情もあって、「戦争反対」の思いは人一倍強くもって生きてきました。

のどかだった子ども時代

幼い頃、東京下目黒の大鳥神社近くに暮らしていた私は、幼稚園に入園する年に、少し離れた、やはり目黒の「元競馬場」に引っ越しました。競馬場跡地は、桜並木がある自然豊かな広い草原でした。この原っぱの大きな四角い石の周囲で、女の子も男の子も一緒におままごとなどをして遊びました。一人っ子で親に大事に育てられ、のんびりした子ども時代を過ごしました。

元の住まいの近くの下目黒小学校に入学しましたが、元競馬場に新しく不動小学校ができて、近所の子どもたちが月光原・油面・下目黒の三つの小学校から集められ、私も四年生で転校させられました。新しい学校では四年生は男女別クラスでしたが、六年生は少人数のため男女一緒でした。小学校卒業後は近くの五年制の高等女学校に進学しました。

私は、あまり軍国主義的な教育を受けた記憶はないのです。上級生はナギナタの授業がありましたが、私はナギナタに触れた覚えがありません。女学校での体操の時間に肩を脱臼してしまう級友がいました。脱臼というのは癖になるのです。先生はその子に「そういう場合は見学していいいよ。自分の体のことはきちんと言葉で説明しないといけないね」と諭されました。小学校時代、こっそり女の子の体を触るなど、今で言うセクハラ先生や、太平洋戦争に入って物資が不足すると親が大きな商店や温泉地で旅館を経営している金持ちの子をひいきする先生がいて教師不信だった私は、子どものことを配慮してくれる先生もいるのだと嬉しく思いました。こういうことが当たり前でない時代でした。

当たり前でないと言えば、私は五年制の高等女学校に入学したはずが、一九四四年に女学校は四年制に変わり、終戦と同時にまた五年制に戻り、五年間かけて卒業しました。私たちは国の都合による教育制度に翻弄《ほんろう》されました。私の女学校は空襲で校舎が焼けてしまい、戦後ほとんど勉強ができませんでした。若い頃、もっと真剣に学びたかったという思いは私の中にくすぶり続け、後に私が社会教育に関わるきっかけになりました。

戦中の生活

私の母はしっかり者で、万事そつのない人でした。戦争が厳しくなり、物資が不足することを見越して、布や木炭、石けんなどの生活用品や米や豆、調味料などの食品の備蓄を怠りませんでした。大工さんを頼んで、敷地内に、階段つきの頑丈な防空壕を作り、家財道具を運び入れました。母の弟も非常に器用な人で、戦後何もない時に、ミシンやパン焼き器まで作ってしまうのでした。母はそのミシンで私の洋服を作り、食料が乏しい中、おいしい自家製パンを焼いて、お弁当に持たせてくれました。

女学校ではまともに授業があったのは一年生まで、翌年には学校が工場になり、勉強はなくなりました。私たち二年生は、学校工場で働いたため、講堂に集まって少しは授業もしましたが、三年生以上はじかに工場に行かされました。学校工場には、青年学校のお兄さんたちが来て、工場で学んだことを私たちに指導しました。私たちは教室の勉強机で通信機器の組み立てをやらされました。家が学校の近くにある人は学校工場に通い、遠くに住んでいる人は爆撃にあう危険があるため、自宅近くの工場に通いました。年齢の近い青年学校の指導員を交えて、ペチャクチャおしゃべりしながら組み立てた通信機器は、子ども心にも「これが本当に使えるのだろうか」と不安に思うような代物でした。工場に行った女学生たちは工員さんからじかに指導を受けるのですが、親たちは「工場に行くとガラが悪くなる」とこぼしていました。

空襲で家が焼失

一九四五年三月十日の東京大空襲では東京の約四割が焼失したとされますが、目黒区は被害がありませんでした。しかし四月十五日以降、数回にわたる爆撃を受けることになりました。特に五月二十四日のB29約二百五十機による東京西部の波状絨毯爆撃と、残存していた東京の市街地の大部分が灰燼に帰したと言われる翌五月二十五日の爆撃では、目黒区の死傷者は千百四十七人、全焼家屋が一万四千二百八十七戸に上りました。

五月二十四日の深夜の空襲で、元競馬場にあった私の家の母屋が焼けてしまいました。低空飛行のB29は次々と焼夷弾を落としていきました。黒い空を背景に真っ赤な炎が帯状に立ち上がり、「何て美しいのだろう!」と、バケツを持った私はぼんやり眺めていましたが、母屋が燃え出したのであわてました。発火性薬剤を使った焼夷弾による火勢は強く、バケツリレーやハタキで叩き消す町内会の消火訓練がいかに役立たないかを思い知りました。幸い隣の祖父母が住んでいた隠居所と家財道具をしまってあった防空壕は無事でした。でも、この爆撃で、近所の人が防空壕を直撃されて亡くなりました。

茨城県に疎開

連日の爆撃に危険を感じた両親は私と祖父母、祖父母と暮らしていた私より七歳下の従妹を母の実家の茨城県に疎開させることにしました。父が手配したトラックで、当面必要な家財道具を積んで、私たちはまず母の実家のある真壁郡小栗村に向かいました。母の実家は村の庄屋で、私たちに天ぷらをごちそうしてくれました。食べ物のない時代、こんなにおいしい物があるのかと感動しました。疎開先として隣村の新治駅近くの小料理屋だった家を借りました。

私は県立下館高女に編入が許され、新治の家から通学しました。学校には私のように疎開してきた生徒がかなりいて、「疎開っこ」と呼ばれていました。ここでも勉学より勤労奉仕が多く、畑仕事や雑草の生い茂る荒地を開墾しました。「疎開っこ」は農作業が苦手で、私は蜂に刺され、ひどい目にあいました。教師から「蜂に襲われたら、身をかがめるものだ」と叱られましたが、刺されてからそんなことを言われても、後の祭りです。腹が立った私は家に帰ってしまいました。下校途中、学友たちと並んで下館駅に向かって歩いていると、私の白い洋服が「目立つ！」と地元の子が嫌がらせを始めました。その後、一人でぽつんと駅まで歩いた私は、翌日から一週間学校を休みました。心配した母が染粉で茶色に染めてくれましたが、お気に入りの服がさえない色になって、私はすっかり落ち込みました。

敗戦

敗戦を告げるラジオは台所で聞きました。天皇の言葉は不明瞭でよく聞き取れませんでしたが、戦争に負けたことはわかりました。田舎の暮らしや学校に馴染めなかった私は、戦争が終わった、もう空襲はないのだと大喜びで、父母の住む東京に飛んで帰りました。三ヵ月間の疎開生活でした。

戦争が終わって一番嬉しかったことは電燈が灯ったことでした。読書好きだった私は、戦時中、敵機に見つからないように電燈に黒い覆いをかけた中で本を読むのですが、「隙間から明かりが漏れているよ」とよく母に注意されました。

家を焼かれた私たちは隠居所で暮らすことになり、祖父母と従妹は、二、三年、そのまま新治に残りました。母は家が空襲で焼失したことを証明する役所が発行した紙切れを持っていました。布地など日用品の配給を受けることができるチケットの役割をしたようです。一時、隠居所の部屋の一部を、焼け出されて困っていた老夫婦など近所の人たちに貸していました。ある日、家中にただならぬ悪臭が立ち込めました。空襲の恐怖と慣れない仮住まいですっかり頭がおかしくなったおじいさんが、便所に棒を突っ込んでかきまわしていたのでした。こうした戦争がもたらした悲劇が身近にたくさんありました。

姉たちとの出会い

敗戦から約二十年が過ぎ、二児の親になって目黒区東が丘で暮らしていた私に、役所から一通の書類が届きました。相続の書類で、私には二人の姉がいることがわかりました。

実は、私は養女でした。女学校時代、戸籍謄本を見て、そのことを知りました。多感な年ごろの私は、生みの親がどんな人か知りたいと悩みましたが、大事に育ててくれている養父母を追及することはできませんでした。

上の姉は呉市に、次女は庄原市に暮らしていました。広島に住んでいる姉たちが戦時中をどのように過ごしたのか、気がかりでした。姉たちと交流するうちに、私の生家のことが少しずつわかってきました。母は私を産んで半月後に亡くなりました。二人の幼い子を抱え、造り酒屋をやっていた父には乳飲み子を育てる自信がなかったようです。上の姉は「赤ちゃんをあげないで」と訴えましたが、子どもがいない親類に乞われて養女に出す決心をしました。養父母は、実子として育てたいと、子どもと実の家族との接触を拒みました。

広島に原爆が投下された時、父は広島市内の病院に入院していて、その年の十一月に死亡しました。病死扱いでしたが、どういう状態で亡くなったかはわかりません。二人の姉は広島駅の近くにいたようで、二人とも被ばく者手帳を持っています。下の姉は建物から出てしまったために、手足に火傷を負いました。アメリカ国内に被ばく者を治療する施設ができるというので、応募しようと思ったが、研究材料にされるだけで特別な治療方法がないとわかってやめたということです。日本では傷に赤チンを塗るだけでした。傷跡が残り、被ばく者だとわかるため、この姉は独身で過ごしました。当時、「被ばく者には子どもが生まれない」という噂がありました。二人の子をもうけた上の姉は、今でも原爆のことはいっさい、口にしません。どんなにか恐ろしかったことでしょう。姉たちは地獄のような体験をした後、被ばく者という過酷な差別に晒されて生きてきたのだろう、そう思うと胸が痛みます。

二年前に被爆二世の甥が六十歳でガンで亡くなりました。死の直前、主治医に「原爆の影響では？」とそっと確かめたところ、はっきりそうだとは言いませんでしたが、否定もしませんでした。低線量被ばくは健康被害や遺伝に関係しないと言われていますが、本当にそうなのか、疑問に思います。

東日本大震災の後の福島第一原発事故では東日本が放射能に汚染され、多くの人が被ばくしました。特に子どもたちの健康が心配です。私は学習会を開いて放射能のことを学び、飯舘村などの被災地の人たちと交流をしています。平和で核の恐怖のない未来が訪れることを願って、平和運動や脱原発運動を続けています。

（二〇一四年九月九日　収録）

特別寄稿

破れた屋根から見えた青空
――原爆体験から思うこと――

ヒバクシャ・壁面七宝作家 田中 稔子

本日は、広島での私の原爆体験を話す機会を与えていただき、ありがとうございます。

私は五十年以上、七宝壁面アートの分野で作品を制作してまいりました。

しかし人前や家族にさえ、自らの被ばく体験を話すことはできませんでした。やっとこうして話ができるようになったのは、七十歳の頃からです。あまりに悲惨で暗い体験だったので、思い出したくない上に、他人の理解は難しいと感じ、とても話す勇気がなかったのです。

しかし世界の人類が将来再び、核兵器の残酷な被害を受けることがあってはなりません。

奇跡的に生き残った私たちは、広島であの日、実際に何が起こったかを、世界に向かって話す責任があると、今は感じています。

破れた屋根から見えた青空

私は六歳と十ヵ月の時、広島の「きのこ雲」の下にいて、火傷し、放射線をあびました。

実は、その一週間前まで、広島市の爆心地からわずか五百メートルの所に住んでいたのです。

間一髪、二・三キロ離れた牛田町へ転居して、幸運にも命だけは助かりました。しかし、その町も被害からは逃れられませんでした。

あの朝、八時十五分、小学校に行く途中でした。

「敵機だ！　B29だ！」との声に、空を見上げました。その途端、写真のストロボ光線を何千と集めたような物凄い閃光が襲いました。瞬間、辺りは真っ白になり何も見えません。とっさに右腕で顔を覆いました。そのため熱線は、頭と左後ろ首、そして右腕を焼きました。

そのうち、辺りは闇夜のように真っ暗になりました。爆風で舞い上がった熱い砂塵が太陽を隠したのです。遠くにいた人は、それがキノコの形をした雲に見えました。その下にいた私は、口の中に砂塵がいっぱい入り、ジャリジャリとした、不気味な感覚を今も覚えています。

最初は何が起こったのかわからず、ただ呆然としていました。そのうち、右腕の火傷は、大きな水ぶくれとなって、猛烈な痛みがやってきました。恐ろしさに逃げ惑いながら、やっと家に帰り着くと、家はめちゃくちゃに壊れていました。その時、破れた屋根から、青空が見えました。火傷が痛くて泣きながらも、子ども心にその空の青、青色の美しさが印象に残り、七十六歳の今も、私に生きる勇気を与えてくれるのです。「明日がある。大丈夫」と、天が子どもに希望を与えてくれたように思えます。苦難の時も、今まで前向きに生きてこられたのは、そのお陰かもしれません。

死の淵をさ迷って

幸い、母は無事でした。しかし、私を見ても、とっさに自分の子だとは気づかなかったと言います。なぜなら、髪の毛は焼け焦げて縮れ、服は破れ、顔や手足は真っ黒です。あまりに姿形が変わっていたからです。私はその夜から高熱を出して、意識不明の重態になりました。しかし、医者も死に、病院も破壊されました。治療できないので、生死は個々の体力と、運のみが決めるのです。手の施しようがなく、母は私の死を覚悟したと言います。

四歳の妹も、飛んで来たガラスで顔に深い切り傷を負い、血を流していました。父は戦争にとられて、その時、留守でした。

こうして二回、手を叩く間に、一発の爆弾で、一つの都市は瞬間に消え去りました。広島の市民十四万人が亡くなったのです。長崎は七万人が亡くなりました。もちろん、爆心地に残っていた、私の小学校のクラスメイトは全滅です。私たちと同居していた二十代の叔母も、その朝出かけたまま行方不明となり、遺体さえ帰って来ません。

私は、その夜から意識不明になりましたが、朝から夕方までの恐ろしい出来事ははっきりと覚えています。実際に被害の体験を記憶しているヒバクシャの、私は最後の世代でしょう。

バタバタと死んでいく人たち

家に帰り着いてからしばらくすると、大勢の瀕死状態の人々が、家の前にぞろぞろと列をなして逃げてきました。親にはぐれ、生き残った幼い子どもたちも見知らぬ大人の後をついて来ました。ほとんどの人の衣服は焼けて、若い女性も裸同然です。彼らは無言で、両手を前に伸ばして、肩から剥げ落ちた自身の腕の皮膚を爪先にぶら下げていました。まるで幽霊の行列です。私は今でも、バーベキューのトマトを見ると、一瞬フラッシュバックして、ぞっとします。焼いたトマトは簡単に皮が剥《む》けますが、人間の体にもそれが起こったのです。

そして不思議なことに、けがも火傷も見当たらない大人や子どもが、家の前でバタバタと、力尽きて死んでゆくのです。みな、不思議に思いました。大量の放射線を浴びていたのです。しかし当時は、誰も放射能のことを知りません。自分が一体どれくらいの放射線を浴びたのか、広島では測る方法もなく、未だに実際の被ばく量はわからないのです。

その後、母は、大変な困難時にもかかわらず、逃げてきた人たちを壊れた家に泊めました。その中に母のいとこ、松木謙蔵がいました。彼は焼けたバケツに遺体の頭部を入れて持っていました。翌朝、埋葬するためです。倒れた家の下敷きになって抜け出せないところを、迫ってきた火に、生きたまま焼かれて残酷な死を迎えた女性のものでした。それは彼のお母さんだと聞きましたが、実際は彼の叔母さんであったことが最近になって判明しました。当時、謙蔵は叔母と二人で住んでいたのでした。このことからも、原爆の被害状況の正確な検証が、ヒバクシャの生きている今のうちに必要だと思います。

大火傷をした二歳の妹を背負って来た、十五歳のお姉さんもいました。しかし無傷に見えた姉の方がすぐ死に、火傷の妹が助かったそうです。お姉さんは致死量の放射線を浴びていたのです。

夫の叔父は、キリスト教徒で、英語の教師でした。美しい絵も描いていて、平和な心の持ち主です。しかし、原爆は容赦なく、赤ん坊を含む一家六人を全員殺しました。それを悼み、叔父の姓、田中を、私の夫が継ぎました。

そして捕虜となって広島の収容所にいた若いアメリカ兵十二人も全員、自国の爆弾で殺されたのです。戦争とは情け容赦のない、むごいものです。

癒えぬ心と体の傷痕

時と共に、火傷の傷痕は薄くなりました。でも心の傷と放射線被ばくの影響は残りました。「折り鶴のサダコ」の話を知っていますか？　彼女は私より四歳年下で、私と同じ中学校の生徒です。二歳で被ばくし、十二歳で白血病が出て亡くなりました。この症状で亡くなった人はサダコだけでなく、広島には大勢いました。

私の場合も、十代前半で症状が出ました。〝白血球の数値異常〟と診断され、〝微熱と耐え難い疲労感〟があり、しょっちゅう気分が悪くなって倒れました。口内炎や唇周りの吹き出物が年中絶えず、ご飯を飲み込むのも一苦労でした。今でも疲れると、帯状疱疹が出て、痛くて夜も眠れないことがあります。大腸から原因不明の出血もあります。若い時から何度も骨折し、膝の手術や両眼の白内障の手術などもしました。

国は爆心地から二キロの範囲に同心円の線を引き、その圏内で被ばくした者を原爆病と認定します。私の場合、その円から三百メートル離れているというので、病気と原爆との因果関係は認められません。裁判を起こす人もいますが、私はその時間とエネルギーを「証言」に注ぎます。

ヒバクシャ差別と被ばくの影響

戦後六年以上、アメリカは、メディアへの報道管制を敷き、放射線被害のことを隠しました。当時、ソ連との核兵器開発を競い、多くの核実験をする必要があったからです。「平和利用」という名の「原発エネルギー」の開発もあり、放射能の被害は知られたくなかったのです。

しかしヒバクシャの、特に女性は結婚に関して、社会から差別を受けるようになりました。その頃、ヒバク二世に障害児が産まれることが多かったからです。

幸いにも私は結婚し、幸せな家庭を持ちました。夫は、私がヒバクシャであることを全く気にしていないように見えました。しかし、最初の子どもが産まれた時、真剣な表情で赤ん坊の手足をチェックしました。実は内心、被ばくの影響をずっと恐れていたのです。

その頃の親たちの思いは同じでした。二世への影響については、現在も十分な研究がされておらず、医師も証明できないようです。子どもたちの将来にわたる健康も保証されません。

親は、自らの被ばくを子どもに申し訳なく思い、精神的にも一生、重荷を背負うことになります。元来、私の家族や家系は健康に恵まれていました。しかし被ばく後、二世である妹の娘たち三人に甲状腺の病気が出ました。一人は二十二歳で甲状腺がんの手術をうけ、他の二人も甲状腺を患っています。また、被ばく二世の弟は、若くして大腸がんの手術をしました。医師は「原爆との因果関係の立証はできない」と言います。しかし、私たちヒバクシャは、身辺の病人の数の多さから「確率的影響」として被害を強く実感しています。

福島第一原発事故

そこに、二〇一一年三月十一日、フクシマで原発事故が起こりました。その被害者の苦しみに、私の思いは深く重なります。ヒバクシャでありながら、今まで原発のこと、核の利用のことで何も活動してこなかった自分に、後悔の念が湧きました。

日本は、原爆にも、ビキニ核実験による第五福竜丸の被ばくにも、チェルノブイリ原発事故にも学ばず、自らの国で放射性物質をまき散らし、ヒバクシャをつくっているのです。

そして、今、フクシマに住む市民から住居や食料を奪っています。事故がいつ収束するのかさえわかりません。なぜこんなことになってしまったのか。私はこの問題を勉強する必要を感じました。

私は、二〇〇七年から今までに三回、NGOピースボートに乗り、地球を三周して、世界の現状を学ぶ機会を得ました。悲惨な戦争被害を経験した国や、気候変動の被害を受けた国など、私的な旅を含めると、六十ヵ国以上を訪ねました。二〇一二年には、ピースボートに合流し、事故処理を続行中のチェルノブイリ原発やベラルーシにも行きました。

ヒバクシャとして「反核」を訴える

そして二〇〇九年より、ニューヨークの高等学校やオクラホマの大学で被ばく証言をし、「核のない世界を」と訴えています。時には、壁面七宝の作品でメッセージを伝えることもあります。

元国連軍縮教育専門アドバイザーのキャサリン・サリバンさんとロバート・クルーンキストさんのプロジェクト、「ヒバクシャストーリーズ」に招かれたからです。この六年間に九回渡米し、他のヒバクシャと手分けして、学校や団体の、約二万人と証言交流をしました。

その時に聞かれるのは、「日本は核兵器でひどい目にあったのに、なぜ多くの原了炉を造ったのか？」との疑問です。そのたびに、答えに窮するのです。考えてみると、戦後の復興時期、原発は「平和利用」だ、「夢のエネルギー」だと宣伝され、為政者も市民もそれらを信じようとしました。そして何より、一般市民が政治に無関心だったのも大きな原因でした。いつの間にか地震の多い狭い国土に、五十四基の原子炉が出来ました。国民と共に、政府はもう少し時間をかけて議論をするべきだったのです。

フクシマ事故の十二日後、別件でニューヨークに行き、国連のパン・キムン事務総長にお会いする機会がありました。その時、目的以外の発言をすることに、少し勇気がいりましたが、「ヒバクシャとして、核兵器であっても、平和利用であっても、もうこれ以上ヒバクシャをつくって欲しくない。どうぞ、自然エネルギーへの転換を世界に呼びかけてください」とお願いしました。氏は何も即答されませんでしたが、対応には誠意がありました。

反核をアートで

その後、日本全国を回り、自治体の首長の「反核」署名をもらって歩きました。また反核アートブックのために作品制作をしました。実はそれまでの五十年、自身の作品制作で、原爆に正面から向き合うことはできませんでした。ただ、記号のように抽象的な原爆のメッセージを入れるだけでした。自身の心を落ち着かせるためなので、他人にわからなくてもよかったのです。でも、今は、作品で世界にメッセージを伝えることも、私のもう一つの責務だと思うようになりました。

世界中の人が親しくなれれば

ある時、ニューヨークの中学生から聞かれました。「あなたは原爆でひどい目に遭ったのに、どうしてアメリカ人と親しいのか」と。「日本人は戦争中、欧米人は鬼だと教えられていました。ましてや原爆の被害を受けて、アメリカを初めから許せる訳がありません。しかし、憎しみは憎しみの連鎖を生み、その先には戦争による破壊と殺戮しか残らない。その連鎖を断ち切る努力と、人類全体への大きな愛が必要だと思う」と答えました。

今、若い人にお願いがあります。

どうかこれから、世界に親しい友だちをつくってください。国籍や人種を越えて、その違いをお互いに認め、共存する道を選んでほしいのです。もし将来、国家間に争いが起これば、戦争ではなく、粘り強い話し合いによる解決の道を選んでください。戦争を始めると、お互い、相手が人間に見えず、敵として簡単に殺すのです。そして核兵器は地球全体を破滅に向かわせます。人道上許せない兵器です。

しかし、当時の指導者は、ソ連との覇権争いから「終戦を早めるため」との口実で、簡単に原爆を使ってしまいました。その原爆を落とす決定をしたトルーマン大統領の孫、クリフトンさんと、エノラゲイから原爆を投下した兵士、ビーザーさんの孫アリ君は、何と今、私の友人です。

現在、二人は「核兵器のない世界」を目指して、平和活動をしているのです。もし戦争中なら、この善良な人たちとお互い敵同士でした。彼らはピースボートにも乗り、平和活動をしました。もし、外国に親しい友人がいれば、その国と経済や覇権のために戦争をする気には簡単にはなれません。その躊躇する人間的な信条が為政者にも国民にも大切です。

そして将来、地球の大地が汚染されることなく、若い人の頭上にきれいな青空が輝き続けるために、核兵器は法律で禁じてほしいと思います。現在、ICAN組織が提唱しているように、国連で核兵器の禁止条約をつくってもらいたいのです。そして私が生きているうちに、その法律の制定が、一日も早く実現することを心から願っています。

ご清聴をありがとうございました。

（二〇一四年十月）

※本原稿はピースボート内でなさった「証言」の原稿を、田中さんのご厚意により載録したものです。小見出しは、読みやすいように出版部でつけ加えました。

出征・強制連行

七十六年目の父との出会い

丸子支部　小宮山　ミヨ子

父は、私が六歳の時、日支事変で戦死した。遺児として、乞われて戦争体験を語る時、今までは、主として父の戦死後の私の生き方や家族の暮らしを話してきた。小学校一年生の時、村長さんや親戚の人たちと近衛兵だった父の遺骨をもらいに東京に行ったこと、田畑に出る時も懐に本を偲ばせていた母は三人の幼子を抱え大変な苦労をしたこと、家に置いておけない幼い末妹を藁で出来たカマスに入れて畑の脇に置いて野良仕事をしたため、妹は寒さで気管支炎を患い、病弱のまま三十三歳で夭折したこと…などといった話だ。

日本婦人有権者同盟から戦争体験を書くようにとの依頼があって以来、私はいつか表したいと思いながら、今まで手つかずにきてしまった一つのことを思い出した。

私が生まれ育った長野県の西内村地域（今の上田市）には、『西内時報』という情報新聞があった。一九二四（大正十三）年一月創刊、一九五四（昭和二十九）年十二月に終刊している新聞で、最初は隔月発行だったが、一九三二（昭和七）年から月刊になった。戦後、その新聞を全巻保存していた方があり、郷土や戦争の歴史を残したいと、社会が安定してきた一九八一（昭和五十六）年、この『西内時報』の縮刷版を復刻刊行された。その時、私はそこに亡き父の写真や記事が載っているのを知った。しかし当時は子育てに忙殺されており、いつかはじっくり読もうと思い、ざっと目を通しただけだった。今回、「今を逃したら、一生読む機会はないかもしれない」と意を決し、八十歳を過ぎた私には動かすのも、開くのも大変な分厚い縮刷版を、拡大鏡を片手に、初めて熟読してみた。

西内時報

故伍長小宮山君の事變參加經歷

陸軍歩兵伍長 故小宮山美之吉君追悼號

弔詞

『西内時報』の一九三七（昭和十二）年八月号には「満州開拓の気運の高まり、満州事変に続き日支事変が勃発、そして九月三日に海軍を志願した十九歳の若者が犠牲になった」ことが記載されている。一九三九（昭和十四）年四月号では全紙面を使って、私の父と他に一人の方が亡くなり、村をあげて村葬を行ったこと、村民各位の弔辞や、死んだ人の最後の手紙までが記録されていた。

しかし、このような丁寧な記録が載っていたのはこの三人が最後で、一九四一（昭和十六）年から一九四五（昭和二十）年までの紙面には、戦中の人手不足により情報収集ができなかったのか、戦死者は西内村だけでも五十六人にのぼるが、二十代で出征し、遠くビルマや南海の地で亡くなった人たちの消息は残されていない。

そして、一九四六（昭和二十一）年からの『西内時報』には、新盆を迎える英霊として、黒枠で何人かの人が詳細に取り上げられていた。

少し長くなるが、なるべく短縮して三人の戦死者の最後の様子をここに記し、残したいと思う。

永井益夫　行年十九歳。

弔辞によると「君夙《くんしゅく》に資性頴邁故山の小天地に蹈踳すると欲せず　海軍軍人として　世界に雄飛せんと志し勉学怠らず　昭和十一年六月遂に選ばれて　横須賀海兵団に入団の栄を獲得…進級と同時に掃海艇勤務を命ぜられ　軍艦夕張に転乗し南支警備の命を受け…支那事変の勃発と共に、九月三日　東沙島占拠の任務を以て　陸戦隊員となり　敵前上陸の作業に当られしが不幸敵前二千米突の地点に於いて　戦友十二名は短艇と共に遂に其身を海魔の贄となし　南支海中の華と散らる」

とある。遺族は、両親と妹一人。

竹花勝治　行年三十歳。

村長さんの長い弔辞の中に「資性剛毅闊達にして併も細心　郷土の模範たり　満州事変に応

召し勇戦力闘　名誉の負傷をされ　勲七等を授けられ　昨夏支那事変の勃発するや　再び召されて征途に上り　遠山部隊に属し　北支の天地に転戦し　赫々たる武勲を立て　軍曹に昇進し機関銃隊分隊長として　常に艇身部隊の先頭に立ち　敵の堅陣を突破したるも　遂に本年一月十四日午前九時　河南省及県黄山村附近の戦闘に於いて　敵の大部隊との激戦の結果、身に弾を受け北支戦場の華と散る　實に壮烈鬼神を泣かしむるものあり」とあり、遺族は、母と妹、弟二人も戦死、結婚して半年の妻二十八歳はお腹に娘を宿していた。

そして、次が私の父、

小宮山美之次、行年三十二歳。

「昭和十二年九月應召して○月○日（以後、○が多く）上海港に上陸し大檬鎮付近の戦闘蘇州河渡河戦　南京追撃戦徐州会戦に参加す　此の間實に一年有余各次の激戦に相次いで参加し——徳安○○の激戦は　筆舌に盡し難く　後方連絡の全き無き山岳戦にて且連日の悪天候にて全身濡鼠となり　道なき泥濘中を前進す　加ふるに携帯口糧皆無となり且　後方連絡杜絶し給養の途なき為　附近の籾を鉄兜に入れて搗き　之を食しつつ辛うじて飢えを凌ぎ　戦闘を継続したる為に　十月五日より胃腸を害す　君は戦闘参加以来極めて壮健にして一度も罹病したる事なく　奮闘を続けたるも余儀なき情況にて栄養は衰退し　戦闘地内の衛生状態の劣悪にして給水は「クリーク」溜水を使用したる等に依り　遂に急性大腸炎を発したる等に依り十一月八日野戦病院に於いて戦病死せらる」とあり、残された遺族は、私から言って祖父母、母三十歳、私六歳、妹五歳、末の妹二歳で、父の弟も負傷している。

父が出征した時に五歳だった私には、父親の記憶は断片的なものでしかない。私の父は戦病死だった。天皇陛下に命を捧げることが賛美された当時、戦場で身内を失った者の悲しみは同じでも、凶弾に倒れ〝名誉の戦死〟と称えられる者と野戦病院で病死した者には、明らかに待遇の違いがあり、戦病死は何となく肩身が狭いと幼い私にも感じられた。

『西内時報』には、父の最後の手紙や父の上官が私たち家族に宛てた手紙が載っていた。「お父さんの最後の手紙には、弟・妹など自分の兄弟のことばかりで、私たち家族のことが何も書かれていないのが寂しい」と、かつて父の手紙を丹念に読んだ、父親っこだった妹は嘆いていた。今回、これらの手紙を読み返してみると、父には病の小康状態の時があり、その時に書いたようだ。たぶん、父は自分が死ぬとは考えてもいなかったのだろう。赤ん坊だった娘たちのおしめを取り替え、「男子はそんなことをするものではない」と祖父母にたしなめられたという子煩悩の父は、間もなく娘たちをこの手で抱けるもの、家族と暮らせるものと思って、療養に励んでいたに違いない。

父の死から七十六年、『西内時報』のお陰で、殺すか殺されるかという過酷な状況下に置かれて果敢に闘い、病を得て苦しみながら死んでいった父の様子を知ることができた。そして、私はようやく父を、あの時代を必死で生きた一人の人間として、身近に感じることができたのだ。

「靖国の宮で逢うその合言葉」と歌にあり、戦没者は靖国神社に祀られ、毎年追悼式が行われているが……。戦後処理、戦犯の合祀、慰安婦のことなどさまざまな問題が解決されないいま、今また集団的自衛権の行使容認、特定秘密保護法の施行など、世界に誇る日本国憲法が現政権にとって都合よく解釈をされている。「自衛」と盛んに言うが、誰のための、何からの「自衛権」なのか。われわれ国民はもっと政治に関心を寄せなければならないと思う。

（二〇一四年十二月二十五日記）

五十年目の死亡通知書

元熊本婦人有権者同盟　平田　ムメ

一九九五年九月十一日、鹿児島の援護課より「ソ連邦抑留死亡者名簿」が届いた。あれから五十年、正式ともいえる夫の死亡通知書に、私ははらはらと涙をこぼした。

一九四六年二月三日、奉天の仮住居へソ連兵が軍靴で踏み込んできて、有無を言わさず夫を引っ立てて行った夜のことを私は生涯忘れることができない。五歳と二歳、そして生後二週間目の赤ん坊を抱いた私の目の前の出来事であった。

一九四五年八月九日、ソ連の参戦は満州全土を地獄と化した。風呂敷包み一つで母子三人、最後の列車に乗せられて一昼夜、着いたのは通化である。数日後「戦争は終わった」と聞いてホッとしたのも束の間、「どうなるかわからない」という流言飛語も飛び交った。長男は四十度の高熱にうなされ、長女は激しい下痢が止まらなかった。不穏な街に医師を求めてさまよい、ようやく探し当てた日本人医師が黙って長女に注射を打ってくれた情に、私はただただ頭を下げた。通化の暴動がいきなりやってきて四平街へ…。ここも避難民が溢れていた。幸い夫と再会、冬将軍が間近に迫っていて、無一物の私たちは他の二家族と奉天へ出た。生きるために危険を承知で闇商売に出かける夫たちは帰らぬ日も続いた。

一九四六年一月十二日、夫の留守中男児が生まれた。一週間目に帰宅した夫は未熟児ながら喜んで命名した。そしてその二週間後に拉致されたのである。赤ん坊も四月三十日、はかない生命を終えた。

一九四六年六月十五日、難民として博多港に上陸。二歳の長女を負い、五歳の長男の手をひく私の腰に、カタカタと赤ん坊の骨箱が鳴った。

一九四八年四月二十日、「家族は満州で死んでいるだろう」との言葉を残して、夫はソ連の収容所でこの世を去った。生還を信じて、郷里で待つ私にその知らせが届いたのは約一年後であった。ソ連兵の厳しい監視の目を盗んで遺髪を持ち帰ったその人は、死ぬ間際に明かした夫の名を胸に刻み、役場に問い合わせてくれたのである。

五十年の歳月は、今、私の心にさまざまな人の情を教えてくれる。

人は一人では生きられない。

だからこそ、戦争は絶対にあってはならないのである。


（＊『私の八月十五日』より転載）

＊『私の八月十五日』（日本婦人有権者同盟・一九九六年四月二十四日発行）

インタビュー

父は帰って来なかった

丸子支部　本間　陽子

私の父は、一九四四（昭和十九）年五月、戦争に征ってしまいました。その前年九月六日に生まれた私が、ちょうど〝這い這い〟をし出したころで、私にとって父の記憶は写真の中に存在するだけです。そのとき、母は弟を身ごもっていました。

私の名前、「陽子」は、父がつけてくれました。太平洋戦争が始まった当時、「洋子」という名が流行し、同級生にも「洋子さん」がいますが、私の「ようこ」は「太陽の子」。「太陽のように明るく、愛され、また周囲の人を明るくする人間であってほしい」という思いを込めて名づけたのだと、母から聞きました。私は、父が残してくれた大切な名前にふさわしい生き方をしたいと思って生きてきました。

長野県丸子町で生まれ育った私自身の戦争体験は、突然の大音響とともに窓ガラスがビリビリと震え、外が真っ赤になってとても怖かったこと。爆弾が千曲川の支流、丸子町を流れる依田川に落ちたと後日知りました。市内に落下しなかったことは幸いでした。

戦中・戦後、幼い二人の子を抱えた母の苦労は並大抵ではありませんでした。義理の弟（私の叔父）に頼んで東京から煎餅焼き器を買ってきてもらった母は、朝から晩まで煎餅を焼いて生計を立てました。丸子町は産業都市で、生家近くには従業員が千百人もいるカネボウの紡績工場がありました。砂糖など甘い物のない時代、サッカリンで味付けした駄菓子やもろこしなども置いたお菓子屋を営むわが家に、その方たちがお煎餅を買いにきてくれました。

戦争が終わると、兵隊に行った人たちが復員してくるようになりました。母は夫の帰りを待ちわびていました。「お父さんはやさしい人だよ」「一番いい人が戦争にいってしまったね」と、母や親戚、近所の人から聞かされてきた私は、家の前を通る〝カッ　カッ　カッ〟という軍靴の音に耳をすませている母の傍らで、「お父さんが帰ってきた！」と小さな胸をドキドキさせました。でも、いつも軍靴の音は〝カッ　カッ　カッ〟と家の前を通り過ぎ、遠ざかっていってしまうのでした。

〝英霊〟を迎えに母と丸子駅に行きました。私はまだ十歳になっていなかったと思います。駅には既に大勢の人が集まっていました。やがて、一人ずつ名前が呼ばれ、父の番になりました。うやうやしく差し出された白木の箱を受け取ったあの時の衝撃…私はそれを未だに忘れることができません。それは、あまりにも軽かった…。「え！　なぜ？　どうして？」という思いでした。母はおそらく知っていたのでしょう。私から箱を受け取っても、全く動揺を見せませんでしたから。家でそっと開けた箱の中には「清水虎夫」と父の名が書かれた紙切れが一枚入っていました。

私は、父親を亡くした遺児ということで、母と一緒に遺族会に出て、靖国神社や護国神社に参拝しました。厚生労働省は、一九五二年から外国に放置されたままになっている戦没者の遺体を捜索、収容して日本へ送還する遺骨収集事業を始めました。私は、十数年前、遺族会の呼びかけで遺骨収集団に参加し、父が戦死したと言われるフィリピンの激戦地を回りました。自分の父親が、弔《とむら》われることなく遠い異国の地で屍を晒しているのだと思えば、居ても立っても居られません。当時、私は、父の遺骨を故郷に持ち帰り手厚く葬れば、家族の気持ちの整理がつき、夫の死や父の死を受け入れられるのではないかと、漠然と考えていたような気がします。しかし、私は戦争というものをわかっていませんでした。

遺骨収集団には、何人くらいいたでしょうか…全国から多数の方が参加しました。私は、同郷の丸子町の人たちと一緒に激戦地だったというフィリピンの原野や浜辺を回りました。段ボールを片手に遺骨を求めて、藪をかき分け、岩かげや洞窟などを探し回りましたが、戦争から長い年月が経っていますから、遺骨収集は難航しました。遺骨という言葉からは白い骨をイメージしますが、長いこと野ざらしにされ、白骨化した遺体は、決してきれいなものではありません。帽子も衣服もぼろぼろです。所属部隊が書かれた紙切れの一枚でも落ちていないかと丹念に周囲を探しても、身元を確認できるような物がほとんど見つからない状態でした。

そうして集められ、うず高く積み上げられた遺骨の山……それを目前にした時…名状しがたい恐怖・悲しみ、やり場のない怒り、空しさに襲われました。…あの時の自分の気持ちを的確に表現する言葉を私は持ちません。あの中に果たして父がいたのか…私には全く確信がもてませんでした。戦争では、一人の人間が親や妻、子ども、親戚、友人たちにとって、どんなに掛け替えのない大切な存在か、顧みられることはないのです。遺骨は荼毘《だび》にふされ、分骨されて、靖国神社や千鳥ヶ淵戦没者墓苑、地域の慰霊碑や塔、祈念施設などに合祀《ごうし》されました。

厚生労働省によれば、海外で戦死した旧日本軍の軍人・軍属、民間人で日本に送還された遺体は約半数の百二十五万柱（二〇〇九年三月現在）だそうです。約百十五万柱が現在も海外に残されたままです。戦争は二度とあってはなりません。

「お国のために戦って、命を捧げた英霊に哀悼の誠を捧げる」と言って、靖国神社を公式参拝してアジア諸国との摩擦を増幅し、大戦の反省の上にできた平和憲法を解釈改憲して戦争のできる国へとひた走る、今の安倍首相の政策をとても恐ろしいと感じます。戦争の犠牲者たちは、私たちがまた戦争への道を歩むことを決して望まないし、許さないでしょう。

（二〇一五年四月十五日収録）

外地からの引き揚げ
満州・朝鮮・樺太

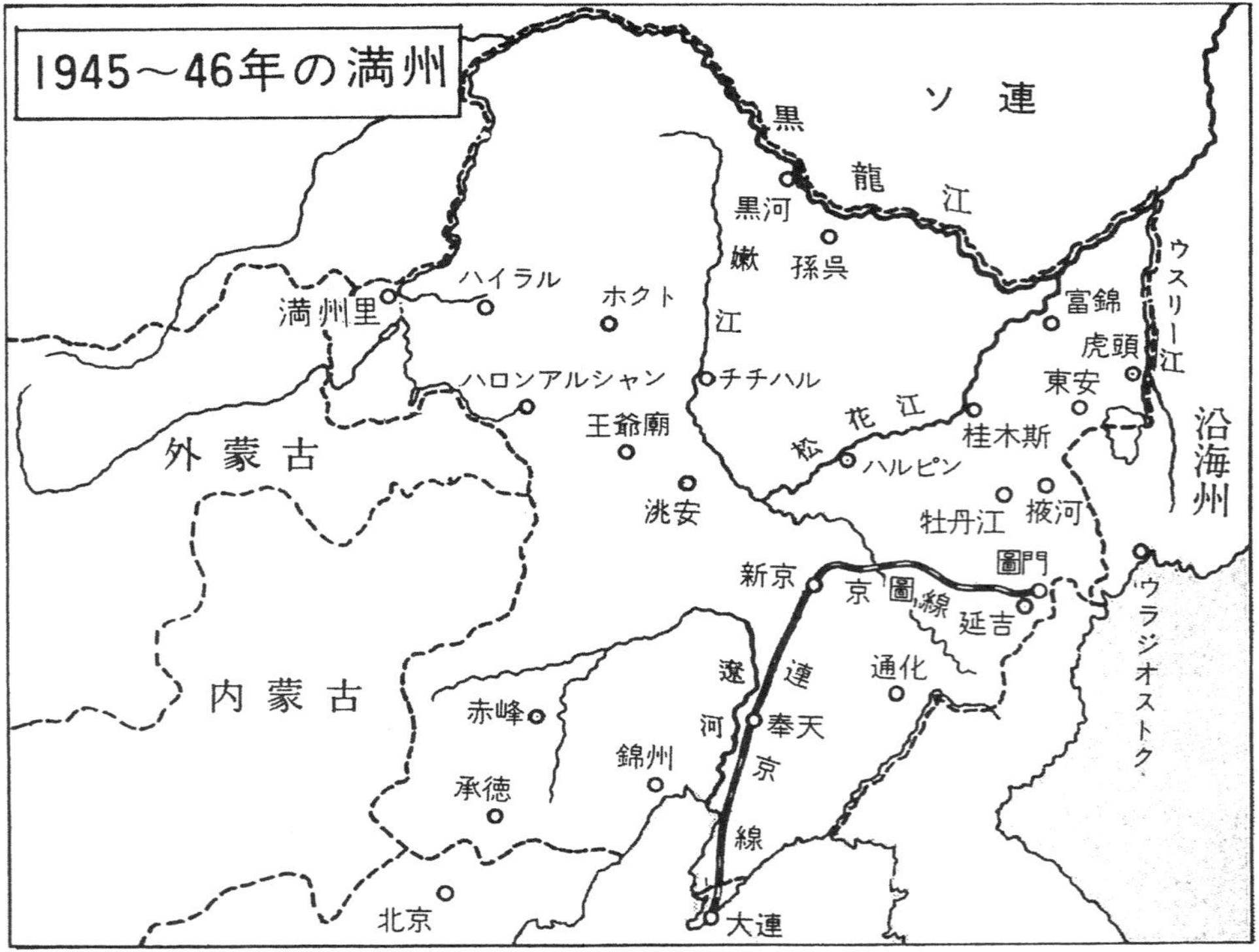
1945〜46年の満州
ソ連
黒龍江
黒河
嫩江
孫呉
ウスリー江
富錦
虎頭
東安
沿海州
満州里
ハイラル
ホクト
ハロンアルシャン
チチハル
松花江
桂木斯
王爺廟
ハルピン
外蒙古
洮安
牡丹江
掖河
圖門
新京
京圖線
延吉
ウラジオストク
遼河
連京線
通化
奉天
内蒙古
赤峰
錦州
承徳
北京
大連

闇船で日本海を渡る

府中支部 飯田 泰子

六十九年前の八月十五日の敗戦は、私にとって決して突然やってきたものではありませんでした。当時、京城（今のソウル）にいた私は、内地の主要都市や地方都市が被ったような米空軍による空襲も受けず、朝鮮人の方たちとも自然と仲良く過ごしていました。日常の食べ物も次第に制限されてはきたものの、甘いお菓子や贅沢な食品を除けば、空腹に耐えられないということはありませんでした。

しかし、同じ職場から出征して行った三人からの音信は初めの頃だけで、やがて不通となり、そのうちの二人は南方の戦場で戦死したとの公報が入りました。陸軍士官学校を出て、一時は見習い士官として京城に滞在したこともあった私の従兄は、偵察機に乗り、ビルマ上空で活動していたようですが、ついに空中戦の末、戦死しました。一九四五（昭和二十）年五月には、神戸高等商船学校の教官をしていた伯父の一家は、学校にいた伯父と千葉の大学にいた長男、岡山地方に学童疎開をしていた二女を除く四人が、防空壕の中にいて爆風によって窒息死してしまいました。

口には絶対に出せないことでしたが、日本が戦争に勝ち抜けるとは到底考えられなくなっていました。広島、長崎への原爆投下があり、この戦争が日本の敗戦に終わることをひしひしと感じていました。沖縄の地上戦の後は内地で決戦があるのでは…との不安な気持ちでいたところ、考えていたより早く終戦の日がやってきました。

私の家では終戦の前年、一九四四年十一月十五日に父が病死し、母と長女の私、中学一年の弟、小学二年と三歳の妹が残されました。私は就職して四年あまりでしたが、ぜいたく品の買えない当時、貯金を少しずつ取り崩して足せば、私の給料で一家五人がどうにか暮らしていけましたので、「朝鮮は空襲を受けることはないから、しばらくそちらにいなさい」という信頼できる伯父の言葉に従って、京城にとどまっていたのでした。

終戦の日の詔勅は会社のラジオで聞きましたが、ご多分にもれず大変聞き難く、はっきりとは聞き取れませんでした。それでも、戦争が敗戦という形で終わったことは、そこにいる誰もが感じました。覚悟していたとは言え、ふっとこみあげるものがあり、この戦争で戦死した身近な人々のことを思い出し、心で泣いていたように思います。

その日から、時々会社に出ながら、ともかく内地（日本）に帰ることを考えました。母と相談した結果、当時母の姉一家が住んでいた長野県諏訪市の母の実家に居候《いそうろう》させてもらうことにして、荷物の整理にかかりました。今考えてみると、実に馬鹿らしいことを信じたものだと思いますが、「警察府の残務整理で五人家族なら七個まで荷物を預かり、引き揚げが一段落したところで日本に送り届けてくれる」というので、二ヵ月かけて、大切なものを七個にまとめました。それをどのように預けたか…たぶん弟がやってくれたものと思います。

十月二日、いよいよ出発です。京城の東はずれ郊外の往十里から京城駅まで歩きました。荷物を朝鮮の人の引く人力車に乗せ、その上に四歳になった妹を腰かけさせて、あとの四人は歩きました。人力車は早いので長い道をついていくのは大変でした。時々人力車が見えなくなると、荷物より妹のことが心配で生きた心地がしませんでしたが、無事に京城駅に着いた時は、少しでも疑ったことは申し訳なかったと思うのでした。

アメリカ軍は九月初め頃、京城に進駐してきていました。横浜などでアメリカ兵が若い女性に乱暴をしているなどとのデマが伝わってきていましたので、道で声を掛けられると一目散に逃げた経験もありました。しかし引き揚げのため京城駅の待合室で一夜を明かした時は、そのアメリカ兵に守ってもらったのです。彼らは妹たちにも笑顔で優しく接してくれました。

京城駅を出発したのが十月三日の朝。列車は途中で何度も止まり、急行で八時間で行ける釜山まで、一昼夜かかったような気がします。同行したのは私の勤めていた会社の人たちの家族で、多くは年配の人や女子どもでした。

釜山では小学校の体育館に寝泊まりさせられましたが、そのとき所持金などの検査があり、私の銘仙の着物地を取られてしまいました。お金の持ち帰りは、貯金も含めて一人二千円までで、わが家の持ち合わせには程遠い額でした。釜山で何泊したか、はっきり覚えていません。日本人の引き揚げ者が溢れていて、何日待ったら引き揚げ船に乗れるかわからないのです。おにぎり一個の値段も日に日に高くなり心細くなってきたので、いっそのこと高い料金を払っても闇船に乗って早く帰国したい気持ちになりました。

大人一人二百円という大金を払って会社の仲間一同が闇船に乗りました。ハシケに乗ったところで、アメリカ兵の乗ったボートが近づいてきて、男性用の時計などを取っていきました。闇船は六十九トンと聞きましたが、二百人余りが乗っていて、皆が座り込むと歩くのに苦労するほどでした。途中、対馬の港に寄り、夕方出港。島の灯も次第に見えなくなり、玄界灘なのか日本海なのか、あたりは真っ暗闇。船は東へ流されている感じがして、いつ日本の港に着くのか不安は募るばかりでしたが、初めて見た夜光虫の美しさは今でも瞼の裏に焼き付いています。

忘れられないのは、排せつを船縁の外に作られた囲いの中でしなければならず、船縁を必死の思いで越えて下を見ると、日本海の荒波が打ち寄せていて、生きた心地がしませんでした。夜が明ける頃、船は方向を変えて進み、昼ごろ門司港に着き、上陸。五年半ぶりに日本の土を踏みました。

日本に着いてホッとしたのも束の間で、関門トンネルを初めてくぐり感激した後は、その秋の台風や戦争の被害のためか山陽線は寸断されており、宮島あたりで多額の船賃を取られて海上を行き、線路の上を歩いたり、無蓋車の石炭の上や、馬糞だらけで真っ暗な貨車に乗ったり、柳井駅では一晩中ホームで寒さのために震えていました。焼き払われて人影のない広島は、昼間通過したので、この目でしっかり見ました。

広島から岡山までは九州方面から四国へ復員する兵隊さんに飯盒炊きのご飯などをいただき、下の妹を抱いて歩いてもらったりして、本当にありがたかったです。しかし、その後が大変でした。その頃は、会社の仲間とも別れ別れになっていて、周りは知らない人ばかり。それに皆くたくたです。最後に歩いた明石のあたりでは荷物を投げ出したくなっていました。

神戸の灯りを見る頃から、漸く列車は順調に走り、名古屋と塩尻で乗り換えて、故郷の長野県諏訪市にたどり着いたのは十月十四日、京城の家を出てから十三日目でした。

（『私の八月十五日』掲載の手記に二〇一四年八月八日加筆）

氷点下数十度と、飢え

元横浜支部　花房　美子

一九四五年の夏、弥生在満国民学校四年生だった私は、母と中学二年の次兄と三人で旧満州国奉天市に暮らしていました。なにしろ七十年近く前のことですので、衝撃的なことを断片的にしか記憶していませんし、当時、どんな生活をしていたのかはまったく覚えていません。

ある日、突然、表の広い通りに大きな穴が掘られ、何となく周りが騒がしいと感じました。それはソ連が参戦したので、戦車などを通過できなくするためだったのだと、後年になって知りました。

そして迎えた「一九四五年八月十五日」。この日が、私の恐怖の始まりでした。夕刻、それまで聞いたことのなかった銃声がすぐ近くで響き、私たち一家は暗がりの中で震えながら夜を明かしました。

翌日、暴動が始まりました。大勢の人が押し寄せて来て、玄関や勝手口をドンドンと叩き始めました。出入口とは別に、家の表側と裏側には窓がありましたが、窓には泥棒除けの鉄柵があって、そこから外には逃げられません。何分ぐらいだったでしょうか、生きた心地がしませんでした。窓の上方に、体がやっと通れるだけの隙間があったので、そこからどうにか逃げ出しました。もう家には戻れません。混乱の中、少し離れた神社に避難しました。そこは私たちのように避難して来た人たちでいっぱいでした。

母は以前から病気がちだったのですが、この騒動で一層悪化して、医者にもかかれないまま、九月十四日に息を引き取りました。四月から学校の寮に入っていたはずの長兄が、いつの間にか私たちと一緒にいたのは不思議です。

兄妹三人では隣組の仲間には入れてもらえず、親戚も遠く、兄はほとほと困ったに違いありません。何度か行ったことのある父の同郷の友人を頼りました。しかしそのおじさんは、以前会った時とはまるで別人でした。当然のことかもしれませんが、やはり子ども心にショックでした。

そこの家族は知人とともに敗戦直前に帰国したらしく、おじさんだけが残っていました。行き場がなかったので、下の兄と私だけがその家に置いてもらうことになりました。そこの一階で、おじさんは歯医者をしていました。戦後は特にソ連兵の患者も多く、たいそう儲かっていたようです。

私はきっとみすぼらしい恰好をしていたのでしょう。患者のおばさんから古いズボンと上着をもらいました。それが私はとても嬉しかったのです。なぜか、おじさんには叱られてばかりいました。

その家の向かい側の学校は、開拓団の人たちの避難所になっていました。冬は気温が氷点下数十度に下がります。布団も防寒着も乏しく、不自由な生活だったと思います。発疹チフスが流行り、飢えと寒さと病で大変だったようです。遺体を馬車に山積みにしていくところを何度も見ました。その光景は今でも忘れられません。

夜は寒く、私と兄は一階で体を寄せ合っていましたが、おじさんは二階でぬくぬくと過ごしていたようです。

長い年月が過ぎたように感じました。暖かくなった頃、気づくと、開拓団の人たちはいつの間にか引き揚げてしまっていました。歯医者のおじさんも、軍服を着て、どこかに行ってしまいました。

私たちの引き揚げは長い旅になりました。奉天から港まで（何という港か覚えていません）無蓋車に乗って数日。港から貨物船に乗って舞鶴に到着しました。舞鶴に上陸し、何ヵ月ぶりかで入浴をしました。ＤＤＴを頭から真っ白にふりかけられました。本籍地に着いたのは六月の末ごろでした。

敗戦の日から十ヵ月後のことでしたが、子ども心には長い、長～い月日に感じられました。身の上も変わってしまいました。もしかしたら私は残留孤児になっていたかもしれないのです。引き揚げ後すぐに、兄弟妹揃って写真を撮りました。しかし、それを今でも見たくありませんし、兄たちともその頃の話はしません。

二十一世紀に入った時には「平和な世紀になりますように」とちょっぴり期待しました。しかし、それどころか、９・11以後は、中東地域を中心に争いが起こり、難民の数も増え続けています。憎しみの連鎖、にっちもさっちもいかない状況です。どう解決できるのでしょうか。老いた身で心を痛めています。

（『私の八月十五日』に掲載された文に二〇一四年十一月二日加筆）

満州から朝鮮へと逃れ、博多港へ

熊本婦人有権者同盟　古澤　佳美

満州での生活

一九三一（昭和十六）年、瀋陽（旧奉天）北方の柳条湖の鉄道爆破事件を契機とする満州事変があり、中国東北部への侵略戦争（十五年戦争）が始まった。そして六年後の一九三七年には日中戦争へと突き進んでいった。当時、子どもだった私は、戦争を感じることもなく穏やかな日々を過ごしていたように思う。一九四〇年に小学校へ入学した時は、「紀元は二六〇〇年」と歌をうたって祝った。

当時使用していた筆箱には、軍事同盟を象徴する「日・独・伊」の国旗がついていた。こうして在満日本人の中にも軍事色が濃くなっていった。

学校では黒板に世界地図を貼り、日本軍の勝利を聞くと、「兵隊さん、ありがとう」と喜んで、日の丸の旗をつけるのが朝の日課となった。

次第に戦禍の足音が忍び寄り、学校にも防空壕が掘られ、家庭では贅沢は許されず、「欲しがりません　勝つまでは！」と、庭にジャガイモを植え、ニワトリを飼育した。

ソ連参戦

一九四五（昭和二十）年八月九日、突然のソ連参戦（当時、ソ連とは不可侵条約が締結されていた）。夜半に空襲警報が鳴り響き、家族は枕元にあるモンペと防空頭巾を身につけ、防空壕へ駆け込んだ。ソ満の国境は陸続き、戦車部隊も攻めてくるという。すでに近くの佐官級の官舎には人影がなかったそうだ。それは何を意味するのか？

二日後、夕刻帰宅した父が「行先は分からないが避難するので準備をするように」と言った。母は数時間で準備をした。荷物は一家族二個までと制限され、冬物衣類、着替え、野宿に備えて敷物、リュックサックの中には救急品、非常食、おにぎり、茹で卵など。私はランドセルに教科書を入れた。

官舎に住む三十余人と一緒に用意された荷馬車に乗り、住み慣れた家を後にした。馬車に揺られたためか、私も弟も気分が悪くなった。暗い中、着いた所は長春（旧新京）駅。広場は避難する人たちでごった返していた。雨に降られながら一夜を明かした。列車の手配がなかなかつかない。翌十二日に何両かの無蓋列車（屋根のない石炭用の貨車）がやっと来た。私たちは貨車の中で足を伸ばすことすらできないほど詰め込まれた。止まっては動き、また止まる。おにぎりを食べている満州で生まれた二人の弟には、初めての旅だった。途中の駅では、乗り遅れたのか、子どもが一人ホームで泣いていた。

本線に近い都市に住んでいた私たちは幸い早く出発できたが、奥地にいた人や開拓団の人たちは、ソ連兵に追われながら歩き、食料もなく、本線にたどり着くまでに命を落とした人が多かったと聞く。若い女性は顔に墨を塗り、髪を短く切って男装した。当時十八歳だった知り合いの女性は、青酸カリを持たされたそうだ。

長春（旧新京）→瀋陽（旧奉天）→丹東（旧安東）→鴨緑江を渡り→新義州→平城→南浦（旧鎮南浦）と、三日二夜かけて北朝鮮に入る。鴨緑江を渡る時、「新京とサヨナラだね」と母は言った。

平城は満州からの避難民でいっぱいで受け入れてもらえず、関東軍の疎開本部は、私たちを南浦で下車させた。

北朝鮮での生活

南浦で降りた私たちは、日本人の家にお世話になるのだが、その割り当てに時間がかかり、その間、家の軒先に座り込んでいた。暑い八月十四日だった。どこかのおばさんに飲ませてもらったカルピスの味が忘れられない。

翌日、ラジオの放送で敗戦を知らされた。武装解除により、父たちはすべての物を朝鮮の警察に出した。翌日には平服に軍刀を差した北朝鮮の男性が町の治安に当たった。

そのうち、ソ連の部隊が進駐してきて、すぐに大きな家から順に接収され、私たちは十ヵ月の間に七回転居を余儀なくされた。そして、時計、万年筆、衣類が食料に変わっていった。男性は使役に駆り出され、それでわずかな食料を買い、女性は袋貼り、雪掻きに出た。学校へ行けなくなった私は、母の手伝いをしようと、水汲み、早朝のオカラ買いに母と並んだ。炊事場、トイレなどは共同で使用した。流しを詰まらせた時には「誰がしたの」と叱られた。石炭屑と赤土で豆炭を作ることも覚えた。

秋になり、リンゴ園の倉庫で暮らしていた時には、新しい命の誕生もあったが、一方、皆の体は次第に弱っていき、不安が重なって、幼児から次々と栄養失調や肺炎で命を落としていった。

同室だったまり子ちゃんは、寒い日、「おかあさん」と呼ぶ声も出なくなり、翌日逝ってしまった。私の家族も発疹チフス、栄養失調による黄疸に罹患した。仮設の診療所に薬はなかった。私たち子どもは、詳しい事情は分からないながら、「日本へ帰れますように」との願いから、〝こっくりさん〟（占いの一種）をするようになった。

近くに朝鮮人の家があった。庭いっぱい白菜を並べ、漬物作りが始まった。朝鮮人が私たちに危害を加えたり暴言を吐くことはなかった。ある日、「食べなさい」と何かをもらった。今思えば〝辛子めんたい〟だったようだ。

朝鮮人に「暴力を振るわれた」「略奪された」などと聞いたことがあるが、その原因は何かを、日本人は考えなければならないのではなかろうか。

三八度線を目指す

日本へ帰りたいという思いがピークに達した。南浦の港で汽笛が聞こえると、「迎えの船だ！」

と船を見に、丘に登ったこともある。このままでは死を待つばかりだと、脱出計画が始まった。たった一つのリュックの中に、鍋一つ、塗物の皿、満州から持ってきた貯金通帳、木綿風呂敷、母の防空服（後に私のセーラー服になった）を入れた。私は水筒に水をいっぱい入れ、ランドセルは捨てることにした。前途に待ち構える苦難の何たるかも知らず、日本へ帰れるというう れしさいっぱいで出発した。

大同江に接岸されている、川船（お金を出し合って朝鮮側からチャーターした）に乗り、川上に向かう。どれだけ上がっただろうか、畑の中に降ろされた。ここから先は徒歩で行くことになった。ソ連兵から身を隠し、銃声に怯えながら、家族は手を繋いで歩いた。夜は空き家の軒先で夜露をしのぎ、川の水で顔を洗って、また歩く。弟たち子どもも不平を言わずに歩いた。「日本に帰れば、どうにかなるからね」と言って、母は励ましてくれた。

幾日か過ぎた夜、地元の警察官数人が荷物の検査に来た。リュックの中には貯金通帳があった。それが見つかって住所を知られれば、軍関係の人間であることが分かり、私たちは足止めされ、父はシベリア送りになるだろう。母は「見つかりませんように」と心の中で祈ったそうだ。若い警察官は「自分は新京一中の卒業生で、日本の学生と机を並べて勉強し、仲良くしてもらいました。住所を見ればわかりますが、ここは見逃します。無事に日本へ帰ってください」と言って去っていった。こうして、私たちの最大の危機は回避された。国籍が違っても、争うことなく、お互いを信頼すれば心が通い合う好例ではなかろうかと、今は感じている。

川底の石に生えた苔に足をとられながら川を渡り、夕刻、三八度線の手前に着き、夜になるのを待った。ほとんど飲まず食わずで、皆やっと生きているような状態だった。途中、朝鮮のおばさんが売る大根漬けを食べた記憶がある。

それぞれ紐を出し合って繋ぎ、列になって、落伍しないよう紐をしっかりと握り、三八度線を越えた。次第に皆小走りになってしまい、ついていくのがやっとだった。「子どもを泣かせるな」「声を出すな」の注意があったが、母は小声で私たちの名前を呼び、安否を確認した。

どれくらい進んだろうか。先方に明かりが見えた。南北の境界線のアメリカ側の明かりだった。歩哨兵から二言三言問われた後、南朝鮮に足を踏み入れた。

開城のテント村へ連れていかれ、ここで帰還船を待つのである。当時開城は南にあり、朝鮮戦争後に北になった。乗船まで一週間を過ごした。乾燥トウモロコシを茹でたものが一日二回、食料として支給されたが、「腹痛を起こしたら乗船できない」と母は食べさせてくれなかった。

皆、足の力がなくなり、這うようにして山の方へ用足しに行った。

アメリカの貨物船で博多港へ

いよいよ乗船の日、持っていたわずかな米を炊き、周囲の人と分け合って食べ、テント村を出発した。アメリカの貨物船だった。この時初めて、アメリカ人を見た。

玄界灘から博多港へ。一週間、検疫のため船上生活を送った。沖に停泊している船からは、福岡の山々が見え、夜は町の明かりが見えた。安堵感から笑顔も見られたが、皆弱っていた。二人の水葬にも出逢った。

引き揚げの手続きを済ませた人々は、自分の出身地へと向かった。私たちが熊本へ帰り着いたのは六月二十三日、満州を出発してから十一ヵ月が経っていた。

あれから七十年が過ぎようとする今

「戦争ができる国」へと暴走している安倍総理！　敵の弾が飛び交う戦場、極寒のシベリアで家族を思いながら逝った人々、食べる物もなく着の身着のままで難民生活を強いられた人々、未だに原爆症で苦しんでいる人々の気持ちが分かりますか。どうか民意に目を向け、聞く耳を持ってください。

二度とこのようなことのないように、平和を願うばかりです。

（二〇一四年九月四日記）

遠い焚火

直属 松田 宣子

雨の降りしきる暗い夜空を、突き上げるように燃え上がる焚火の赤い炎。「マッカリ」「マッカリ」という男たちの上ずった声が飛び交う―。私の人生の記憶はそこを起点に始まる。四歳半にも満たない幼児だった私の、北鮮からの引き揚げの一場面の記憶だ。

私は日米開戦の二週間余り後に、兵庫県の片田舎で生まれた。一歳の誕生日を迎えないうちに、父の転勤のため朝鮮（今の北鮮）の清津へ、母に抱かれて渡った。その後、妹、弟が年子で生まれ、母が二番目の弟を妊娠していた一九四五年の八月十三日。父の働いていた製鉄所が突然、ソ連軍の海上襲撃を受けた。私たち家族はわずかな荷物を持って社宅を出て、母国へ向け、避難の旅を九ヵ月ほど続けなければならなかった。やっと三八度線を越えて南鮮（今の韓国）に入り、一九四六年五月に博多港に降り立ち、母国の地を踏んだ。

といっても、幼かった私に、避難の記憶はほとんどない。汽車の前の座席に坐る妹らしい少女のオーバーの木製絵柄ボタン、病院の床にずらりと寝かされた病人たちの中に横たわる母、近所の家の火事など。茫漠とした記憶の空間に浮かぶ欠片はあっても、実際の記憶と確信できるほどのものではない。自ら確信できる記憶といえるのが、雨の夜の焚火だった。それとて、父やその同僚たちの記録『清津脱出記』や、生前の母の話から、焚火が三八度線を越えたときの光景だとはっきり認識したのに過ぎない。

今、わが家には、母と妹、弟とともに私が映った、清津時代のセピア色の古い写真がある。戦争は始まっていても、まだ平穏な日々の暮らしがあった社宅でのスナップだ。その中で唯一の生存者は私だけ。一歳の弟は避難道中の城津で、母の背中で死に、ちゃんと弔いもできないまま、郊外の名もない山裾に葬られた。死ぬ頃は栄養失調で、這いずりながら、ネギの束をつかみ、芯を吸っていたと、母がよく語っていた。妹は、咸興で衰弱して二歳の命を閉じた。町はずれの墓地に埋葬された。避難途中に白岩で生まれた二番目の弟は栄養失調ながらも母に兵児帯で抱かれて日本に辿りついたが、頭を蚊に刺された傷口がおできになったのがもとで、敗血症になり、一歳の誕生日を待たずに死んだ。この弟のことは記憶していて、骸に掛けられた群青色の着物にうじが這い、母や伯母があわてていたのを覚えている。田んぼの中の火葬場で骨揚げのとき、小さな骨壷なので骨が入りきらず、作業のおじさんが二つにぽきんと折ったとき、「いたい!」と思った気持ちが今でも残っている。父の郷里の墓地にお骨を納めるまで、母は時々、その弟の骨壷を開けては、じっと見つめていた。燃料不足の時代だったからだろう、おできを覆った絆創膏が焼け切らずに遺骨の間に残っていた。母の肩越しに四歳の私もまた、見つめていた。その弟の写真は一枚もない。しかも、私の記憶にその存在はあるのに、なぜか顔だけが消え落ちている。

北鮮生まれのきょうだいをすべて亡くし、残った私は「死」の恐怖に囚われていた。父の記録によると、妹と上の弟が亡くなってから、ほとんど口も利かなくなっていたという。帰国後も、田舎道を歩くのさえ、怖くてたまらなかった。向こうから、牛がくる。人がくる。そのたびに、母に「逃げよう」と言った。すべてが、自分に危害を加えるものに思えたのだった。「大丈夫」という母の衣服にしがみつき、牛や人が通り過ぎるのを、息を殺して待った。

近所のお葬式があるから、「留守番しておいで」と、言われたら、もう震えが止まらず、練炭のこたつに潜り込んで、赤い火を見つめていた。よくぞ、一酸化炭素中毒にならなかったと、今、思う。

弟のお骨を父の郷里、群馬県の墓地に納骨するとき、私は母の郷里である金沢の祖父の家に預けられた。戦後間もない混乱期はその方が無難だったに違いない。秋だったのだろう。祖父が庭のザクロの実をおやつに出してくれた。が、私は見事に赤く、きれいな実を見つめたまま、手を出さない。何度もすすめる祖父に、私は聞いた。「これ、食べて、死なない?」祖父は唖然とした顔を浮かべたが、すぐに自分で一粒食べた。やっと、私は一粒つまみ、口に入れた。甘かった。おいしかった。

私は食欲よりも、「死」のほうが怖い子どもになっていた。だから、あの食べ物の乏しい時代に空腹の記憶はない。ただ一つを除いて。それは、金沢駅でのおにぎりだ。

納骨を済ませた両親と私は金沢駅で、父の職場のある兵庫県に帰るため、汽車を待っていた。汽車に乗ること自体、大変な頃だ。駅は人でごった返していた。急にお腹が空いてきて、祖父の家を出るときに、祖母が作って持たせてくれたおにぎりを思い出し、「食べたい」と、母にせがんだ。汽車に乗るまで「待っていなさい」という母にしつこく頼んだ。しぶしぶ、母が出してくれた丸いおにぎりを一口噛んだ。

そのとき、「ちょうだい」と、子どもの声と手がいっしょに私の顔の方に伸びてきた。思わず、その手から逃れるように、私は体をずらして、二口目を食べる。すると、声と手もまた追いかけてくる。「だから、まだ、待っていなさいと言ったでしょ」と、母の怒り声も加わる。追いすがる声と手から体の向きを変えながら、私はもう、ひたすらおにぎりを飲み込む。おにぎりの味などしない。最後の一口を食べたとき、その子どもは黙って離れて行った。私と同じくらいの年に見える、男の子だった。

このおにぎりの思い出は、私の最初の反省として、ずっと、今も心の底に重たく沈んでいる。たぶん、戦争孤児だったのだろうあの子も、健在ならば、七十代になっているはずだ。会えたら、「あの時はご免なさい」と、一言いたい。

避難途中で出産し、発疹チフスにまでかかった母は、頑丈な体格の人だったが、五十八歳で癌のため亡くなった。父も八十二歳で他界。わが家の引き揚げ時の記憶はもはや私にしかない。それも、記述のとおり、覚束ない。三人のきょうだいの存在証拠は戸籍謄本にあるだけだ。帰国一年後に生まれた妹には、そのおぼろげな記憶も、ろくに話していない。

（二〇一五年三月二日記）

私は〝デ・ラシーウァ〟

水戸支部 松本 美保子

私は一九三七年、ソ連との国境の近く、樺太恵須取郡珍内町字小田州に生まれ、一九四七年八月までの十年近くをこの地で過ごした。

小さな炭鉱町だったが、戦時中の一時期には、それなりの賑わいをみせていた。カフェ、おでん屋…今思えば、いかがわしい宿も並んでいた。

そんな一画で両親は理髪店を営んでいた。二面が大きな出窓、床はリノリューム張りで、当時としては明るくモダンな造りの店であった。職人や使用人もいて、何不自由なく暮らしていたが、それを一変させたのは太平洋戦争の開戦であった。

食料の自給ができない外地では、当然のなりゆきなのであろうが、深刻な食糧難が続き、人々の暮らしは疲弊していった。

支那事変で足を負傷した父が除隊していたわが家はラッキーであった。父はまだ三十代前半。ニワトリ、ウサギ、豚などの家畜を飼い、借りた畑でジャガイモ、カボチャ、トウモロコシなども栽培しており、力強かった。

しかし、敗戦となり、不安と恐怖の日々が続いた。人々はロシア軍を恐れ、慌ただしくトラックの荷台や荷馬車に分乗して南下を始めたが、ある日、許可なく帰国ができないことが分かり、それぞれの家へと戻っていった。家を出る際に「ロスケに取られるくらいなら…」と、自分の家に火を放って逃げた人もいて、住む家を失った人は難渋していたようだ。

それでも、夏は過ぎ、冬は去り、また春が来て、樺太の初夏は美しかった。白樺が芽吹き、白い樹皮が緑色に輝く刻《とき》、そして夕日に染まる刻《とき》の光景が今でも脳裡に浮かぶ。

食糧事情はますます厳しくなり、配給で得られる物は大豆ばかり。たまにコウリャンがあったりすると、大人も子どもも大喜びした。どんなに工夫しても大豆は大豆である。見るだけで吐き気をもよおすほどだったが、今考えてみると、その大豆の良質なタンパクが私たちを支えてくれたのだろう。私は人並み以上に体は丈夫で、体格もいい。

敗戦から二年を過ぎようとしていた頃、私たち家族にも帰国許可が下り、またもやトラックの荷台や貨物列車に乗せられて、大きな港のある真岡町へたどり着いた。真岡は女子学生が集団自決をした街としても有名なところであるが、その頃の私には関わりのない出来事であった。学校の体育館に二段か三段に仕切られた蚕棚のような物があり、その施設に押し込められて、迎えの船を待った。上の階からゴミや、時に〝おもらし〟をした水分が頭上に落ちてくることもあり、うんざりしていた頃に、やっと脱出することができた。

しかし乗った船は貨物船であった。人を運ぶようには出来ていない。人々は、暗い船倉の中でひしめきあって、何日かを過ごした。甲板への出口は縄梯子のみ。大人は大変だったに違いないが、子どもだった私たちはそれさえ楽しみに変えて遊んだ。

食物は、ほんの少し固形物の入ったスープに、ほんの少しの乾パン。それでも大人たちは故国に帰りつける喜びや安堵感で満たされていたように思う。

やがて函館の灯りが見え始めた時、デッキの上では肩や手を叩き合ったり、抱き合ったり、飛びあがって泣いている人もいて、子どもだった私には何とも異様な光景だったが、…この年齢になった今は、その気持ちがわかるような気がする。

私にとってつらかったのは、むしろそれからの数年間だった。文字通り、着の身着のままで祖父母の故郷へと戻ったのである。大歓迎されるわけもない。人並みな暮らしを取り戻すまで数年を要した。

物心つく頃に故郷を失ってしまった私は、未だに地に足のつかない暮らし方を選び、自らをデ・ラシーウァのバボと名乗り、半ば自嘲的に己の来し方を披瀝している。バボはロシア語で、〝おばあちゃん〟の愛称、とても気に入っている。

＊デ・ラシーウァ　根なし草、根っこを失った者、故郷を持たない者と解釈のできるフランス語。

（二〇一五年三月九日記）

あの夏　山河を越えて
――終戦・引き揚げ・市川房枝との出会い――

直属　山口　美代子

わたしが　一番きれいだったとき
わたしの国は戦争に負けた
そんな馬鹿なことってあるのか
ブラウスの腕をまくり　卑屈な町をのし歩いた

茨城のり子さんの右の詩は、モンペ姿の制服、彩りのあるものを身につけることのない世代、太平洋戦争戦局押し迫る一九四五（昭和二十）年三月に、今の北朝鮮にある元山高等女学校を卒業した私たち（第二十四回卒業）世代の青春の有様を象徴しているように思えます。

私たち家族が朝鮮に渡ったのは、私が横浜で小学校をおえての年。京城で二年、そして元山に移り住んだのは一九四三（昭和十八）年三月、元山高女には三年生菊組への編入でした。卒業式で「仰げば尊し…」を歌った時点で、五ヵ月後敗戦などと、まったく予期していない、すっぽり軍国教育を受けていた私たちでした。学窓を巣立つという胸のときめきとか、未来への夢とか、そんな感慨にひたることもまれでした。加えて、高等女学校は本来五年制でしたが、私たちの時から一年短縮（高等女学校規定制定によって修業年限四年に短縮）となり、一級上の学年と同時卒業という影の薄い立場での卒業生でした。

ちなみに、私たちの学年は、小学校名称の最後の卒業生で、次年から国民学校と名称が変わっています。何となく学校教育を受けることに縁遠い学年、いま当たり前となっている進学などという機会にも恵まれない世代でした。勤労奉仕＝学徒動員として、松根油掘り（どれだけの燃料補給になったのか）、植樹の苗植え、軍服のボタン付け、郊外にあった缶詰工場（軍への献納品）への動員などなど、体力だけは鍛えられました。皮肉にも、これらの団体行動や、語り合う機会の多い場での一体感が基盤となったのか、私たちのクラスは卒業後も結束が強く、それぞれの肉親の縁故先に帰国した七十八人の級友たちは連絡を取り合っていました。卒業から二十五年目の一九七〇（昭和四十五）年の夏に箱根で第一回クラス会を開いて以来、三年ごとに、それはやがて隔年に開催するようになりました。

異国となった母校を思い、元山の街を懐かしむ会話が途切れなく続く、楽しいクラス会であっても、回顧の中で、戦争の悲惨さを一番よく知っている私たちでした。つらいことは忘れてしまいたい、そんな葛藤を越えて、戦争体験を風化させてはならないと、次世代につなげていく意味の重さを感じていました。そして、一九九八年三月、私の編集により『あの夏　山河を越え　いま　友の絆』という、四十一編の寄稿による文集を出すことができました。そこには悲惨としか言えない、引き揚げの苦難の道程があり、帰国した敗戦間もない故国は、住む・食べる・着るの暮らしの三原則を維持することに精いっぱいの窮乏極まりない社会状況であったことが語られています。

次の文は、その文集に記した私の朝鮮での体験に加筆したものです。敗戦当時、私は元山女子師範学校に進学していました。

八月十五日・それから…三八度線を越えて…

『あの夏　山河を越え　いま　友の絆』より

敗戦の日

八月十五日、ことさらに青空、灼熱の太陽が校庭を照射していた。昨日までこの校庭いっぱい使って、クラスごと競って飛行機に被せる〝偽装網〟を綯っていたところである。正午前、全生徒がこの校庭に集合した。居並ぶ教師陣はうなだれ気味、慣例になっている教訓めいた話や戦意高揚の訓話もなく、ただ一言、「只今から重大な放送があるから、よく聞くように」と。

校庭の中央に机が置かれ、その上にある小さなラジオが不気味だった。ラジオの電波は乱れて、雑音が入り、内容もよく理解されないまま、うなだれて聞いていた。そして覚束ないながら、戦いが終わったことだけ感じ取れた。妙に聞き慣れない抑揚のある話しぶりだと思ったが、その放送の声が天皇であったことを知ったのは、しばらく間をおいてからのことだった。

そこで教師陣からコメントがあったかどうか、いま全く記憶がない。私たち生徒は、なぜか校庭のまわりの木陰で、けだるく、不安な気持ちを寄せ合って、たむろして長い間居座っていた。「戦争が終わったみたい」「負けたということ?」「これから私たちどうなるの」などなど、お互いに探り合うように、同じ言葉だけを繰り返して、呆然としていた。昨日まで敗戦という語は禁句だったはずだ。何もかも時間が止まってしまったように思えた。

元山女子師範の同級生の中には朝鮮の人も少人数ながら共に学んでいた。比較的物静かと思っていた彼女たちの中の一人が、足早に私たちの傍らにきて「日本、負けたんでしょ!」と言葉きつく確認するように投げかけた。その顔は微かながら不思議な笑みを浮かべているように私には見えた。彼女に圧倒されたまま「そうみたい」とだけ言って目を伏せたこと、彼女の異質の視線がいまも私の記憶に深く残っている。

戦争が終わったことの安堵感は、灯火管制のないその夜を迎えて、より現実的に開放感をともなって胸のなかに広がっていた。その後にくるものに思い致すこともなく…。

父の連行、急変する生活

ソ連軍が日本に宣戦布告をしたのは一九四五年八月九日、満州と朝鮮半島に侵略を開始した。元山に上陸したのは、日本敗戦後の八月二十一日だった。それから数日後だったろうか、朝鮮の保安隊員とソ連軍兵が連れ立って、官舎住まいのわが家の玄関に現れた。それだけでも不気味だった。一言二言問答の末、彼らは父を連行していった。その直前、父は「しばらく家を留守にするかもしれない」と言った。「なぜ?」、私はそれだけ言ったように思う。当時、判事をしていた父にしてみれば、あらかじめこの状況を予知していたのだろう。一見冷静にしていたが、背広に着替える時のしぐさに、日常と異なった父の姿を見た。母は倒れそうになって、玄関を出る父を見送っていた。戦い敗れたことの代償が、こういう形で身内のものに及ぶことなど、当時の私の頭の中には巡らぬことだった。

父のいない住まいの中、次第に減っていく家財道具、衣類だったが、父の蔵書だけは処分先のないまま押入のなかに積まれていた。押入は、ときどき徘徊するソ連兵からの隠れ場所でもあった。何もすることがなかったこともあって、その押入に入り、世界文学、日本文学全集を手当たり次第、乱読した。時の状況がそうだったのか、妙に印象的に興味深く読んだのは、たしか『巌窟王』(デュマ作)だったように思う。

間もなく、官舎であった住まいは、立ち退きを余儀なくされ、家族は指定された近くの二階の一部屋に住まうことになった。むろん炊事場所もままならず、廊下にコンロ、下階から水を運んで、なんとか食事の支度をしていた。

母はこの年の春、急性肺炎で生死を乗り越えての体だったこともあって、手際のよいことを求められる共同生活には不向きだった。洗濯の仕方、水の使い方などなど、下階の奥さんによく嫌味を言われている姿は、たまらなく不憫だった。トイレも下階の家族の居間を通っての用足し。不自由と気兼ねの生活だった。

父の釈放

父が釈放されたのは、その年も押し迫った十二月三十一日だった。その間、元山の郊外にあった刑務所へ、何里あっただろうか、母は毎日毎日、一日も欠かさず父のために昼食を作り、私も協力したが、ほとんど母が差し入れとして運んだ。母は煙草巻きのような内職も覚え、また少しでもお金になりそうなものは、食料品代に替え、露天市場に出かけ、父のための弁当惣菜を用意した。食べ盛りの弟二人と私は、ちょっと羨ましい思いもしながら、父が箸をつける姿を思い浮かべて我慢した。

一度だけ、父が所外で労役をしているところに出合せたことがある。私は思わず声をかけてしまった。声が届いて、ちらっと私の方を見て「おぉ！」と応えてくれたものの、周囲に気遣ったのか、全くそっけなく、顔をそむけて作業を続けていた。普段から余計なことは言わない人だったが、とにかく元気でいるなと思っただけでもホッとした。

大晦日、いつものように母は刑務所の差し入れ口へ。その日同道した私は少し離れたところで立っていた。突然、母が涙しながら「ありがとうございました」と、何度も頭をさげている。父は、もうすでに釈放されて家路に向かったという。急ぐ帰路の道中、母は「明日はお正月だから、何とかおいしいお弁当をと思ったので、今日はとても粗木で悪いなーと思っていた中身だったのよ」と言った。その弁当はお礼の気持ちだと言って窓口の人に置いてきた。

元山を脱出

日本本土では、もう野球や相撲をやっているという噂を聞いて、何か違う世界での平和な時代を憶測し、一日千秋の想いで帰国の日を待った。元山はソ連から逃れてきた人たちのたまり場となり、日本人収容所がたくさんできた。私たちは土地の人間で、家にいることができたので、まだ恵まれていたが、学校の講堂のような所に収容されている人たちは、本当に気の毒だった。どうやってご飯をつくって食べていたのか、想像もつかない。

敗戦後、いわゆる北緯三八度線を境に朝鮮半島は分断され、北朝鮮に位置していた元山から故国への正式帰国の目途は全く立たなかった。

かつて官舎にいた時、私たちの隣には、検事一家が住んでいた。この検事さんも父と同時期に連行された。判事だった父は大晦日に釈放されたが、検事さんは職業がら朝鮮人の恨みをかったのか、シベリアへ抑留されてしまった（彼は、翌年、体を傷めて釈放された。また捕まるのではないかと恐れ、家族からは身を隠し、一人でそっと日本へ帰って行った）。私たちは父がまた連行されるのではないかと不安だった。何とか三八度線を越えて、南朝鮮に行きたいと、私たちは待ち望んだ。

元山を脱出したのは、一九四六年の四月二十七日だった。私たち一家は隣の小さい子どもを連れた検事一家と共に十人ほどが一団となって、鉄原のあたりまで列車で行った。列車から降ろされた後は、朝鮮人の民家に泊めてもらいながら、全くの身一つで五日間歩き続けた。「なんて無駄な戦争だったのだろう」と思いながら歩き続け、川のほとりにたどり着いた。この川を渡れば、三八度線を越えることができるのだ。

五月に入り、岸辺の緑がまぶしかった。病身の母は川を見てホッとしたのだろう。久しぶりに見た母の笑顔が、七十年を経た今も目に浮かぶ。どうやって川を越えるか、みんなで思いを巡らしていたその時、黒いマントを着た一人の男性が現れ、私たち一行は呼び止められた。土地の保安隊員であった。「この先、どうなるのか」。大人たちは結束して相談し、残り少ない手持ちのお金を出し合って、保安隊員に哀願した。その結果、渡し船を用意してもらい、無事三八度線を越えることができた。

「三八度線を越えた」という安堵感のためだろうか。その後、開城付近にあった日本人の終結場所まで、どのようにして辿り着いたかの記憶は定かでない。開城付近でアメリカ軍の検閲を受けたとき、長く忘れていたチョコレートの匂いがした。体全部に、思い切り消毒薬（DDT）を撒かれ、真っ白になったことを思い出す。

帰国

京城（今のソウル）から列車で釜山まで行き、釜山から船で博多へ向かった。その船中で、偶然、女学校時代の友人や教師に出会えたときは本当にうれしかった。

博多に着いたのは五月四日だった。肉体的にも精神的にも、生きる極限状況での帰国だった。博多から実家のある横浜へ、そうして奇跡的に残っていたわが家にたどり着いた。両隣は空襲で焼け落ち、小学校六年まで過ごしたわが家の辺りは焼け野原だった。その後、物のない、苦しい生活が続いたが、私たちには堂々と帰れる家があったのは幸いだった。

（以上、文集より）

市川房枝との出会い

日本に戻って間もなく、父の復職で北海道の函館・旭川に移り住んだ私は各地の市立図書館で図書館業務に携わりました。やがて上京し、一九五八年からは国立国会図書館に勤務しました。折しも安保条約改定阻止を訴える平和、民主運動が活発化し、一九六〇年に入ると国会議事堂周辺はデモが絶えることがなく、私はその光景を図書館の書庫の窓から見つめていました。

時を経て、私の仕事のポジションは政治史料課・憲政資料室が担当となりました。その業務の一つに「政治談話録音」というのがありました。憲政史上における重要な役割を果たしている生き証人を人選し、その声を記録、音盤化して、三十年間非公開で後世に残すという仕事です。その対象者として、参議院議員・市川房枝の登場を願うことになりました。その承諾交渉から質問内容の検討などを私が担当することになり、一九七七年夏、何度か参議院議員会館へ足を運びました。打ち合わせでは、歴史の事実検証ならば答えを間違えてはならないと、資料を裏付ける下調べは綿密にし、録音日が決まるまでかなりの時間を要しました。

第一回録音が実現したのは一九七八年三月二十九日、第二回が五月十九日で、延べ七時間に及びました。戦前の部として、自ら主導した女性の政治参加要求運動の記録を、情熱のこもった自らの声で残されました。当時、選挙とカネ、政治腐敗など政局の構図を懸念し、奔走していた市川房枝は、多忙を極めていたこともあって、戦後の部の録音は延期されたまま実現せず、未完となってしまったことは、悔いるばかりです。

平和なくして平等なし

いま私は、市川房枝記念会で、市川関係史資料と向き合って、その整理に携わっています。女性が全く政治の世界から閉ざされていた時代、市川房枝が主導した婦人参政権獲得運動を主とする戦前期の史資料。戦後の女性団体組織、国会活動、政治浄化、理想選挙など、市川房枝の足跡を実証する膨大な原資料群です。戦前期の史資料が現存しているのは、戦時中、戦火を逃れるべく東京郊外へ疎開させた市川の資料重視の証かと胸を突きます。

直接声の記録としては残りませんでしたが、市川房枝は、没した年、一九八一年の年頭挨拶で、二つの課題、平和と女性の地位向上について述べています。「平和なくして平等なく　平等なくして平和なし」。この言葉は、戦前・戦中・戦後を生き抜いた市川房枝の淀みない精神の象徴であったに違いありません。「戦争って、なんて無駄なことなんだろう」と思いながら歩いた、あの引き揚げという私自身の戦争体験を通し、また残されたたくさんの資料や言葉から学び、今、私も市川房枝の信念と共にありたいと思っています。

（二〇一五年四月記）

平和な世界へ

国民学校最後の世代から

賛助員　秋山　淳子

私は、一九三八（昭和十三）年、長野県松本市に生まれた。その年の四月に国家総動員法が公布され、前年一九三七年七月には日中戦争の発端となった盧溝橋事件が起きている。私が生まれ育った時代は、思えば、第二次世界大戦に向けて着々と準備が進行していた時代だった。松本には陸軍の連隊があった。母から聞いた話だが、たまたま連隊の行進に遭遇した母に、馬の手綱を持っていた兵隊から「これを投函してください」と手紙を託された。その兵隊は、必死の形相で馬の腹の下をくぐってきたという。何をするにも不自由な時代だった。

そして今また、日本は第三次世界大戦に向かいかねない様相を呈してきている…と感じるのは私だけだろうか。

国民学校最後の世代

教師であった父の転勤で、私は木曾谷で子ども時代を過ごし、一九四五（昭和二十）年四月、上松国民学校の一年生になった。国民学校最後の世代である。

友だちの父親が徴兵され、送りに行った…、昨日までいた馬が翌日いなくなっていた…、トラックの音かと道の端へよけたら、B29の音だった…、夜中に名古屋が爆撃され、炎が真っ赤に空を染めるのが信州木曾谷からも見えた…、電灯の笠に黒い布をかけた…など、戦時の記憶は非常に断片的である。

今の私は、むしろ戦後の時代に大きな影響を受けて形成されたように思う。一九四五年八月十五日の放送を聞いた記憶もあるが、定かではない。教科書はわら半紙に印刷されたものを自分で綴じたのを覚えている。八月十五日過ぎ、それを部分的に黒く塗った記憶もある。

父の教え子の親に支えられ

戦前、信州は木曾川のダム建設を計画し、その労働力として朝鮮人、中国人を強制連行してきた。戦後もそこに留まった朝鮮人たちの子どもが父のクラスにもいて、私は父から「今日はあの子にオムスビを半分あげた」というような話を聞いて育った。台所の壁には「アリラン」の歌詞を書いた紙が貼ってあった。きっとその教え子が教えてくれたのかもしれない。当時は通名であったので気づかなかったが、私のクラスにも在日の友人が何人かいた。

戦後の食糧難の時代、母が「わが家には盗まれるほどお米がある」と言っていて、私は「農家でもないのになぜかな」と不思議だった。教え子の親たちが「先生を飢えさせるわけにはいかない」と、届けてくれていたようである。母が着物と米を交換していたのは覚えているが、それ以上に、教え子の親たちに助けられていたのだ。

かつて、満州総督府の役人との縁談があった母に、「教師は戦争にとられないから」と、母方の祖父が同じ学校にいた教師の父との結婚を勧めたそうだ。このことを母から聞いた時には、「満州の方が波乱万丈で面白かったのに」と、不埒《ふらち》なことを思ったが、そうなっていれば私の存在はなかったかもしれない。

民主主義を問い続けたい

小学校三年生の時の担任が軍隊帰りで、よく殴る教師であった。ある時、廊下を歩いていたら、訳もなく殴られた。なぜかわからず、教師を睨みつけることしかできなかったが、私は大いに傷つき、教師という人種を信じなくなった。たぶん、親には言わなかったと思う。そのことが、逆に私の中に、暴力＝戦争という構図をしっかり位置づけたように思う。

一九五〇年、小学六年生の夏休みに観た映画『きけ　わだつみの声』が私に強烈な反戦意識を芽生えさせた。明白な人権意識があったわけではないが、自分自身が居心地の悪いことはしたくない、というのは今も首尾一貫している。反面教師のあの教師はともかくとして、親も含め、その時々に私の傍らにいた大人たちによって私は育てられたことを実感する。

二〇一四年の選挙で、沖縄が〝平和主義〟という普遍的価値を選択した。これは〝デモス・クラトス→民衆の力＝民主主義の確立への一歩〟ではないかと思う。

われわれは今後も〝民主主義とは？〟と問い続けていかねばならない。戦争への道を阻むためにも。〝ローマは一日にして成らず〟である。

（二〇一四年十二月二十八日記）

軍隊があるということ

松本支部 瀧澤 和子

私は、四歳の時に朝鮮で敗戦を迎えた。私自身のはっきりした記憶はこの前後からであるが、父は私が新制小学校にあがる頃、新しい制度の下で学ぶ娘の未来に期待を寄せ、戦争が二度とないようにと、自分の戦中の体験を熱心に語ってくれた。

弁護士になった父

父は旧制中学四年時、祖父が脳卒中で倒れたため高校進学を諦め、大学専門部へ進学した。代用教員の傍ら司法試験に挑戦、合格して、大学を卒えず弁護士となった。

父の中学卒業は世界恐慌時の一九二九（昭和四）年。折り紙つきの秀才たちが家業倒産で進学を諦め師範学校へ進む状況の時だった。

父が弁護士を目指した理由は、弁護士だった祖父が自由に意見を述べ、やりたくないことをやらずに生活している姿を見て、これこそ理想の生き方と思ったからだと言う。

祖父は三桁の登録番号の弁護士で、学識経験者として市議会・県議会に担ぎ出され、弁護士業務の実績はあまり聞かない。

当時の議員手当は年に一度、宴会で消えてしまう程度の額が支給されるだけだった。おまけに書生という名の食客が常に二、三人はいるという生活。祖母の持参金を費やしての生活だったのだが、父はその事実を知らなかったというわけだ。

昭和九年司法試験に合格、学費を援助してくれた祖父の弟子だった弁護士の事務所にお礼奉公をして、昭和十二年、郷里松本市に事務所を構えた。

当時、歩兵第50聯隊を置く松本市は日中戦争勃発もあって軍靴轟く軍都であった。

この雰囲気に危機感を抱く青年たち父の仲間は連日のように時局討論会を催し、文民統制が効かない軍部を批判し続けた。

会場は日に日に軍服姿が増え、終始、「弁士中止」の声がして、事実上討論会は不可能となる。祖母と父の二人暮らしの借家も軍服姿が取り囲むようになった。

母子二人きり、もし息子に獄死でもされたら、と不安にかられた祖母は、外地の判事に任官して松本を離れることを提案。持ち込まれた縁談もその線で進め、昭和十五年五月、挙式後朝鮮（今の韓国）へ赴任した。

母は昭和十六年三月私を出産、その三ヵ月後、重度の結核が発覚して隔離療養、一年後に亡くなった。

外地で乳飲み子を抱えた男やもめの父には縁談が山ほどあり、私が三歳になって再婚する。この後妻さんは、実家の母親に「父危篤」の電報を打って貰っては里帰りを繰り返す人で、玉音放送の日も実家に行っていて、そのまま内地に引き揚げるとの連絡があったままで絶縁した。

軍部の監視下におかれた父

旧憲法では裁判は天皇の名において行われ、天皇は人間にあらず、神だから間違うはずがないという前提に立っていた。でも実態は裁判官が行うわけで、裁判官の良心に依って裁判が進められるのは現行憲法と変わりはない。

ところが軍部がのさばっている状態では天皇の名も、裁判官の良心も棚上げされる。軍の命令は「日本人には疑わしきは罰せずの理で。朝鮮人には疑わしくなくとも極刑を以てあたれ」というものだった。

「証拠もないのに有罪にはできない」として、無罪判決を多発した父は軍部の厳しい監視下に置かれた。それでも父は、「陛下は赤子に差別をなさらない」と抵抗した。

軍人たるものは、「陛下」という語を座って聞いてはだめ、陛下なる語が発声される度に直立不動で敬礼しなければならない。頻繁に「陛下」なる語を用いて軍人の慌てる姿を見て溜飲《りゅういん》を下げた。このことが、やるかたなき憤懣《ふんまん》をほんの少し和らげたそうだ。

軍部の介入は人事にも及び、父は、進級はもちろん昇給もしなかった。

敗戦

玉音放送の時間、私は祖母と干し物をしていて何事が起こったのか知らずにいた。

「大変なことになった」と父が法院（裁判所）から早帰りしてきた。「戦争は負けた。日本に帰らなければならない。しかし段取りが着かない」というような説明を聞いた気がする。周りの家々に新しい旗が掲揚され、敗戦を実感した。

その晩、検事さんが「助けてくれ～」と喚《わめ》きながら飛び込んで来た。出刃包丁を持った暴漢に追われていると言う。検事さんを招じ入れ、祖母が追ってきた暴漢に応対した。冤罪《えんざい》の恨みだった。軍部に逆らうことの恐怖を説明して、暴漢にはお帰りいただいたと思う。

そんなことが二、三回あった。祖母は「お前の父さんは立派な人、心配ないよ」と言った。

引き揚げそして戦後の内地での生活

玉音放送から三ヵ月半が過ぎて連合軍から引き揚げてよいというお達しが出た。衰弱しきった祖母と、弱視だったが、当時視力をほとんど失った父と、四歳の私の引き揚げは過酷なものだっただろうが、不思議とつらかった記憶はない。「私がしっかりしなきゃ」と大人並みに荷物を背負って移動する毎日は緊張の連続だったことを思い出す。

引き揚げ後の何にもない暮らしを支えてくれたのは父の代用教員時代の教え子だった。南京から復員後、すぐ訪ねてくれた教え子が「東條閣下の命令」として行った軍部の残虐非道な行為、それを阻止できなかった自分の無能非力を泣きじゃくりながら話すのを聞いた。

昭和二十二年に私は小学校に入学した。新憲法と教育基本法を学ぶ会を父と仲間が開催した関係で、その内容を聴くことの多い生活だった。その影響からだと思うが、私は、父が差別的な判決を強いられたことや、兵士による残虐行為があったことなどは軍隊があることの必然の結果なのだと確信した。

平等なくして平和なし

戦争を是認すること（軍備すること）は、殺してよい命があることを肯定することになり、命を差別することである。

「平等なくして平和なし、平和なくして平等なし」。

市川房枝のこの言葉は、稚拙な表現力しかない私の気持ちを明快に代弁してくれている。

卒業五十年で小学校の同級会を催した際、「和子さんのことで覚えているのは、よく○○君と再軍備がどうのこうのと取っ組み合いの喧嘩をしていたこと」と言う人がいて、当時の記憶が鮮明に蘇った。その頃の私は「二十一世紀は戦争のない時代になる」と固く信じていた。

（二〇一四年九月十日記）

敗戦の時、私は八歳だった

横浜支部　西山　正子

私が住む神奈川県茅ケ崎市には、さまざまな市民活動がある。私は〈茅ヶ崎の社会教育を考える会〉〈茅ヶ崎革新懇〉〈九条の会・ちがさき〉〈ロック秘密法★ちがさき〉〈さよなら原発★ちがさき〉〈平和憲法・畑田ゼミちがさき〉等々に所属し、活動している。

先日、〈ロック秘密法★ちがさき〉の活動として、私は仲間と茅ヶ崎駅前でビラ配りや署名活動をした。すると、通りがかった女性が「秘密保護法反対の署名をしたいけれど、目が悪くて署名ができない」と署名集めをしている仲間に訴えたので、私が代筆をした。平塚在住の彼女は、茅ヶ崎の病院に通っていて、その帰り道だと言う。

「私は戦争が終わった時は国民学校六年生で学童疎開をしていました。あんなひどい戦争は二度としてはいけませんよね。安倍さんは戦争を知らない世代だから不安だわ」。私より三歳年上の彼女は、ひとしきり話をされて帰っていった。

横浜大空襲

敗戦時、私は国民学校二年生だった。戦時中は鎌倉に住んでいたが、「歴史ある街、鎌倉はアメリカ軍の標的になるのではないか」という噂が流れた。そこで、両親は祖母と四人の娘を新潟県南蒲原郡の母の妹一家が住む田舎に疎開させることにした。

忘れもしない五月二十九日の横浜大空襲。私は北の空がB29の爆撃で真紅に燃え上がるのを見た。その翌日、横浜に住んでいた親戚の者が焼け残った倉庫から運び出したお米を持って避難して来た。お米に飢えていた私たちは、焼き米を炊いて、久しぶりにご飯にありついた。しかし、ご飯は焦げ臭くて、まずく、喉を通らなかった。

新潟へ疎開

その一週間後、私たちは新潟に向けて出発した。保土ヶ谷一帯は焼け野原で、まだ煙がくすぶっていた。私たち姉妹はリュックサックを背負い、遠足の日のように心をはずませていた。毎日学徒動員で大船の工場に働きに行かされていた女学生の長姉は、田舎で勉強ができると喜んだ。母は、娘たちを祖母に託して疎開させることをとても不安に思っていたようだが、私たちは「田舎に行けば、ご飯が食べられるだろう」と期待でいっぱいだった。何しろ、米粒がどこにあるのかわからないような雑草ばかりの雑炊で、常にお腹をすかせていたのだ。雑炊には、雑草やいものつる、茶殻まで入れた。みかんの皮も火鉢であぶって「おせんべい」の代わりにした。

しかし期待に反し、田舎に行っても白いご飯にはなかなかありつけなかった。いも、かぼちゃ、おから、雑炊とかだった。たまに近所の人から新潟名物の笹団子をもらった。しかし、喜んで食べたら、あんこが「甘くない」。塩味だった。柿や栗が実ると、いとこたちと取りに行って、ガリガリかじり、畑のきゅうりをこっそりもいで、小川で洗って食べた。山へ行って、名を知らぬ実も、食べられそうなら何でも食べた。

私は父母の写真を本箱の上にのせ、毎日食べ物を備えて両親の無事を祈った。「死んだ人にするようだから、やめなさい」と言われても、七月末に母が来るまでやめなかった。母が来るという知らせを受けて、妹と私は駅まですっ飛んで迎えに行った。飛びつきたかったが、なぜか、もじもじと離れて母を見ていた。母が来たので、祖母は鎌倉へ帰った。

敗戦

そして八月十五日、家にいる者全員が、私たちが住んでいた家のあるじ（母の義弟の父）の茶室に集まり、玉音放送を聞いた。「耐エ難キヲ耐エ　忍ビ難キヲ忍ビ…」ラジオから流れる天皇のお言葉に大人たちは泣いていたが、私はもう爆撃もない、鎌倉にも帰れると嬉しくてならなかった。なぜ大人たちが泣くのか、わけのわからないことばかりだった。

私たちはすぐにも鎌倉へ帰りたかったが、陸軍兵器学校で教えていた父が、敗戦と同時に職を失い、なかなか次の職が見つからなかった。ようやく父が迎えに来て、私たちが鎌倉に帰ったのは、十一月に入ってからだった。冬にならないうちでよかった。私たちは防寒の靴も衣類も持っていなかったから。

厳しかった戦後のくらし

鎌倉の家は焼け出された父の兄弟とその家族でいっぱいだった。父はまだ職が見つかっておらず、少しでもお金を稼ごうと、みかんの買い出しに行き、それを闇市で売ったり、米の担ぎ屋をした。戦後の生活は誰にとっても厳しく、辛いものだった。しかし、田舎で過ごした数ヵ月は、それまでひ弱で泣き虫だった私を見事に変えた。すっかり丈夫になり、めそめそしなくなった。何ごとにも積極的になった。

日本を戦争する国にしてはいけない

私は、三人のわが子には「日本は憲法という決まりがあって、もう二度と戦争をしないことに決めたんだよ」と教えた。それがこのところ怪しくなってきた。日本を戦争のできる国にしたい首相がいるからだ。

あの戦争を忘れることはできない。私が所属する〈茅ヶ崎の社会教育を考える会〉では、会報『息吹き』の八月号に「私の八月十五日」という特集を組む。戦争体験を記録し、平和への思いを綴る。二〇一二年にはブックレット『息吹き「私の八月十五日」』を刊行した。『息吹き』はもう三十八年も続いていて、今でも八月には「私の八月十五日」を特集する。

今や、国民の四人に三人が戦争を知らない世代だ。「憲法があるから日本はもう戦争をしない」と子どもたちに教えた私は、黙ってはいられない。集会に行き、デモ行進をし、署名を集め、駅前で九の日スタンディング（九条にちなみ、毎月九、十九、二十九に護憲のメッセージを持って立つ）に参加する。「憲法を守ろう」「原発反対」「秘密保護法反対」「集団的自衛権の行使に反対」などなど、これからも活動は続いていく。敗戦当時八歳だった私は、二度と戦争をしてはいけない、と身に染みて感じているからだ。

（二〇一四年十二月一日記）

加害の事実も語り継ぎたい

熊本婦人有権者同盟 松島 赫子

「突然の空襲に赫子を寝かせている部屋にあわてて行ってみると、泣きもせずに眠っていた。顔にぱらぱらと砂埃がかかっていたけど、眠っていたので目に入らずよかった」「警報が鳴り、防空壕に抱えて逃げ込む時、赫子の頭はよく壁にぶつかった」、このような話を私はたびたび聞かされた。

一九四五（昭和二十）年四月末生まれの私に、それらの記憶はもちろんない。しかし、戦争の名残の風景（親に手を引かれて並んだ配給の列、路上で困窮を訴えていた傷痍軍人、進駐軍の兵士たちなど）のいくつかは憶えている。小学生になる前であったが、そこが人通りの少ない丘陵の道だったこともあってか、進駐軍の行軍に出会った時の恐怖感は今も鮮明に思い出す。ザッザッザッという（後に知った言葉で言えば）軍靴の響きと、初めて見る大きな大きな外国人兵士たち、それらが私の体を竦《すく》ませた。

戦争にまつわる私の記憶はこの程度だ。語り継ぐほどのことはない。けれども、私は戦争について、ずっと意識させられ、考えさせられてきた。それは戦後何年という年数が私の年齢に重なり、自分の名前が戦争に因んでいるからかもしれない。

戦争末期、しかし、その情報はなく、近々敗戦を迎えるなど人々が思ってもいない頃に私は生まれた。未だ産めよ増やせよの時代、家族は男の子を望んでいて、女の子の名は準備していなかったという。仕方なく当時プロパガンダとして使われていた「赫々《かっかく》たる戦果」から名づけたと聞いた。そのことばの意味が理解できるようになった時、私は悲しい気持ちになった。こちらの「戦果」は、あちらの「戦禍」であるのだから。後に「赫」の本来の意味だけを考え、自分の名を肯定できるようにはなったのだが。

中学生の頃、『きけ　わだつみの声』を読み、軍隊の一面を知り、驚いた。しかし異常な軍隊生活を学徒に強いた日本軍がどのような戦闘行為をしたのかまで、当時の私の思考は広がってはいなかった。むしろ『アンネの日記』などを通して、ナチス・ドイツの非道さに衝撃を受けていて、それを上回るとさえ言える日本軍の残虐行為は知らないまま、大人になった。

学校を終えた私は中学校の教師となった。修学旅行の時だけでなく、機会をとらえては広島、長崎、沖縄を子どもたちに語った。もし自分がこれらの地域で生まれていたら、生命を失っていたかもしれないこともつけ加えた。

一九七〇年代半ば、私は九州ブロックの組合活動を通して、女性解放をテーマとする会合で仁木ふみ子さんに出会った。彼女は一九八〇年代になって日教組本部の執行委員となり、全国の女性教職員に「平和教育の中で日本の加害行為について語っているか」と問いかけ始めた。先述のとおり、日本軍の加害の事実を何も知らなかった私が子どもたちに語っていたのは被害の側面のみだった。

そんな私も仁木さんに導かれて、日本の中国侵略について学ぶようになり、一九九七年に初めて河北省興隆県へ行った。以来二〇一〇年まで十回、同地を訪ね、延べ百人以上の抗日戦争体験者から証言を聞くことができた。


燕山山脈の間に点在する村々からなる興隆県は、日本の人々が戦時中疎開した所よりさらに山深いと思われる地だった。ここには八路軍（＊）の根拠地があったため、日本軍は厳しい三光政策（＊）を実施した。仁木さんの言葉を借りれば、「平頂山も南京も七三一も、日本軍が中国で行った悪のサンプルがみなある」所である。

興隆以外にも、私は彼女の係わる別のグループと、平頂山、侵華日軍七三一部隊罪証陳列館、そして日本ではあまり知られていない撫順戦犯管理所などにも一回ずつ行く機会を得た。


さらには、長年南京と交流を続けている熊本の〈平和と人権フォーラム〉に入会し、二〇〇六年以降、南京やその周辺地区にたびたび行くようになった。

この会で二〇一一年、重慶大爆撃の被害者をお招きし学習会を開いたことで、重慶も二度訪問することができた。重慶大爆撃も日本ではあまり知られていない。当時でさえ、国民には知らされなかったからだろう。しかし、この無差別絨毯爆撃に対して国際連盟では非難決議がなされ、世界の怒りを買っていたのだ。この爆撃が後にブーメランのごとく日本に戻る形で、米軍による原爆投下を含む日本各地への空襲を招いたと、私は聞いたことがあった。しかし、その実相は全く知らなかったので、事前の学習や現地でのフィールドワークや証言で知った事実に愕然とする思いだった。

私の行く先々で、日本軍の凄惨な加害行為と、それらに抗して生き抜いた人々の、今なお癒えぬ過酷な被害体験が語られた。その際、証言者の多くが「私たちのことを忘れずに来てくれたことに感謝します」「(聞くのは辛いだろうが)話は事実あったことだからお許し下さい」「日本人も私たちと同様、軍国主義の被害者でした。共に平和な世界をつくりましょう」とつけ加えられるのだった。加害の側の人間でありながら、居たたまれない、身の縮む思いに襲われる数多の証言を聞き続けられるのは、これらの言葉が私を支え、励ましてくれるからに相違ない。

それにしても、私がこれまで訪ねたのは広大な中国の一部であり、見聞きしたこともわずかだ。まだ知らないことがたくさんある。今後も学び続け、中国の人々との交流を深めたいと思っている私は、今、中韓との外交関係が戦後最悪の状況であることを深く懸念している。

政治家や官僚は日本の近現代史から何を学んできたのか。侵略の事実を知っていて知らないふりをしているのか、知らないが知ろうとしないのか、知らないという自覚もないのか。これらはメディアに係わる人々にも問いたい。日中、日韓の歴史に対する無知や認識の浅さが外交問題を産み出す要因となるから。

多くの日本人が十五年戦争の被害者となった。しかし、その日本人が中国をはじめとする他のアジアの国々に対する加害者だった史実を、私はしっかり受け止めていきたい。

＊八路軍　日中戦争期に華北で活動した中国共産党軍で、抗日戦の最前線で戦った。一九四七年、人民解放軍と改称。

＊三光政策　日中戦争中、日本軍が行った苛烈で非人道的な掃討・粛正作戦の、中国側での呼称。三光とは、殺光（殺しつくす）・搶光（奪いつくす）・焼光（焼きつくす）を言う。

（二〇一四年九月記）

資料
年表—私たちが生きた時代の戦争・筆者紹介

西暦年号	和暦年号	月日	出来事	備　考
1943	昭和18	10・2	在学徴集延期臨時特令	学生・生徒の徴兵免除全面停止
		10・21	出陣学徒壮行会	東京近在77校の学徒数万人、雨中を分列行進
		11・22～26	米英中によるカイロ会談	カイロ宣言（日本に対する無条件降伏の要求）
1944	〃 19	5月	学校工場化実施要項発表	
		7月	国民高等学科、中学校低学年生の動員、深夜業の強化決定	
		8月	女子挺身隊勤学令公布	
1945	〃 20	2・4～11	米英ソによるヤルタ会談	ソ連の対日参戦の約束がとりつけられる
		2・8	農商省に松根油課新設	松根油増産のため
		2・19	硫黄島の戦い	日本列島が米軍の爆撃対象になる
		4・1	沖縄にアメリカ軍上陸	日本軍の戦死は約1万人、住民の戦死は約9万5000人
		5・7	ドイツ、無条件降伏	
		7・26	ポツダム宣言発表される	対日無条件降伏要求の宣言
		8・6	広島に原爆投下	
		8・8	ソ連、対日宣戦を布告	8・9 ソ連参戦
		8・9	長崎に原爆投下	
		8・15	敗戦の玉音放送	戦争終結の詔勅発布
		10・24	国際連合成立	
		11・3	新日本婦人同盟創立	1950年11月19日、日本婦人有権者同盟と改称
		12・17	婦人参政権獲得	
1946	〃 21	4・10	婦人参政権行使	第22回衆院選で女性立候補者79人中39人が当選
		11・3	日本国憲法公布	
1947	〃 22	5・3	日本国憲法施行	

年　表 ―私たちが生きた時代の戦争―

西暦年号	和暦年号	月日	出来事	備　考
1923	大正12	9・1	関東大震災	
1931	昭和 6	9・18	満州事変	
1932	〃 7	3・1	満州国誕生	首都長春を新京と改名
		5・15	5・15事件	犬養毅首相襲われる
1933	〃 8	3・27	日本、国際連盟脱退	
1936	〃 11	2・26	2・26事件	青年将校によるクーデター事件
1937	〃 12	7・7	盧溝橋事件	北支事変、日支事変と改名 日中戦争始まる
		12・13	南京占領	南京大虐殺
1938	〃 13	4・1	国家総動員法公布	人的・物的資源の統制
1939	〃 14	5・11	ノモンハン事件	関東軍とソ連・モンゴル軍が 国境紛争で交戦、日本軍大敗
		9・1	第二次世界大戦	ドイツ軍がポーランド侵攻
		9・16	ノモンハン停戦協定成立	
		10・1	米の配給制実施	
1940	〃 15	9・27	日独伊三国軍事同盟	
1941	〃 16	4・1	国民学校発足	小学校が国民学校に
		3・10	治安維持法改正法公布	全7条のものを全65条とする
		7月	日本軍南部仏印進駐	
		10・18	東条英機内閣成立	
		11・22	国民勤労報国協会令公布	14～40の男子、14～25の未婚 女子の勤労奉仕義務
		12・8	真珠湾攻撃	アメリカ・イギリスへ宣戦布 告　太平洋戦争始まる
1942	〃 17	6.3～5	ミッドウェー海戦	日本の敗北の始まり
1943	〃 18	9・8	イタリア、無条件降伏	

筆者紹介（◇はインタビュー）

◆秋山淳子（賛助員）　一九三八年長野県松本市生まれ。一九六四年麻布獣医科大学（今の麻布大学）卒。元狭山市議会議員。現在、〈憲法9条世界へ！　未来へ！　埼玉連絡会〉代表。一九九八年から同盟賛助員となり、9条フェスタ市民ネットなどで同盟と活動を共にしている。

◇淡島富久（世田谷支部）　世田谷支部長、本部会計、常任委員、代表委員を務める。戦後、宮原誠一東大教授等から教育学について教えを受け、一九六五年に幼稚園長の職につき、戦時中の戦災孤児や浮浪者の姿が忘れられず、命の大切さ、平和の尊さを基本に保育を行う。侵略への贖罪の気持ちを持ち続け、一九九七年、中国北京に〝日中友好幼稚園〟を設立し、親睦と研究交流を深めた。（二〇一四年十一月十八日、淡島宅で収録。聞き手　大岡成子・荒木のり、文　荒木のり）

◆飯田泰子（府中支部）　母親の代からの二世会員。一九八四年から常任委員、代表委員、出版部員などを歴任、同盟の本部の運動を支えた。生活クラブ生協で地方議会に女性議員を増やす運動に力を入れ、毎月の『婦人有権者』の発送作業には最近まで欠かさず参加した。

◆**池谷まゆみ**（横浜支部）　小学校ＰＴＡ広報委員会の仲間・西田登茂子さんに誘われ横浜支部に入会したが、仕事が忙しく、長い間籍だけ会員だった。平和行進、市川先生の選挙を支えるカンパ活動などが記憶に残っている。市川房枝の映画『八十七歳の青春』の上映運動は、石渡栄子さんの献身的努力で同盟へ多額の資金を納めることができ、ほんの少し手伝えた私のちょっとした誇りだ。

◆**石渡栄子**（横浜支部）「市川房枝が『一票の格差』を提訴する」という朝日新聞の記事に感銘を受け、横浜支部に入会、裁判の補助参加で最高裁まで傍聴に行った。横浜支部長、中央委員を務める。支部長時代は神奈川県のあちこちで『八十七歳の青春』を上映することに力を尽くした。

◆**伊藤美代子**（水戸支部　購読）　二〇一五年のピースボートで語った戦争体験に山内絢子さんが感動して、同盟の企画、『語り継ぐ戦争の記憶』に寄稿をお願いした。帰国後、入院されたが、期日内に書いてくださった。

◇**片岡貴美子**（豊島支部）　一九五九年、市川房枝の私設秘書となる。同盟会長、副会長、常任委員、代表委員、共同代表を歴任。豊島支部結成（一九六六年）には中心的な役割を果たす。

一九七六年から豊島支部長。日米会話学院・話し方HR研究所講師。二〇一四年七月二十三日、八十四歳で逝去。（二〇一三年六月十日、同盟事務所で収録、聞き手・文　荒木のり）

◇金原愛子（静岡支部）一九六〇年代に静岡支部に入会。一九八〇〜八二年、一九九二〜九六年、静岡支部長。消費者運動、選挙事務所訪問などの選挙啓発運動、原水禁運動をし、平和行進にも参加した。『八十七歳の青春』の上映活動にも力を入れる。また本部の常任委員を長く務め、同盟を支えている。（二〇一三年五月十五日、金原宅で収録、聞き手・文　小網圭子）

◆小網圭子（静岡支部）一九九三年に静岡支部に入会。支部の会計、書記を経て、二〇〇四年から静岡支部長となり、現在に至る。本部では代表委員を務める。政治学習会を開催し、平和行進が焼津市を通過する時には参加。現在は〈焼津女性9条の会〉〈さよなら浜岡原発市民の会〉と共に活動中。

◇幸尾妃椙子（府中支部）府中支部長、本部会計・会計監査・財務部会部長・国際連絡委員会委員長・常任委員・指名委員などを歴任。洋服セールやバザーで同盟の財政に大いに貢献した。（二〇一二年十一月七日、幸尾宅で収録、聞き手　林美津子・荒木のり　文　荒木のり）

◆小宮山ミヨ子（丸子支部）丸子支部長（一九九二〜九五年）、本部の中央委員などを務める。

女性団体連絡会議の会長や地域おこしの活動をしている。環境保護運動の一つ、石けん普及運動では、本部との石けん取り扱い窓口を務めた。

◇小山家司子（元横浜支部）本部会計・財務部会部長を長く務め、同盟の財政に大いに貢献した。〈神奈川女性会議〉役員、神奈川県の職業訓練校のOB会〈もみじ会〉会長として長年活動。二〇一四年三月十三日、八十三歳で逝去。（二〇一二年七月十一日、小山宅で収録。聞き手　山川千鶴子・荒木のり、文　荒木のり）

◆酒泉松枝（水戸支部）水戸支部長（一九九二年～二〇〇五年）、本部では中央委員を務める。選挙啓発活動などさまざまな市民運動のほかに、水戸空襲の慰霊碑や平和の像の建立、水戸平和記念館設立など、特に平和運動に力を入れ、水戸市で中心となって活動している。

◆塩原トシ子（塩尻支部）一九七三年からの古い会員で今では最高齢である。入会当時、塩尻支部はとても活発に活動していた。本部の総会や市川房枝先生の墓参に参加したのが、よい思い出である。

◆靜間敏子（水戸支部）大阪生まれ、京都育ち。神戸女学院大学卒。二〇〇二年に同盟水戸支部に入会。二〇〇六年～二〇〇九年、水戸支部長を務める。〈（一般社団法人）大学女性協会〉理事、〈（一般社団法人）国際女性教育振興会〉理事、〈九条の会〉会員など。茨城県内においては〈(財) 茨城県婦人会館〉理事長、〈水戸女性会議〉会長など女性団体活動に長い経験をもつ。

◆**下村シズ子**（丸子支部）　一九九二年、丸子支部に入会。夫の在宅介護を二十二年間、施設介護を八年間したため、〈高齢社会をよくする会〉で活動。同盟の活動はあまりできなかったが、市川先生の墓参に行ったことがよい思い出である。

◆**鈴木ふみ**（元仙台支部）　一九八五年から仙台支部長を務める。お隣の福島県の支部とよく活動を共にし、選挙啓発運動や平和運動に力を入れた。会員の高齢化もあり、3・11を機に支部活動は休止している。

◇**鈴木恭子**（目黒支部）　共同代表、代表委員、常任委員、中央委員などを歴任。一九九八年より目黒支部長を務め、選挙啓発活動を行い、区長・区議会議員と語る会を開催。国際婦人年の平和委員会・政策決定参画委員会に参加。地域の女性団体と協力して、女性運動、平和運動、反原発運動、消費者運動など幅広く活動。（二〇一四年九月九日、同盟事務所で収録。聞き手・文　荒木のり）

◆**瀧澤和子**（松本支部）　ボランティアグループを結成したばかりの三十五年前、薄井園子さん（当時の松本支部長）に誘われ、同盟に入会。二〇一一年、一度休部していた松本支部を再建。最近では、四月の統一地方選で、支部会員の田口輝子さんを市議会議員に推し出した。

◆滝沢恭子（千曲支部） 本部で副会長、代表委員、中央委員、指名委員を、支部では支部長、県連会長を務める。地域で消費者運動、女性運動などを活発に行い、長野県の男女共同参画県民会議から派遣されて、ヨーロッパの男女共同参画を視察した。海外の情報などユニークな記事を機関紙に寄稿している。

◆田中稔子（壁面七宝作家） 教皇ヨハネ・パウロ二世がヒロシマ記念式典に出席の折、教皇に献上する香炉を作った七宝作家。「平和への祈り」を込めた作品を発表するとともに、国連やニューヨーク周辺の高校・大学で、自らの被ばく体験を語り、原爆の悲惨さを伝えている。

◆津波古ヒサ（元沖縄婦人有権者同盟） 一九九〇年の支部結成当時からの会員。ひめゆり平和祈念資料館証言員として活動。対馬丸遺族会会員。社会福祉法人〈そてつの会〉理事。

◆玉木智恵（郡山支部） 一九九二年〜一九九五年・一九九八年〜二〇〇四年、郡山支部長を、一九九九〜二〇〇〇年・二〇〇二〜二〇〇三年、福島県支部連合会会長を務め、積極的に平和・脱原発運動を進める。二〇〇四年からは本部の副代表となり、二〇一一年より共同代表として同盟の中心となって活動している。

◆田屋昌子（松本支部） 婦人有権者同盟で長年活動し、精力的に平和運動に取り組んでいる友人に勧められて、二〇一一年に再建したばかりの松本支部に入会。「日本はこのままでは戦争をする国になってしまう」という危惧を覚え、支部の仲間と共に同盟の「立場と姿勢」のもと、頑張っている。

◆鳥海哲子（直属）東京女子大学日本文学科卒。雑誌『旅』編集部、集英社雑誌編集部を経て、フリーとなる。一九七一年以来、市川房枝の運動に参加し、市川房枝記念会評議員、幹事、理事を十余年務め、二〇一〇年退任。千葉県・〈市川に女性市議をふやそうネットワーク会員〉など、主として女性運動、平和運動に参加して、現在に至る。

◆永井泰子（いわき支部）代表委員。一九六四年に創立したいわき支部で、八七年に支部長に指名され、その後、伊達俔支部長と三年ごとに交代し、二〇一〇年からは一人で続けて現在に至る。その間、支部活動の主流は選挙の啓発運動で、街頭行動、候補者事務所訪問などを現在も行っている。

◇二木元子（世田谷支部）「生活学校」のリーダーで、淡島富久世田谷支部長とは戦後の学習仲間である。茶道の名手。現在九十五歳。（二〇一二年十月二十九日、淡島富久宅で収録、聞き手　淡島富久・荒木のり　文　荒木のり）

◆西山正子（横浜支部）図書館づくり・公民館づくり運動などの市民活動から仲間に推され

て茅ヶ崎市議会議員となり、三期務める（一九八三〜九五年）。市議となってから同盟横浜支部に入会した。〈茅ヶ崎の社会教育を考える会〉代表、〈茅ヶ崎革新懇〉代表世話人など、さまざまな市民運動に関わっている。

◆花房美子（元横浜支部）　ヒロシマへの平和行進の時に、誘われて横浜支部に入会。諸々の事情で同盟を退会したが、平和行進は続けている。最近の日本社会を見て、反戦の思いはますます強まった。

◆原利子（直属・元武蔵野支部）　武蔵野市で選挙啓発や福祉・介護の問題と、さまざまな市民活動をするかたわら、本部の常任委員、財政部員、政治啓発運動委員などを務める。同盟創立五十周年で、当時緊急の国家的課題となっていた介護保険制度開始を前に、『どうなるの？　私の老後』というパンフレットをつくり、警告を鳴らしたが、その中心的役割を果たした。武蔵野支部が休部して、現在は直属の購読者。

◆平田ムメ（元熊本婦人有権者同盟）　熊本支部が存亡の危機にある時、支部存続に力を尽くされた。中国残留日本人妻の帰国後の支援活動を積極的にするとともに、同盟の活動の合間には、身軽に世界のあちこちに旅行された。二〇一二年三月十二日、九十四歳で逝去。（本稿は、十六年前に同盟が発行した『私の八月十五日』に掲載され、『婦人有権者』二〇一三年七月号にも再録されている)。

◆藤本好子(直属・元宮崎支部) 一九五八年に同盟宮崎支部に入会。一九八一〜一九八三年、宮崎支部長を務め、『八十七歳の青春』上映会を開催した。会員高齢化により宮崎支部が四十年の幕を閉じ(二〇〇九年)、直属会員に。秘密保護法廃止運動、憲法九条を考える映画会の開催、川内原発再稼働反対運動、女性市議を励ます会の開催、などを行っている。

◆古澤佳美(熊本婦人有権者同盟) 熊本県在住。手作りの戦争体験の紙芝居を持って県内の小学校を回り、子どもたちに平和の大切さを訴えている平和運動家。

◆本多美恵子(水戸支部　購読) 若くして夫をなくし、苦労して四人の子を育てた頑張り屋。ピースボート乗船は二度目。平和の大切さを訴えることに努力を惜しまない人。

◇本間陽子(丸子支部) 本部の中央委員・代表委員、丸子支部長を歴任。地域の民生委員を務め、丸子支部の応援で丸子町議に当選し、一期務めた。その後二期を目指したが、上田市との町村合併のため、有権者の少なかった丸子地域は不利となり、残念ながら僅差で敗れる。

(二〇一五年四月十五日、電話にて取材・収録、聞き手・文　荒木のり)

◆松澤郁子(直属・元大町支部) 同盟の副会長・代表委員・中央委員・指名委員、長野県連会長・大町支部長などを歴任。一九八二年、第二回国連軍縮特別総会(ニューヨーク)に出席のため渡米し、その後、ハワイ有権者同盟集会に出席した。一九八四年、原水爆禁止世界大会に参加。長野県大町支部を結成（一九九一年）、支部長となる。大町市議を二期務める（二〇〇〇年〜二〇〇八年）。社会福祉協議会の副会長を二年、会長を四年間務める。日中女性シンポジュームで訪中、「政策決定の場への道」担当団長を務めた。

◆**松島赫子**（熊本婦人有権者同盟）二〇〇三年、牛嶋武良子さんを誘って同盟に入会。女性解放運動を続け、〝男女共同参画を実現するくまもとネットワーク〟の共同代表。平和運動に力を入れるほか、日中友好運動、最近は川内原発再稼働反対運動に関わっている。

◆**松田宣子**（直属）元東京新聞記者、高齢者・女性労働・消費者問題を担当。魔女思想研究家。田中まる子のペンネームでファンタジーを書いている。

◆**松本美保子**（水戸支部　購読）若い時、千葉で行われた市川房枝の講演会に出席、市川先生から「あなた、議員になりなさい」と言われたが、子ども三人が幼かったため断念。ピースボート乗船歴十回。英語をはじめロシア語、スペイン語も話す、すぐれた語学センスの持ち主。

◆**松山玉江**（直属・元大町支部）一九九一年に大町支部を結成した時の一人。松澤郁子さんを市議会議員に推し出す。一九九五年より大町支部長。宅幼老所「悠悠館」を設立し、事業に従事。デイサービスＮＰＯ法人「ふきのとう」の創立者でもある。『早春賦』発祥の地として大町文化会館に歌碑を建立した。

◆三宅泰子（千曲支部）　長野では支部長・県連会長を、本部では中央委員・指名委員を務める。女性を議会に送り出すなど、同盟の運動の他に、手話などのボランティア活動もしている。手芸が得意で、ハンカチや古い雨傘の布地で小物をつくり、県連のバザーに出品、会の財政に寄与している。

◆向井承子（直属）　一九七〇年代中ごろ、三十一歳で婦人有権者同盟に参加、幼い子連れで同盟に通い、作家の故永畑道子さん（『華の乱』『恋の華　白蓮事件』など）と共に『婦人有権者』を編集。その後、ノンフィクション・ライターとして女性のいのちとくらしをテーマに、また家族の病気・介護をきっかけに医療問題も執筆した。著書に『小児病棟の子どもたち』『病の戦後史』『患者追放』その他。現在、雑誌『ＷＥ』に「『記憶』のなかの戦後史」を連載中。

◆山内絢子（水戸支部）　二〇一〇年から水戸支部長。ピースボート乗船四回。紛争地などを訪ね、世界各地の人々との交流を楽しむ。三十六歳で教職に就いたが、産休補助や講師待遇で正規の教員になれず、四十八歳で大学院（心身障害学科聴覚部）に入って資格アップし、国立・筑波技術短期大学で非常勤講師として六年間務めた。インターナショナル・ボランティアリーダーを三十七年間続けている。

◆山口美代子（直属）〈（公財）市川房枝記念会女性と政治センター〉評議員。婦選会館・図書館で婦人参政権関係及び市川房枝戦後資料の整理を担当している。国会図書館勤務時代に「政治談話録音」企画で市川房枝と知り合い、同盟に入会した。ＮＨＫのラジオ深夜便で市川房枝を語った。

◆山田君代（水戸支部）定年まで小学校教師（特別支援学級も受け持つ）を務めた。退職後の一九九五年、水戸支部に入会。友の会で学んだ家計簿の腕を買われ、支部の会計を任される。子どもたちに「平和の大切さ」を伝える活動をするかたわら、反戦集会への参加や署名活動を行っている。

◆山田リウ子（熊本婦人有権者同盟）熊本婦人有権者同盟副代表。平和、男女平等、反原発、福祉などの分野で活動している。義理の母の介護を通して、介護問題を研究、介護保険の問題点などを発信している。

あとがき

敗戦から七十年目の夏に、「世界恒久平和」を運動目標の一つとして活動してきた日本婦人有権者同盟（以後、同盟）会員四十六人の戦争体験が一冊の本になった。これは、幼い日々、青春時代を戦争の渦中で過ごし、自らの戦争体験に基づく強い意志をもって平和運動を続けてきた女性たちの記録である。

この企画は、同盟の機関紙『婦人有権者』のインタビュー記事から始まった。同盟の事務所では、会合や発送作業の合間に、会員たちが政治や地域の活動、環境にやさしい生活の知恵などをよく話し合った。そんな中で語られる戦争体験は、その方の当時の年齢や住んでいた地域により、実に多彩で、戦後生まれの私には驚くことばかりだった。中でも、横浜支部の小山家司子さんはお話が上手で、小さな体で戦中の困難に立ち向かう〝おかっぱ頭〟の少女の姿が目に浮かぶようだった。小山さんは、だいぶ前から体調がすぐれず、外出なさらなくなったが、常に同盟のことを気にかけてくださった。そんな彼女の戦争体験を記録に残したいと、山川千鶴子さんとお宅にお邪魔し、その聞き書きの一部を機関紙に掲載した。

すると、それを読んだ府中支部の幸尾妃梠子さんから「私は長崎の原爆を見たのよ」と電話があった。世田谷支部の淡島富久さんが「二木元子さんが三月十日の東京大空襲の体験者よ」、静岡支部長の小網圭子さんも「先輩の金原愛子さんから戦争体験をうかがったほうがよいかしら」と、次々とインタビュー候補者が出現。「語り継ぎたい戦争の記憶」という連載になった。

しかし、私たちが平和を求めるのとは裏腹に、安倍政権が、一昨年は特定秘密保護法を制定、昨年七月には「集団的自衛権行使容認」の閣議決定をするなど、日本は急速に戦争への道を走り出した。「戦争は秘密から始まる」「集団的自衛権行使反対」「憲法九条を守ろう」と学習集会やデモ、ビラの配布などで抵抗したが、「このままでは戦争のできる国になってしまう」、「若い人たちに戦争の怖さが思うように伝わらない」という会員たちの危惧が、事務局にも寄せられるようになった。戦争体験の連載記事をまとめ、新たな原稿も追加して冊子にすれば、多くの人に読んでもらえるのではと思い、七月の閣議決定直後から積極的に戦争体験を募集することにした。紙面を使った呼びかけや、各支部長さんには貴重な体験をもつ会員を推薦していただいた。同盟創立五十周年に発行した『私の八月十五日』という冊子に戦争体験を書かれた方にも声をかけ、転載の許可を得た。

多くの方が趣旨に賛成し、寄稿を快諾してくださり、八月、九月ごろから次々と原稿が届き始めたが、その後、作業がなかなか進まず、入稿は安全保障関連法案が閣議決定された翌日になってしまった。早くから原稿をくださった方には何とお詫びをしてよいかわからない。

冊子の内容については、ちょうど雑誌『WE』に「『記憶』のなかの戦後史」を執筆中のノンフィクション・ライターで、かつて作家の故永畑道子さんと『婦人有権者』を編集していらした向井承子さんの助言を得た。向井さんは、読んでいただくとわかるが、東京大空襲やほとんど知られていない戦後の状況などを膨大な資料を駆使して書かれている。「沖縄の記録がほしいわね。沖縄支部長だった故外間米子さんのお話をテープにとったことがあったわ」とのことで、古い段ボール箱を探してみたが、テープは見つからなかった。

最後まで沖縄支部を支えてくださった儀部葉子さんのお嬢さん・儀部和歌子さんと連絡がとれた。沖縄婦人有権者同盟の会員だった方たちがまだ毎月集まりをもっているとうかがい「ぜひ、どなたかに書いていただきたい。以前に書かれたものでも」とお願いしたところ、ひめゆり平和祈念資料館編集・発行の『生き残ったひめゆり学徒たち』に掲載されていた津波古ヒサさんの文の転載許可をとってくださった。

原稿募集をしていた時、ピースボートに乗船していた水戸支部の山内絢子さんは、船中で戦争体験を話された方たちを『婦人有権者』の購読者に誘って原稿を依頼、ヒロシマの語り部・田中稔子さんのお話の掲載許可も取り付けてくださった。

戦争体験者は七十歳以上で、体の不調を抱えていらっしゃる方が少なくない。何人かの方が多忙や病気を理由に、「今回はパスね」と執筆を途中で断念なさった。お母さまを介護なさっている丸子支部の本間陽子さんは、ご自身も難病を患い、「以前書いたものを探してみます」とのことだった。催促の電話をすると「ごめんなさい。見つからないの」ととても具合が悪そうだったが、原稿依頼の時にうかがったお話が印象深く、電話で取材をさせていただいた。入退院を繰り返されていた石渡栄子さんは、治安維持法や特定秘密保護法の資料をたくさん準備なさっていたが、後半になかなか取りかかれず、他の原稿が入稿した後、お連れ合いに付き添われ、追加原稿をコンビニからファックスしてくださった。

戦争の記憶は人それぞれで、「書かないと後悔するが、辛い」と逡巡されて筆が思うように進まない方。「今までほとんど誰にも話したことがないのよ。何だか恥ずかしい」とおっしゃる方。「私の体験なんか、たいしたことがないので…」と躊躇なさっていたが、いざ書き出したら、書きたいことがあふれ出て止まらなくなる方…などなど。戦争を知らない私は、戦争体験を語ること、書くことの重さ、辛さがよくわかっていなかった気がする。今回の企画で、ずいぶん多くの方に精神的、身体的無理を強いてしまったのではないかと胸が痛む。

原稿は、読みやすいように、十一の項目に分けて掲載したが、お一人お一人の文にはさまざまなテーマが含まれていて、簡単に分類はできなかった。「私はこちらに重きを置いて書いたのに」と心外な方もいらっしゃるかもしれないが、項目はあくまでも便宜的なものだと理解してお許しいただきたい。また、若い世代には耳慣れない語はルビをふり、類似のタイトルが多かったため、一部、出版部で変更させていただいたことをお詫びする。

同盟は今年十一月三日に創立七十年を迎える。この『語り継ぐ　戦争の記憶』には、貴重な戦争体験を語り、書かれた四十六人の方（非常に残念で悲しいことに、平田ムメさん、小山家司子さん、片岡貴美子さんが冊子を手にすることなく亡くなられた）はもちろん、目的を同じくして七十年間活動を共にしてきた同盟会員たちの平和への思いが詰まっている。一人でも多くの方がこの本を読まれ、この上なく大きな犠牲を払って得た憲法九条、基本的人権、言論の自由などがどんなに大切であるかを実感していただけたらと思う。

月刊『婦人有権者』と『語り継ぐ　戦争の記憶』の編集は、日本婦人有権者同盟出版部（小林五十鈴・鈴木恭子・大岡成子・荒木のりの運営委員と都内の代表委員で構成）が行った。編集作業では、原稿整理から校正まで、かつて同盟の書記をなさっていた編集のプロ、小池牧子さんがすべて目を通し、特に今回の冊子づくりでは貴重なご意見をたくさんくださった。編集・校正は大岡と荒木、発送は山川千鶴子さん・長峰子さんの協力を得ている。

また、冊子、機関紙で、ご苦労をおかけしているコロニー印刷の武田良哲さんには心からお礼を申しあげる。

（直属　荒木のり）

二〇一五年六月一日

語り継ぐ　戦争の記憶　戦争のない 平和な世界をめざして

2015年8月15日　初版第1刷発行

発 行 者　日本婦人有権者同盟
〒151-0053 東京都渋谷区代々木2-21-11-304
TEL 03-3370-2727　FAX 03-3370-4541
e-mail f-yukensha@r6.dion.ne.jp

発 売 者　㈱アーバンプロ出版センター
〒182-0006 東京都調布市菊野台2-23-3-501
TEL 042-489-8838　FAX 042-489-8968
URL http://www.urban-pro.com　振替 00190-2-189820

印刷　コロニー印刷　製本　本村製本

 2015 Printed in Japan　ISBN9784899812531 C0095

参政権とともに歩む

日本婦人有権者同盟

The League of Women Voters of Japan

日本婦人有権者同盟は、戦後初の自主的な女性団体として1945年11月3日、新日本婦人同盟として発足、1950年11月に日本婦人有権者同盟と改称しました。

創立者であり初代会長である市川房枝は、新日本婦人同盟会報臨時号（1945年11月15日発行）で次のように述べています。

「多年要望してきた婦人参政権は、遂に実現しようとしています」「政治的に解放されたる2100万余の婦人が、その最初の投票を行おうとしています」「過去約25年にわたって展開されてきた婦人参政権の獲得運動の後継者として、これを有効に行使することを目的として新たな団体が結成されたのです。この意味において新日本婦人同盟は、婦人有権者の同盟といっても差し支えありません」（註：原文を現代かなづかいに改めました。）

私たちは、婦人参政権獲得の後継団体として、平和憲法のもと、平等、女性の地位向上、福祉、政治浄化、平和の達成のため国際的な視野に立ち、幅広い有権者の力を結集、各種民主団体、広範な人々と弾力的、自主的な連携のもと運動をすすめています。

私たちはこんな活動をしています。

- 平和憲法をまもるために
- 民主政治の確立と政治の浄化のために
- 女子差別撤廃条約の趣旨の実現のために
- 社会保障制度確立のために
- 司法の独立と民主主義を守るために
- 地球環境を守るために